地蔵千年、花百年

柴田 翔

鳥影社

地蔵千年、花百年　目次

地蔵千年、花百年

地蔵千年　花百年
あの子　流れてはや万年
…………

『日本のうた・補遺』より
（採録地方不詳）

序景　夕暮れる商店街

(a)

初夏の明るい夕暮れ、勤め帰りの男女たちを家路へ運ぶバスが二台、三台、ゆっくり速度を下げながら駅に近づき、その脇を空の荷台のライトバンが先を急いで、舗装半ばの路面の凸凹に車体を大きく弾ませながら追い抜いて行った。まだ建設中の駅前道路の向こう側からは、奥へ向かって小さな商店の立ち並ぶ細い道筋が一本、南の住宅地の方向へ伸びている。

細い道が奥へ入る角は最近にできたモダンなガラス張りの洋菓子店で、ショウケースには苺の赤やクリームの白の輝く鮮やかなケーキが宝物のように飾られていた。それは道を隔てたこちら側からもはっきりと見えていて、いささか昔風にくすんだ商店街の、これからの変化と発展を予告するかのように輝いていた。

その細長い商店街を通り抜けて小さな橋を渡り、これも大幅に拡幅工事中の幹線道路を横切って、その先の畑地と住まいとが混在する小住宅地に入れば、そこに加見直行《かみなおゆき》が家族と住むささやかな家がある。結婚することになった直行がその一角に当面の住まいを見つけたのは、五年ほど前だった。

商店街入口の洋菓子屋に話を戻せば、その店頭にはひときわ頭の大きな女の子の人形が立っていた。通りすがりの幼い子どもたちが自分と似たような背丈の人形に心を引かれ、その頭に触ったり撫ぜたり、軽く叩いたりすると、人形は大きな頭をゆらゆらと揺らしながら、明るい笑顔でそれに応えた。

その人形がフィギュア・スケートの衣裳を身に付けているのはいささか場違いだが、それは札幌でのオリンピック冬季大会で、成績よりも素朴な笑顔とスケート選手に似合わぬ村娘のような身体つきで人々の心に残った東欧某小国の女子選手の印象が、そこに反映しているからだった。

あの懐かしい札幌オリンピックからも多分もう三年くらいは過ぎたのだが、その頃はまだほとんど赤ん坊に近かった長男の彦人《ひこひと》も今はその人形が大好きで、前を通るときは必ず握手したり、軽く触れて行くのが習慣になっている。妻の作る家族アルバムにはその人形と並んだり遊んだりしている彦人の可愛い写真の数々が、子どもと町の成長記録のように収められていた。

いま商店街の入口に立ってそのことを思い出したとき、直行はしかし不意に、人形と握手する子どものいない、この道筋のいわば純粋な風景を、いや、ほんとうは人間の気配のすべてが消えた、純粋に無機的な風景だけを写真に、そして記憶に、とどめて置きたい――。

そう不意に思った。

それは突然の衝動だったが、しかし実はそれは密かに繰り返される思い付きで、しかしまた決して実行されることなく、繰り返し彼、加見直行の内心から忘却されて行く衝動なのだった。

夕暮、西から射し込む、ほとんど大地と空に平行して輝く光。その中で人間の姿がみな消えて、ただ静かに燃え立つ道筋――。

時折、どことということなく、いつということなく、その光景が心に浮かぶ。

だが、いま直行の眼に現実に映るのは、夕暮れの光のなかを音を失い行き交う人々、その両側に商品を並べ静まる店々の姿だった。

せめてその無音の風景は、直行の記憶と身体に浸み込むのだろうか……。

だが次の瞬間、仕事の帰りに駅の出口に立つ四十歳の直行の耳には、夏の夕暮れの町の活気と騒音と猥雑さが、いつもと同じように戻ってきていた。

(b)

山道の独り歩きの温泉宿で仮初めに知り合った男の誘いに心引かれ、二十代後半の数年を南半球の広大な大陸の海沿いにある小さな国で、日本語と土地の南欧系の言葉がどうやら判る弱電系の技術者として、またついでに小商社マンも兼ねるような形で働いたあと、思わぬことで帰国することになったとき、東京の町は海外では「スキヤキ・ソング」とも呼ばれた世界的ヒット曲「上を向いて歩こう」の歌い出し、その明るくも軽やかな悲しみが若い心のいまを伝えて震え伸ばされるなか、突然「待ちに待ってた世界の祭り（ソレ　トトントネ）」と昔懐かしい合の手が入って、新帰朝者を驚かせたが、長く惑う間もなくバレーボールの〈東洋の魔女〉たちの活躍に日本中が沸き立ち、また浅黒いアベベの顔に浮かぶ苦しげな表情とそれでも崩れぬ走りが、異国の英雄の悲運を予感する人々の心を揺さぶり、魅了したのだった。

だが、それもいつしか、もう十年以上の昔の記憶になった。東京オリンピックのあとの六〇年代後半は気ぜわしくも慌ただしく過ぎる祝祭の日々のように、あるいはまた夕闇に心乱れる夏祭の一宵一夜《ひとよいいちや》の華やぎのように、大学紛争から大阪万博へと足早に過ぎて行った。

子どもっぽい怒りと大人じみた計算の入り混じった怒号が大学に響き、ゲバ棒が公道を駆け抜けた。と思ううちに「太陽の塔」の奇怪な小顔が疑似未来風建築群を見下ろして未来の実相を予感させ、街ではそれをおおい隠すかのように軽快な歌声が「こんにちは　こんにちは　世界の夢が」とうたい続け、それに励まされた仕合わせな大衆の群れは国家公認・期間限定の巨大遊園地へ長蛇の列を作っていた。暗い場末の連れ込み宿の屋根に繁茂していた逆さクラゲの赤いネオンは次第に姿を消して、明るい絵本風の光装飾がショートケーキに似た洋式小ホテルへと恋人たちを誘った。

学園を見捨てて山岳の小根拠地に懸けた夢が悪夢となって、自己批判の泥沼に溺れる追随者たちと居丈高に言いつのる小権力者との間に、あの巨大な専制国家と同じ粛清・処刑システムが早々に起動して、日常に浮遊する人々を驚かせもした。

だが数年の異国暮らしから不本意に帰ってきた加見直行は、日々年々変転する世の姿、その有り様を漠然と無責任に眺めるばかりで、生計のための仕事に必要な時間以外は、いっそ気楽に、ただ時々の成り行きに任せて生きていた。

戦後に生まれた青年少女たちはその頃、次々に成長して世にデビューして行ったのだが、その同じ頃、加見直行は女が身ごもったことを知った。

加見直行は一瞬戸惑い、そしてその事実を受け入れた。仕事の上では遠い国での数年がそこでの知人の友情と配慮によって今へつながって、都心の問屋街の外れに老朽ビルではあったが一部屋の小オフィスを構え、家庭を持つのに経済的に躊躇する必要のない程度には順調に推移していたし、それにまた何よりも、彼は既に三十代の半ばを越えようとしていた。

人間は永遠には生きない。一流ホテルの披露宴でのフルコースに似た人生の段階的展開には興味を持たずとも、一人の女とともに生の過程の自然的様相と漸次的変化とを辿り、その苦み旨みの幾分かをわが身に知ってみたいと思うのなら、そろそろ、それを始めるのが可能な最後の時期に彼は入っていた。

直行が成り行きに身を任せて暮らしてきたその同じ時期、昔の同級生たちは当代流行の社内恋愛にせよ、昔とは装いを変えて相変わらず作動《さどう》中の見合いにせよ、あるいは既婚の連中が狭い新婚のDKで開いた男女混合小パーティが機縁だったにせよ、ともあれ大方は既に家族を持ち、満足げに着実に、人生の次の段階へ歩を進めていた。

混乱の敗戦期はとっくに過ぎ、七〇年前後の夢想も幻影も野心も消えて、そこにあるのは戦前とは違う新しい約束事と新しい秩序・無秩序を隠し持った、戦後に固有の社会と生《せい》だった。

悲惨な敗戦からわずか数年後、隣の朝鮮半島で民族を分かつ更に悲惨な戦争が始まり、人々は自国への波及を恐れて息詰まる思いで暑い夏を過ごしたが、結果を見ればその隣国の戦争が日本の経済復興を助け、人々は「もはや戦後ではない」と呟き始め、やがて胸を張ってそう公言するようになっていた。

妻となった晃子《あきこ》はその不安の夏に生まれたが、経済復興へ向かう明るい戦後日本の慣習や無意識の中で育ち、やがて短大仲間と町の遊び場を不安もなく回遊しているうちに直行と知り合った。

子どもができ、直行が結婚しようと言ったとき、晃子は直行の胸元のボタンをいじりながら「そう言ってもらえるかどうか、少し心配しちゃった」と呟き、真顔で彼の顔を見上げた。

数ヵ月が経って無事に男の子が生まれ、年齢のわりに漢字の蘊蓄《うんちく》好きの義父の意見を尊重して、彦人と名付けたが、晃子はもうその日から、胸元で乳を吸う赤子の顔を嬉しそうに眺めては、「うちのヒコが、うちのヒコは」と言い始め、直行は都心でのマンション暮らしを切り上げ、この小さな住宅地に小さな中古住宅を買った。

つまりはそれが加見直行の人生の現況であって、彼はその現況を異議なく受け入れていた。若い妻がセルフタイマーを使って三人の家族写真を撮るときには喜んでそこに自分の姿も貸したし、また幼児を抱く若い仕合わせな母親の姿を残すために、進んでシャッターを押す役を引き受けもした。

いま自分が生きているのが、長い人生にあっても、もっとも掛け替えのない美しい時間なのだということも、否定するつもりはなかった。

だが、それでも、そういうとき、何か直行に囁くものがあった。

……人生は決して、その一こま一こまを記録するためにあるのではない。

だが、では、何のために?

夜、子どもが寝付き、若い晃子もやがて快楽のあとの軽い疲労とともに闇の中へ溶け込んで行ったあと、その低い寝息をひとり聞く直行の心に、答えのない問いが揺れた。

(c)

夕暮れの薄い闇が辺りに流れ始めていた。加見直行は駅前の道を渡り、笑いかけてくる洋菓子屋のマスコット人形の頭に軽く触れ、妻子への土産のケーキを買って、家へ向かった。駅からバスで帰ることもできたが、雨でも降ってなければ古本屋も二、三軒はある商店街をゆっくりと歩いて、昼間の仕事の緊張を解きながら家庭へ帰るのが習慣になっていた。

そもそもの土地の自然な高低差や昔の田畑の所有の境界から自ずと生じた野良道が、やがて今の商店街の通りになっていったのだろう。無意識に歩けばほぼ真っ直ぐのような気もするのだが、実は歩くにつれて少し折れ曲がったり、カーブに沿って商店や間に残る屋敷跡などが順不同に姿を現してきたり、ふと風雨に打たれた古い小さな祠跡が角の草地に残る交差路があったりして、時には敗戦後間もない時期に強引に建てた二階建て木造アパートがまだ視界を遮っていて、そこを過ぎると昔からの馴染みの店が不意に姿を現したりした。

「旦那、お帰り！」

彼の姿を見つけて、道端の果物売りの小柄な爺さんが、その疳高い声を掛けてきた。古い大きな家具屋の店先を借り、簡単な木台を並べて自分の店にした爺さんは、毎年初夏、夏蜜柑やマクワウリの台の脇に切り売りスイカの台を並べ、その断面の鮮やかな赤さで帰宅する勤め人たちの気を引いた。

「ほら、ほら旦那さん、よく見てってよ。ざっくり切って証明、正真正銘、見ての通りの種なしスイカ！　見れば味まですぐ分かる。しかも値段は大出血！　ここまでやったら買わなきゃ嘘だよ。さあ、さ、どうかね、甘さはじじいの保証付き！　坊や嬢ちゃん、大喜び。奥方、もとより上機嫌！」

足が止まりかけたのは切り口の鮮やかな赤さのためか、〈坊や嬢ちゃん大喜び〉の一言のためだったのだろうか。が、手に持つケーキの箱を思い出して、直行は爺さんにそれを見せて言った。

「また、今度な」

「いつまでも、あると思うな、じじいとスイカ」と爺さんは彼の言葉に応じつつ、「今度は、旦那さん、懐が痛むケーキなんかには目もくれず、電車降りたらじじいのこの店、真っ直ぐ目指して来て頂戴よ！」と、商売人の愛嬌を惜しみなく浮かべた笑顔をこちらへ向けた。

新しい客が現れて爺さんは向きを変え、直行はそこを離れた。少し行くと左手に小さな、最近にできた古本屋があって、加見直行はそこを覗き込んだ。奥の狭いレジには、いかにもこの間まで教師でしたというような、どこか気難しげな小肥りの老人が、所在なげに、そして不満一杯に、退屈さもここに極まれりといった顔をして座っていた。

書架に並ぶ本も似たような分野に偏り、半ばは本人の蔵書だったに違いなかった。

気を引かれる本も特に見つからず外へ出たとき、そろそろ還暦は過ぎたかと思われる女が戻ってきて、何も買わずに手ぶらで帰ろうとしている直行に礼儀正しく頭を下げた。

「有り難うございました」

長年、教師稼業の夫を陰で支えてきたのだろうか。女の言葉にはどこか地味で毅然としたところがあって、直行の記憶に長く残った。

そのあと、直行は馴染みの和菓子屋に寄った。初めて不動産屋の案内でここの土地に来た帰り、臨月の妻を預けてあるその実家への手土産を探して立ち寄った店だった。今も踏み込みの土間から奥へ声を掛けて待つ間、太い柱に掛かる時計がその時と同じようにゆっくりと時を打った。時計の脇の長押《なげし》には〈花影庵〉と彫られた分厚い板の塗り看板が掛かっていた。暫く待つうちに奥からまだ小学校の低学年かとも見える男の子が小走りに現れ、ていねいにお辞儀をすると、教室で当てられた時のように声を張って、「おばあちゃんはすぐ来ます」と言って引っ込んだ。

やがていつもの老女が紺の縞木綿のもんぺの脚を少し引きずるようにして出てきて、待たせたことを詫びて注文の品を包んだ。

「いつもいつも、有り難うございます」

老女は少し窶《やつ》れた顔に普段と変わらぬ穏やかな笑みを浮かべ、常連の直行に丁寧に挨拶した。

直行もゆっくり会釈を返して、花影庵を出た。

直行は最近、妻子への土産にケーキを買った日にも、ふとこの店に寄りたくなることがあるのだった。

馴染みの道を急ぎもせずに足を運ぶうちに夕闇は次第に濃さを増して、通りから夕食の材料を買う主婦たちの姿が消え、代わりに勤め帰りの女たちが既製の惣菜ものをあれこれ注文する気ぜわしい声が聞こえ始めていた。

商店街の道筋はそろそろ終わりに近かった。

加見直行が結婚し、引っ越してきてこの道筋を初めて歩くようになった数年前までは、商店の尽きるこの辺りに、もとは空き地だったのか畑地だったのか、敗戦直後に応急に建てたらしい数軒の小住宅、というよりバラック群がまだそのまま残っていて、更にそのバラック群の間へ三軒ほどの小体《こてい》な店が纏まって割り込むように並んでいた。

バラック群の裏手には、昔はちゃんとした神社だったのだろうか、荒れた古い祠と小さな鳥居があって、多少の境内めいた空き地も残っていたが、道筋からはバラックや店で隠されていて、見えなかった。

住みはじめて数年で早くもおぼろになりかけている記憶を辿って言えば、当時そこにあった店は元々魚屋、八百屋、肉屋で、それぞれ別々の三軒だった。だが駅から少し離れた場所柄もあって、みな次第に本来の商品のほかに何かそこへつながるような食品、惣菜、缶詰の類も並べるようになっていったから、そこへ行きさえすれば当座、一応の食べ物の調達には困らなくなった。敗戦直後の物不足と窮乏はそろそろ遠い話になっていたが、幼いヒコの世話に追われつつ若く元気に忙しい日々を送っていた晃子なども、家から近いその三軒には引っ越し当初から大いに恩恵をこうむって暮らしていた。

だがそれからのわずか数年で、時代がまた一つ変わったということなのだろうか。今ではバラック家屋群はとっくに取り壊され、明るい小家族向け二階建てアパートの三、四軒に姿を変えていた。みなしっかりしたモルタル壁で、外階段・外廊下の開放的かつ独立的な造りになっている。

また三軒あった小商店も二軒は、親戚同士だったのだろうか、建て替えて一つにまとまり、レジを出入口近くに設置して、近年流行のミニスーパー風の便利な店になり、各種食料品を中心に多少の日用品も並べて、客にセルフサービスで選ばせている。

そのうしろで、裏手の古社めいた奥の祠や小さな鳥居、荒れた空き地ばかりが、何も変わらぬまま取り残されていた。

もっとも晃子も今風になったその店を暫くは便利に利用していたようだったが、育児にいちばん忙しい時期が過ぎた今では、もっと商品の豊富な駅周辺の店まで、〈うちのヒコ〉を連れ、時々はバスも使って、出向いているようだった。

バラックが並んでいた頃のままそこに残っているのは、三軒の店のうちでも、今では肉屋だけになっていた。

加見直行は今、その肉屋の前に足を止めた。

(d)

それは、時代に取り残されて一軒だけ孤立した今となっては、貧相でがさつな店としか言いようがなかった。店先のガラスケースには牛や豚、鶏の肉、切った安物のハムなどが申し訳ばかりに並び、細長い店の奥ではそろそろ五十代も半ばだろうか、小柄だが目立って肩幅の広い、早くも殆ど禿げ上がった店の主人が、いつもながらそのがっしりした体軀を持て余しているかのように、店先に立った客のほうへ不機嫌な視線を送ってきた。

主人はいま揚げ物の火を早々に落として、一日の仕事の仕舞いに掛かっているところらしかった。

店頭に立って、乏しい肉やら売れ残った惣菜ものを前に客の相手をしている女房のほうは、主人より一回りも若いのだろうか、客相手に残る色気を隠そうともしていなかったが、体調に波があるのか、それとも生来の機嫌買いなのだろうか、いつも時々の気分で客あしらいが変わって、予測がつかない。

だがそうした店だと知って、それでも直行が時折ここで足を止めるのは、ここの主人が揚げる粗末なコロッケが戦後の闇市を思い出させるからだった。

いや、むしろ店自体が、おかみの勝手な気まぐれ振りも含めて、あの闇市を思い出させた。

敗戦のときまだ十歳だった彼は、焼け跡で日本刀とピストルが日々占有権を争って対決したという、あの伝説的闇市を直接には知らない。彼は疎開先で敗戦を迎え、そのまま新制の中学校へ自動的に進学する間際まで一年半近くを田舎で暮らしていたし、また仮に敗戦直後すぐに東京に戻ったとしても、闇市は子どもが足を踏み入れられる場所ではなかっただろう。少し遅れて戻ってきて東京で初めて見た闇市は時として荒々しく殺気立つ露店の広大な集積だったが、それでも、敗戦直後の利権と暴力が直接に支配する空間から、次第に普通の人々のささやかな欲望と生活上の必要を、経済統制と警察の取り締まりに背いてでも非合法的に満たす半ば日常的な市場へ移行しつつあった。

だからこそ新制中学校生徒の彼が、子どもの怖いもの知らずで闇市の中へ、はじめは仲間たちと、やがては一人で勝手に迷い込み、そこらの屋台で揚げながら売るコロッケなどを乏しい小遣いで買うことも時には可能だった。

あれは静かな田舎から東京へ戻ってきて、何年目だったのだろう。盛り場の焼け跡に果てしなく広がる闇市の迷路へ一人で迷い込み、勝手にほっつき歩き、そして新聞紙で挟まれた揚げ立てのコロッケを屋台の若者から初めて自分一人で買って勝手に食べた時の、あの強烈な印象を、あの高揚感を、加見直行は生涯忘れないだろう。

そのとき彼は年齢的断層と環境的断層の二つを、瞬時に飛び越えた。

自分は気づきもしないうちに彼の幼い心は家族の庇護を逃れて、勝手で気儘で孤独を求める青年の時間を生き始めていた。また、家族の誰彼の影がいつも視界の隅を横切って動いた田舎の家は今や遠く、幾千の人々とすれ違いながら誰一人と出会うこともない、孤独で出口の分からない闇市の迷路が、自分を待つ未来のように広がっていた。

何度か闇市へ足を運び、露店の立ち並ぶ路が見通しがたく錯綜する一角に立ち、新聞インキの匂う熱いコロッケを頬張っていると、人間はもともと一人で生きるもので、いま自分はそれを生き始めているという感覚が新鮮に心を揺さぶった。

不安はなかった。あったのは自由だった。

真っ直ぐな道を生きようとは思わなかった。自分を待つ未来が迷路のように見えているなら、その迷路を辿って行けばいい。自分の行く路は、自分の意志とさえ関わらない宇宙の何処かで、自ずと決まる。

自然にそう思えた。

それからざっと二十数年が経った。その間には思いがけない異国での何年かがあり、そしていま彼は、家族の待つ自宅に近い商店街の外れの、貧相な肉屋の前に立っている……。

「お客さんは何？」

「ああ、コロッケ四個――」

無愛想な店の女房にいきなり聞かれ、直行はとっさに言い返したが、その言い返したはずみに晃子が家で用意している夕食の存在を思い出した。

まあ、コロッケぐらい明日の朝めしにでもすればいいさ――。直行は自分に言い訳した。その向こうの何処かで晃子が幼い息子に向かって、「あら、いいわね、ヒコ。パパのお土産よ。明日、ヒコのお昼にしましょ。ママにも分けてね」と、明るく笑っていた。

だが、店先の肉屋の女房は注文した客へ目も向けずに言い返した。

「悪いねえ。コロッケは終わったよ」

そして次の客へ顔を向けた。

それが聞こえたのだろうか。奥で片付けに掛かっていた主人は、いつもどこか陰気な視線を上げると、それでも店頭の客へ向かって精一杯、愛想のいい声で言った。

「お客さん、あと十分も待つ気がありゃ、追加のコロッケ、まだ揚がるよ」

いや、いい、またにする、と直行はそのとき、何故答えなかったのだろう。夕食にコロッケはなくてよかったのに。

だが、気がつくと直行は「待つよ」と短く、無愛想に答えていた。

「よくコロッケ買ってくね」主人は一度落とした鍋の火を付け直しながら、奥から続けた。「いまどき、大の大人がさ、それもうちのコロッケなんか。何でなの？」

「食いたいからね。――それだけさ」直行は、そっけなく答えた。

「……余計なこと聞いて、気イ悪くしたら、悪かったな」主人はコロッケを揚げながら視線を捩じって、ちらちらと店頭の客の様子を見た。「そりゃあ、俺も食いたかったのよ。夢に見たよ。戦地でな、自分で揚げた奴を食う夢を、な……。小学校出て肉屋の小僧になって、昨日も今日もじゃがいも茹でて潰して、茹でて潰して。お前もそろそろ揚げてみるかって、ようやくあの因業《いんごう》親父がそう言った、その翌日よ、赤紙は。一人一枚、一銭五厘よ」

……まあ、こうして帰ってきて、コロッケ揚げてるだけでも、もっけの幸いだけどよ、と付け足して、肉屋はまた鍋に向かった。

加見直行は黙って店頭を次の客へ譲って、道の中央に出た。

駅からの道は、この先すぐのところで小さな川を越える橋になる。直行はコロッケを待って、その橋の上に立った。

以前はこの川も自然のままで、梅雨の長雨や秋の台風で時折、氾濫もしたらしい。川幅が狭まった場所で水が溢れて、駅と住宅地との行き来が暫く遮断されたり、稀には子どもが流されることもあって、騒ぎになったという。

むかし疎開で田舎で暮らしていた頃、夏になると子どもたちは川が大きく湾曲して、少し流れが緩くなる村外れの岸辺に集まって、小さな子は岸から延びる浅瀬で、少し大きくなった子どもはその先の蒼く深く淀む淵などで、それぞれに競って泳いだり、飛び込んだりして遊んでいたが、泳ぐうちに時としてふと魔に誘われたように流されて、戻らぬままになる子どもたちがいた。宵闇の中で庭先の縁台に坐って、傍らの大人たち老人たちが帰らぬ子どもの誰彼を、悼むように悔やむように懐かしむように語り合う声に耳を委ね、その古い揺れる記憶や新しい悲嘆の声に幼心を任せていると、闇に潜む透明な美しさと見通し難い恐ろしさが暗く不安で魅惑的な時空となって、不慣れな土地に暮らす子どものまだ定まらぬ心に深く棲み付いた。

もちろんそれはもう古い話だった。やがて都会へ戻って成長するに連れ、それはむしろ懐かしい記憶になっていた。経済成長とともに地方地方の河川の護岸や子どもたちが安心して泳げる水泳場の整備も進み、今では都市郊外のこの小さな川でさえ、底が浚われ岸の嵩上げも進められて、ときたまの溢れ水が子どもを脅かしたり、生活の日常を妨げたりすることは、まずない。

周辺には小振りなマンションも建つようになって、今もその窓から幼い子どもの甘え声が橋の上に立つ道行の耳にまで聞こえてきていた。

「……お客さん、コロッケ揚がったよ」

肉屋の主人の無愛想な声が聞こえた。振り向くと、汚れた上っ張りを脱ぎ、代わりに簡単な上着を引っかけた肉屋が、橋のたもとで包みを持って立っていた。

「ああ」直行は代金を払って包みを受け取り、「手間かけて悪かったな」と付け加えた。

「うむ」肉屋は曖昧に答え、「終わったさ、今日も。これで飲める」と呟いた。

肉屋は肉厚の後ろ姿に孤独を滲ませながら、駅のほうへ去って行き、加見直行は逆方向に橋を渡った。橋のすぐ脇の小学校の前を通り過ぎて、その向こうの拡幅工事中の幹線道路を越えれば、そこはもう直行の住む住宅地だった。

(e)

小学校はどこでもよく似ている——と、直行はいつも思った。大正の終わり昭和の初め頃までは畑作中心の普通の農村だったこの辺の土地柄を反映して、橋を渡ってすぐ右手の川沿いの台地には古くからの小学校が、どこか懐かしい村の小学校の雰囲気を漂わせて建っていた。広い校庭の中央には一段と目立つマテバシイの大木が葉を拡げ、放課後、子どもたちはそのマテバシイに見送られて校門を出ると、その先の短くゆるやかな坂を一斉に駆け降りて、突き当たりで左へ曲がって駅のほうを目指す商店街の子どもたちと、右へ曲がって住宅街へ帰る子どもたちに別れた。

引っ越してきたばかりの頃はまだ、その坂の下の突き当たりに学校帰りの子ども向けの小さな店が残っていた。そこには鉛筆や消しゴム、定規などの簡単な文房具、ニッキやねじり飴の類の駄菓子、めんこ、べーごまなどの安い遊び道具が雑然と並び、また季節によっては暗い色と混み入った図柄の武者絵の凧や少女スターの明るく微笑む安羽子板などがあれこれ壁に掛かって、幼い子どもたちの目を奪い、直行の遠く幼い記憶を呼び寄せた。子どもたちの声に応えて店の奥から出てくる老婆は、何十年かの昔、まだ空襲で焼ける前の東京の小新開地の、同じような小さな店の奥で幼い自分が駄菓子や文房具を売ってもらった、あの老婆その人ではないかと思えた。

だがマテバシイのある小学校の坂下にあった文房具兼駄菓子屋もいつの間にか取り壊され、老婆は姿を消し、跡地にささやかなマンションが建った。朝になればそこから小急ぎに出てきた若い男女が、寄り添い語らいながら、駅へ急ぐ。その姿を目にしていると、むかしこの辺りの畑や台地や雑木林を同じように歩き回り、そこで働き、楽しみ、生きていた彼ら彼女らの祖父母、曾祖父母、先祖たちが、今なお目に見えない影になって、忙しげに楽しげに辺りを浮遊しているのが見えてくる。

長く生きて長く生を楽しむ。あるいは、短く生きて短かった生を惜しみ慈しむ。やがて百年の時間が、千年の時間が経って、それを振り返ったとき、その違いは何なのだろうか……。ふと、今まで考えたことのない疑問が、商店街から橋を渡り、マンションに近づく直行の心を、一瞬の鳥の影のように掠めた。

マンションの一階には小さな歯科医院があった。中年に差しかかって歯にあれこれ問題が出始めた直行も、時折その湯之村歯科医院の世話になっている。

橋を渡ってマンションの前まで来たとき、道端の薄暗がりで人影がゆるやかに動いて、直行に挨拶した。薄い闇を通してよく見ると、歯科医院の助手兼受付の女性だった。

三十代の初めだろうか。予約の時間に医院の扉を押すと治療室の奥から受付カウンターへいつも物静かな姿を見せるのだったが、診療時間が過ぎて仕事から自由になった今、夕闇を通して見えるその動きと言葉に思わぬ華やぎが漂った。

「お帰りなさいませ」暗がりで丁寧な挨拶を受けたとき、直行はすぐに誰と分からず、戸惑った。「……これは気が付かず、失礼しました」直行は一瞬遅れて挨拶を返し、言葉を探した。「なかなか夏めいてきて……これから暫く、いい季節ですね」

「ええ、好きなんです、この季節」

日頃に似合わぬ明るい声に直行が驚いたとき、女のうしろで物音が聞こえ、女は素早い、弾むような動作で医院の玄関を振り返った。見ると湯之村歯科医師らしい人影が出てきて、こちらに背を見せ、扉の鍵を閉めようとしていた。痩せて背の高い、まだ半ば青年らしさを残した体型が、施錠のためにやや背を曲げたシルエットになって明るい闇に浮かび上がった。

「いつもお世話になっています」

直行が、扉を閉めてこちらへくる医師に挨拶すると、医師も穏やかに丁寧に、無言で会釈を返した。そして自分に近づいてきた助手に目で合図すると、いま一度直行に丁寧に頭を下げ、それからふたり寄り添って橋から駅のほうへ去って行った。

夕闇の翳りが一段と深まって、見上げると透明な赤銅色の不思議な光の月が南東の夜空に輝いていた。忘れていたのだが、その夜は地球の影に月が入りこむ月の皆既蝕が、天文学者らによって予告されていたのだった。

むかし高校の図書室で偶然手にした天文学入門の本で、日蝕、月蝕と並んで初めて星蝕などという言葉に出会い、また天体の蝕の仕組みについても、宇宙についても初めていろいろと知ったことを思い出して、直行は懐かしさに胸を突かれた。

宇宙は殆ど無法則とも思える力によって自己展開を続け、人間はその片隅に数瞬を生きる――高校生の直行は、そう思ったのだった。

加見直行が湯之村医師の姿を診療室の外で見かけたのは、それが最初だった。そのとき直行は、若々しい歯科医師が診療室とは別に自宅と妻と家族を持つことを知らなかった。

I　日々は巡り、時は移り

(a)

あの美しい透明な赤銅色の皆既月蝕の夕暮れから十五年が経った。

その五年前、結婚を機にたまたまこの地に住み始め、以来そこで日々暮らすうちに、特に住み続けるつもりがあったわけでもなかった土地に、加見直行は思いがけず深く馴染んで行った。晃子の希望もあり子どもの成長もあって、ヒコの小学校入学を機に古家に多少の手間と費用と時間を掛け、更に家族銘々の注文も加えて改装増築したあとは、もう別の土地へ移る理由は何もなかった。

幼年期を過ごした膨張する東京の外辺、疎開で数年を暮らした川沿いの村の光景は、今も時折、心の奥で揺れる。また、いわば括弧に入れて心にしまい込んだ遠い国での数年もあった。だが今では加見直行にとって、たまたま住むことになったこの土地が、人生でいちばん長い二十年という時間を過ごした土地になっていた。

その事実に気づいたとき、加見直行は少し驚き、すぐに納得した。

あの赤銅色の月の夜、家の前でヒコを遊ばせながら直行の帰りを待っていたとき、まだ小娘のように若くほっそりと見えた晃子も、十五年後のいまは肩から背中、腰にしっとりと肉がつき、欲望も深くなり、そのとき母親にまとわり付いていたヒコも、高校を出ると自分で選んで別の土地の大学へ進み、半ば独立の学生生活を送りながらどうやら成人の日も近いところまで来ていて、気づくと直行は五十五歳になっていた。

いま振り返ってみれば、それは日々消し難い経験と記憶が連鎖し、心に沈澱していった年月でもあった。

この日々こそが自分に与えられた一回限りの生の実質であり、代替不可能、改変不可能な時間だった——加見直行はいま振り返って、そう納得した。

だが、果たして本当にそうだったのだろうか。そこには別の時間の可能性もあったかも知れない……。

風景は、そこに射す光によって、それを見るものの位置によって、変わるのか変わらないのか。世界にもっと揺らぐ可能性はなかったのだろうか。

その年の一月、昭和が終わった。

そして、その年の十一月、自分が生きているうちに崩れるとは思えなかったベルリンの壁が、崩れた。

(b)

改めて思い出してみればあの赤銅色の月の夜以来の十五年間、直行の住む町でもいろいろなことが起きたが、すべてはひとつの連鎖だった、という気がする。そしてその連鎖が平凡な日常の繰り返しであるかのように続くうちに、いつしか、ゆるやかに、しかし大きく、引き返しようもなく、時代の時空が曲がった。

そのはじまりは、あの老夫婦が営んでいた和菓子屋の閉店だったのだろう、と彼はあとになって考えた。

晃子との結婚を前にして不動産屋の案内でこの知らぬ土地に初めて来て、一応の説明を聞いて業者を先に帰したあと、自分がいま人生の次の段階、と言うより、むしろ別の空間へ紛れ込もうとしていることについてひとり漠然と考えながら、あたりを眺め歩いていたとき、ふと昔風の造りの和菓子屋の前に足が止まった。

その店がそこにあったことが、その土地に差し当たりの住まいを決めた理由だったかも知れない。加見直行は〈花影庵〉という屋号を持つその店で義父母となる人たちへの手土産を買った。

それは、いま自分が紛れ込もうとしている別空間への手土産でもあった。

だが、それから数年も経たないある朝、〈今太閤〉と呼ばれた人気政治家の登場が世を賑わした頃だったが、朝になっても開かぬ〈花影庵〉の分厚い板戸に達筆の毛筆で「暫く休みます」という知らせが張り出された。そしてそれが陽光と風に黄ばんだ頃、印刷の「喪中」の張り紙がそれに代わり、七日の服喪の後にそれもはがされ、やがて何週間かが過ぎて、長年のご愛顧に亡妻とともに深く感謝する旨の、花影庵主人署名の、やや丁重に過ぎるとも、やや心情的に過ぎるとも思える挨拶文が暫く張られたあと、和菓子屋は通りから静かに姿を消した。

やがて改装の職人たちが和菓子屋だった建物に忙しく出入りして、そのあとに大きな美容院が開店した。この道筋で初めての美容院になるその店は、近隣出身の元歌劇スターの経営になるとも噂され、毎朝シャッターが引き上げられると、前を通り過ぎる人たちはその店の明るく大きなガラスの壁に映る自分の姿に一瞬みとれながら、前はここ、何だったかしら、と囁き合った。


少し遅れて、華やかな美容院の開業と引換えであるかのように、あの川の傍にあった貧相な肉屋が店を閉めた。

いや、あれは閉めたのではなく何か悪いことがあって取られたのだ、という噂が囁かれ、真偽不明のまま消えて行った。暫くは肉屋の主人が不機嫌な表情を押し殺して、バイクの荷台に積んだ肉などを地元の小さな飲食店に卸して歩く姿が見られたが、それもほんの短い間のことで、すぐに姿が消えた。

おかみさんのほうも周囲に何の挨拶もなく姿を消した。地元の商店街の旦那衆は茶飲み話に、いかにもあの二人らしいやり様だと批評した。

あとはエスニック風というのだろうか、何やらよく分からぬアクセサリー類や安手の衣裳が狭い店の内外に満艦飾にぶら下がり、陳列されて、何とも奇態《きたい》な業態の小店《こみせ》になって、しかもこれが意外に前を行き交う人々の足を引き止めたので、それもまた旦那衆の茶飲み話の折に今後の世の動向についての多少の不安を漂わせつつも、恰好の悪口の種になった。


果物屋の爺さんも同じ頃、あのささやかな店を失った。店先を借りていた地元で三代続いた家具屋が、土地と店舗を手放したのだろう、まったく新しく改築されて、これも全面ガラス張りの、各種パン類の高級チェーンのモダンな支店になってしまったのである。

店の中に入ってみるとガラスの壁沿いに、そしてまた中央の棚にも、焼き立てのパンが各種各様、豊かに積み上がって、客たちはその間を水族館の熱帯魚のように自由に回遊しつつ、好みのパンを手元のトレーへ選んで行く。奥にあるレジの後ろには二階へ昇る階段も見え、通りから見上げると二階の広いガラス窓に客たちの明るい影が映っていて、そこに寛ぐ彼らの前には一階から選んできたパンや飲み物が置かれていた。

いまや日々の家事は辛い労苦ではなくささやかな快楽になり、生活は真摯な営みから気楽な日常の祝祭になった……と当代流行の世相評論家の説くところも、あながち空論ではなかった。

そうした明るい店の前を通り過ぎるとき、加見直行の中では目の前の風景と古い記憶が交錯した。疎開ではじめて日々を過ごした田舎の家の暗い土間、弱々しい電球の光、そこにぼんやり浮かんでいた、水道もなくガスもない木造の流し。その前で背を丸め咳き込んでいた遠縁の老婆の姿などが、古い影絵のように明るいガラスの壁の上を通り過ぎて行った。


しかし人生は今もまだ祝祭ではなく、やはり闘争なのだった。肉屋の夫婦は姿を消したままだったが、果物屋の爺さんは戻ってきた。しかも前は店も持たぬ露天商だったが、戻ってきた今は商店街に一丁前《いっちょまえ》の店を張る中華そば屋の亭主だった。

駅に近いその店は、元は昔風に〈甘味処〉あるいは〈甘味お食事処〉とでも言ったのだろうか。夏には青と赤の彩りも涼しげな旗が風に揺れて氷の季節の到来を知らせ、冬にはガラスの引き戸の隙間から漏れるラーメンの茹汁の湯気が人々を誘い、ガラスの陳列窓には汚れた餅菓子の蠟細工の類も並んで、「何でもあり〼《マス》」と書かれた薄汚れた短冊がぶら下がっていたのだが、いつしか臨時休業の札が出ることが多くなっていたところを、果物屋の爺さんがほぼ居抜きで引き継いだのだった。

保守的で口さがない商店街には、また噂のさざ波が拡がった。

あいつ、カネ溜めてたんだ。果物を売る口上はまあ下手じゃなかったが、値段のほうも、西瓜を向こうが見えるくらいに薄く切って、なかなかのもんだったよな――と言う人がいた。いや、あいつは悪く知恵が働く奴でさ、開店を急ぐパン屋チェーンの足元を見透かし、あんな木の台の営業権とやらを粘っこく強情に主張して、今度の店の権利金を作ったのさ――そう解説して得意気な情報通もいた。そんなことならいいけど、あいつは若い頃から見かけに寄らぬなかなかの悪《わる》だったからね――と言い出し、恩になった家具屋の苦しい内情を知って世間知らずの若い当主を半ば脅して、表に出せない金をむしったのさ、決まってるさ――とひそかに自信ありげに断言する向きもあって、ことの真偽は分からない。

しかし新しいラーメン屋、いや、小さいながらも立派な中華料理屋は内装外装、そして設備にもそれなりの手入れを済ませた上で、予定の日に何の支障もなく店を開き、半ばは好奇心、半ばはお祝儀で訪れる近所の人たちで終日、忙しく賑わった。

それに混じって、この辺りではまずは大店《おおだな》で通用する旦那衆の一人が、午後遅く安手新品のテーブルに座ってチャーシュー麺を啜りながら、カウンターの中で夜の料理の下ごしらえに忙しい爺さんに、屋台の果物売りだったにしてはなかなかの腕じゃないか、それなりいい味が出ている、と鷹揚に褒めてみせると、いや、あたしは元々こちらのほうが本職でねと、店主は澄まして答えたとかいう噂も、面白可笑しく商店街を流れた。

また、これは気づかぬ人がほとんどだったのだろうが、果物屋の爺さんが中華料理屋店主に転業した頃には、あの古本屋はとっくに姿を消して、あとは長年、汚れて曇ったガラス戸に薄いカーテンが引かれたままになっていた。

気難しい夫のために何とか居場所と生き甲斐を作ろうとした健気な妻の努力も、結局、無駄だったのだろう。店の奥に所在なげに座りこみ、本を手に取るでもなく取らぬでもなく、ただ憮然と店内に視線を迷わせていた老人の姿が、直行の心のどこかに残っていた。

だが一度だけすれ違うように挨拶されたあの健気な老女の面影は、それよりはるかに強く、はるかに同情をもって、加見直行の心に深く刻まれていた。直行はひとの気配を失ってすっかり白茶けたガラス戸に老女の姿を時折ひそかに映し出してみて、その努力にもかかわらず何年と続くことのなかった古本屋を惜しんだ。

直行が晃子から、ヒコの塾での父母面接の日、帰りにママ仲間から聞いた話だけどという前置きで、湯之村歯科医が診療室とは別に自宅と妻と家族を持っていることを聞いたのも、その頃だった。

また、ついでの話になるが、湯之村歯科医のことが話題になった夜更け、晃子はすぐには自分のベッドへ戻らず、暫く直行の脇で天井を見たり、相手にゆっくり身体を絡ませて、揺らしてみたりしていた。

「ねえ、この間、私、誕生日だったでしょう」

「ああ」

「ヒコも、もうすぐ、高校ね」

「うん」

「まだ、もうひとり、間に合うかな、なんて、考えて……」

直行は次の言葉を待った。

「こわいけど――。勇気出せば、今度はうまく行くかも、なんて思っちゃう。お医者さんは、二人目が難しい人もいるって言うけど」

「別のことも考えたのよ――晃子は低い声で囁いた――誕生日だったから」

「誕生日だったから？」

「でも、ずっと考えていたのかも知れない……結婚したときから、ずっと」晃子は直行の胸元で更に低い声で言った。「私はずっとあなただけなんだろうな、それでいいんだろうなって……でも、ほかの人だとぜんぜん違うのかなとか……。でも、このままでいいんだって、このごろ思うの。思うことにしたの。だって、迷うのは厭だから……。それだけ」

晃子はそこまで言うと、ゆっくり脚を直行にからめた。

ヒコが十歳のとき、二人は初めての女の子になるはずだった胎児、晃子がひとり秘かに千帆と呼び始めていた子を、六ヵ月ほどで未生のうちに失うということがあった。

(c)

この十五年を振り返ってみれば、商店街や世の中が本当に変わり始めたのは、しかしその半ばあたり、やはりあの駅ビルが建った頃からだろうとも、加見直行は思っていた。

あれが一つの潮目《しおめ》だった。

直行の住む町でも、戦争の前、線路を間にして今の商店街の反対側になる駅の北口には、おんぼろトラックや馬車、牛車、また小型三輪、荷車、リヤカーなどなどによる近隣の物資集散を、鉄道による長距離輸送へ繋ぐ中継場所として、広い国鉄用地や関連の土地・設備があれこれあったらしい。敗戦後の混乱の中でそうした空閑地にさまざまな露店が並び始め、忽ちにして闇市が成立したのは、当時としてはごく普通のことだった。

どこでもまずは才覚と度胸のある男たちが合法非合法に広い場所を公然と占拠し、かつまた経済統制下、表に出ないはずの物資の闇の流れを自分の手元に押さえた。

周囲には明日の食い扶持を無理にも今日、稼がねばならぬ男たちが集まり、ショバ代を払って畳一、二枚の地面にテント生地を敷き、親方経由の品を並べて集まる客に売って、今日の稼ぎをそこそこ手にした。

また度胸のある女たちは焼け残った丸椅子やテーブルを集めて即席の呑み屋を露天にしつらえ、エチルかメチルか自分でも定かならぬ酒を欠け茶碗に注いで客に飲ませた。

そしてまた死に損いの特攻帰りの若者たちは、除隊のときに公然かつ昂然と荷物にねじ込んできた航空隊員専用の純絹の白マフラーを首に巻いて、肩を怒らせ辺り一帯の店の一つ一つから丹念にショバ代を集めつつ、市場の平和と秩序維持のために昨夜のトラブル相手を探してのし歩いていた。

中には、俺は昔から共産党だったんだぞ、と小さな肩をゆさぶりながら大人の間をのし歩く、かつての皇国不良少年もいた。

こうして日本全国の、敗戦の日まではただの焼け跡や空き地だった場所々々に、一夜にして警察も手の出せない治外法権的空間が生まれたのだった。

それはもちろん善良なる市民たちにとっては、足を踏み入れること自体を躊躇する危険な場所ではあったが、しかしまた同時にその時代、自らの職務に忠実に法と配給制度を遵守した判事が、ついには自ら飢え死したという状況下にあっては、闇市は地元の人々にとって制度外的食料・生活必需物資の唯一の調達場所として、恐れられつつ求められ利用もされ、いつか次第に馴染まれて、やがては愛されるようにもなって行った。

また運営主体も、対立組織に対してこそ躊躇《ためら》うことなく実力行使をしても、善良な購買者を過度に怯えさせて闇市自体の衰退を招くのを避け、自ずと硬軟両様、猛々しい狼の構えよりは狐の笑顔へ移行して行ったのは、理の当然と言うしかなかった。

そうして戦後十数年が過ぎ、東京オリンピックを予告する明るい歌声が電柱に縛りつけられた大型スピーカーから連日終夜、町に流れるようになった頃には、かつて闇市で肩を怒らせていた特攻帰りの兄《あん》ちゃんたちもとっくに気のいい露店の親父になって、母親と買い物に来た子どもたちに笑顔で宣伝の駄菓子や風船を配っていた。

だが実を言えば、オリンピックが終わった頃から、そうした旧闇市を街の風物詩として鷹揚に愛惜し続けることがもはや許されない時代が近づいてもいた。小さな店が迷路のようにつながった空間は、いつしか共有の簡易屋根を備えて一つの連結建物の観を呈していたが、ただでさえ老朽化したその不定形集積は、ほとんどすべての点で、次第に整備されてきた戦後社会の良識、時代の建築の基準や規制に抵触していた。

そして更にあけすけのことを言ってしまえば、敗戦直後の、当時の流行語で言ったところの〈日本零年〉に力を唯一の基盤とする自然史的過程を経て生成したこうした空間とその運営手法は、その後に復活した現行の法的基盤を全面的に無視し、冒していた。

もちろんどこの闇市も問題は同じだったが、東京オリンピックを前にして囁かれた「このままでは世界からくるお客さんたちに恥ずかしい……」という魔法の言葉が効力を発揮したのだろう、少なくとも大都市の盛り場にあって目立った旧闇市――迷路のような人喰い沼のような、中近東風とも東南アジア風とも見えた巨大地上マーケットは、オリンピックの成功に威信と命運を懸ける新生日本国家との間に、どういう確執を経て、どういう決着を付けたのだろうか、オリンピック開催の頃には大方もう姿を消していて、その跡地は同時代の欧米系文明世界に恥じることのない、高層ビルの明るく建ち並ぶ近代的市街になっていた。

であってみれば、東京オリンピックも遠い日々となった今、いささか都心を離れた郊外のこの町の闇市の後身、駅前青空マーケットも、広い東京の片隅の存在とは言え、もう姿を消すべき潮時に来ていた。

さぞ、たいへんだっただろうな――。

長らく噂ばかりが先行しながら漸く最近になって着工した駅ビルの建設現場近くを朝夕通り過ぎながら、加見直行は時折、思い出したように考えた。

昔からの合法的権利者・公的機関、戦後復興の功績と長年の営業権を主張する店主たち、理屈はどうでも死ぬまでここから動かない、死んだあとはどうとも勝手にしておくれと、それだけを嗄れ声で繰り返す飲み屋の婆さん、半端な立ち退き料で誤魔化すなといきり立つ二代目の、苦労知らずのどら息子――。加えて、再開発組合の中立委員を務める地元のお歴々……。

利害相争う彼ら全員の合意を得ることを考えてみると、局外者の直行にも都や地元の市の再開発担当者の苦労が思いやられたが、いや、おそらく、その職にあった人々の涙ぐましい努力がついにその実を結んだのだろう。オリンピックもゲバ棒も遠い記憶になった八〇年代初め、若い娘たちの着慣れぬ着物姿に最後の正月気分が盛り上がる一月は成人の日に、駅ビルは無事に開業の日を迎えた。

それは、しかし、昭和のごく初期の頃から自然発生的に形成されてきた南口の商店街にとっては、地元の商業的賑わいの主役から脇役へ、音もなく滑り落ちた日でもあった。

(d)

駅ビルは晴れやかに開業した。成人の日の冬空は明るく晴れ上がり、新しいビルはひとで溢れた。

地下フロアーには闇市時代から続く食料品系の馴染みの店々が入っていた。彼らは不思議なほど地上にあったときと何も変わらず、ビルの地下の床の上でも軒と軒は相接《あいせつ》し、店と店は指呼の間に相対《あいたい》し、豊富多彩な日頃の商売物をいつも以上に賑やかに盛り上げて、新ビルでの新出発の日を迎えていた。

またその一角には、これも地上にあった時と同じく、周囲とは多少とも不調和ながらも、見かけは独立の建物めいた造作を構えて、小さな天麩羅屋がカウンター数席だけの店を張っていたが、それは知る人ぞ知る、闇市時代に始まって今に続く隠れたる名店なのだった。

少し寄り道の話になるが、今は昔、あの懐かしき七〇年代初頭の全共闘時代、反乱する学生たちと団交の場で対峙しておよそ一週間、大講堂の中に閉じ込められながら何一つ譲らなかったことで名を上げた某大学の有名総長がいたが、その天麩羅屋は彼の贔屓の店として秘かに知られ、団交一週間後に学生たちがついに諦め、敗北を押し隠す捨て台詞とともに総長を解放したとき、彼が最初に向かった先は自宅ではなく旧闇市の中のその店だったと伝えられている。暴力学生に屈しなかった彼の心意気に心酔した硬派好みの人々にとっては今なお、その天麩羅屋こそが新しい駅ビルの隠れたる名所、見えざる重心なのだった。

だが、そうした目出度い話は話として、もしあの二十世紀三〇年代四〇年代の新興アジア国家日本の惨敗、前線での悲惨な敗退と孤立、内地を襲った焼夷弾の燃えしきる炎、そして沖縄、広島、長崎の言い難い崩壊の日々――自分は辛うじて生き延びてもそうした無惨な記憶から未だ逃れることの出来ない、常ならず物覚えのいい人々がもし仮にいて、その場に居合わせたとするならば――その彼、彼女は、新装の駅ビル地下街で豊かに積まれた品物を間に挟んで賑やかにやり合う売り手・買い手たちを心より言祝《ことほ》ぎつつも、その向こうにぼんやりと浮かぶあの痩せこけた復員兵士たちの影、あるいはまた前線で飢えてついに帰ることのなかった未復員兵士たちの影、そしてまた燃えさかる懐かしいわが家わが町に行く手を阻まれ、ついに脱出できずわが身を焼いた女・子ども・年寄りたちの影、更にまた音もなく漂い、自分の見た、あるいはついに見ることのなかったあの戦後の闇市の昔を懐かしみつつ、いつしか姿を失って今も新ビル地下の賑わう売り場を言葉なく彷徨している影――遠い記憶から逃れられぬままその日そこに居合わせた彼、彼女たちは、うっすらと漂うそれらの影々を心にもなく目にして、一瞬、生の不条理と不公平に戦慄したかも知れない。

地下一階地上七階の新ビルを、日々の美味を求めるひとで賑わう地下市場から地上の階へと昇れば、それはそれで、また、まったく別の世界だった。旧闇市に露店を並べていた地元個人資本の影は消え、一階では同じ食料品でも本店を都心に構える銘菓、高級食品など有名諸店の支店が覇を競い、更にエスカレーターに身をゆだねて二階三階へ昇れば、そここそが女性ファッションや高級雑貨の類が一段と華やかに花開く新ビルの心臓部だった。

更に上の四、五階には、ファッション誌を店頭に飾る大書店や世に映える歌い手の大ポスターで人々の足を止める当世流行のCD店など、当代の人々の文化的欲求に応える商いも、決して忘れられることなく配置されていた。

そして見晴らしのいい六階の、駅ビルの華と言うべきレストラン・喫茶店街には、開業お披露目の今日、もとより空席一つ残るところはなく、ただ地元の老若男女の好学の志に応えるべく設けられた更にもう一階上のカルチャー・センターの教室からビルお披露目のその日、早くも受講者の日本流発音を矯正する外国人講師の熱心な声が聞こえてくるばかりだった。

こうして、心浮き立ちつつ新ビルを歩き回る人々の心から、この建物の底に敗戦以来三十数年あの闇市があって、そこをかつては若かった親たちが、そして子どもだった自分たちも、「赤いリンゴに唇よせて……」とか「……銀座のカンカン娘」と口ずさみながら日々歩き回り、駆け回っていたという記憶はうっすらと消えて行った。

(e)

新しい駅ビルへ加見直行が初めて足を踏み入れたのは、開業して二、三週間も経った頃だった。祝日のその日、晃子は昔ヒコの幼稚園で知り合ったママ友たちとのデートで昼前から出掛けていて、またこの年、早くも中学生になったヒコは、そういうことに興味を持たせてくれる年配の先生でもいるのだろうか、生意気にも友だちと歴史愛好部とかいうものを作って、朝早くから先生の指導の下、どこか史跡巡りに出掛けたらしい。一人ゆっくり起き出した直行は、改築のときにどうやら造った狭い仕事部屋と称する空間で持ち帰った仕事を片づけたあと、少し時間をずらして駅ビルへ行った。

駅ビルは開業二週間を越えてもまだ結構な人出だったが、さすがに昼時過ぎのその時間になると六階の食堂街で人気の小レストランにも空席があった。彼は片隅に席を取り、ランチを頼んで店内を見渡した。大方の席はお茶とお喋りに余念ない女性客で埋まっていた。

そのとき彼は目を見張った。壁際のソファ席に、あのはやばやと閉店した古本屋の老人が座っていた。しかも、いつもあの狭い店内で、ただただ鬱屈し、陰鬱そうに座っていた老人が、今日はあからさまな笑顔を浮かべて、ソファから身体を乗り出すようにして話している。

　相手は、三十代半ばの、世馴れたようにも見え、だがまた善良そうにも見える女だった。椅子を老人に寄せて、その話に大きく頷いて見せたり、自分から何か熱心に話したりしている。

　老人の前に何か書類が開いているのが見えた。

　やがて老人が頷き、女は遠慮がちに書類のあちらを指さし、こちらを説明して、老人はそれに従って書き込んだり捺印したりし始めたが、その老人の動作の一つ一つからは何か歓びとしか言えないものが発散していた。

　一見してそれは老人向けの保険の勧誘か何かで、いま話が成立して、老人は契約の書類に書き込み、サインし、捺印しているのだった。

　もちろんその頃も老人相手の危ない誘いはいくらもあったが、女の様子からしてさほどあくどい話とも見えなかった。

　むしろそのとき加見直行の注意を引いたのは、そこで書き、サインし、捺印する老人の、動作の一つ一つ、身体の部分々々が発散している、いわばぼってりとした歓びだった。

　それは、無惨としか言いようのない歓びとも見えた。

　あるいはそれを、生命というものの根源的浅ましさの表出とでも呼ぶべきなのだろうか。だが、そうであっても、その無惨な歓びが老人にとっては命の根源を揺さぶり、奮い立たす、本物の歓びであることも確かだった。

ボーイが直行の前に遅いランチを並べ、その身体で半ば隠れた向こうでは、契約を終えたらしい二人が立ち上がり、うちとけた別れの挨拶を始めている。

もし仮に誰かがいまあの老人に向かって、お止めなさい、詐欺ですよ、と言ったら、老人はそのお節介に向かって、どんなに怒ることだろう。たとえ詐欺だと分かってもなお、今この瞬間のためになら、老人は老後のための蓄えの半ばを捨てて悔いないだろう――。

直行は昼食のフォークを手に取りながら、食べるのを忘れて、思った。


その後も直行は時折、駅ビルや商店街の通りなどで老人を見かけた。あの女性が一緒だったことはなかったが、老人はいつもユーフォリアめいた笑顔を浮かべ、太り過ぎの身体を先を急ぐかのように前のめりにして、直行の前を通り過ぎて行った。

それは時として何処かで自分を待つ幸福を目指して先を急いでいるように見え、また時としては空中浮遊の稽古をしているようにも見え、しかしその姿に常に漂う根拠のない幸福感を見ると、それがあの古本屋の狭い帳場に座って、終日陰鬱に店内を見回していた老人と同一人だとは、もう信じられないのだった。

しかしある日、商店街を相変わらず無根拠な笑いを浮かべながら太った身体を揺らすように歩き続けていた老人が、小さな惣菜物屋で焼き魚と白飯に加えて惣菜の三品四品《みしなよしな》を無造作に注文し、さらに黒々とした上質の海苔で包まれた握り飯に目を止めて、白飯を取り消しもせずに嬉々としてそれを注文に加えた、その一部始終を目撃したとき、加見直行の中で突然に気づいたことがあった。

あの聡明な老女は死んだのだ――。その直感は突然、確信となって彼の身体を走り抜けた。そうだ、老女は死んだ。だから老人には、古本屋を続ける必要がなくなったのだ――。あの健気で賢い老妻が生きていたら、こうした無惨で自由な歓びの空間が老人の前に開けるとは、加見直行には決して思えなかった。

直行の直感が正しかったのかどうかは分からない。しかし直行はその直感を疑わなかった。妻さえいなければ、あの賢明過ぎる妻さえいなければ、なぜ古本屋など、続ける必要があるだろうか。いま、この瞬間、食うのに困ってもいないのに。

いま妻の死が、あまりに賢明だった妻の不在が、老人を一生の軛《くびき》から解放し、ユーフォリアの中を浮遊させている。

あの老人の奇妙な解放感！　生涯にわたる賢明で健気な妻の配慮が、夫を終生、陰鬱のなかに閉じ込めていたのだ……。

人生に伴う困難や障害。それを乗り越えるために必要な配慮――あまりに賢明にそうしたものに備えていた妻が去って、老人は解放され、いまはただ奇妙な陽気さの中を浮遊している。

それは間違いなく生の幸福であり、生の解放であり、生の自由なのだった、賢明な妻の死とともにいま老人を訪れているものは——。

II　扉を叩く音

(a)

成人の日に新規開業した駅ビルも、桜の開花ニュースが報じられる頃にはもう特別に意識されることはなくなった。そして気がつけば、いつの間にそれだけの日々が経ったのだろう、早くも三周年記念大売出し予告のポスターが駅や店内に張り出されていて、それを目にした人々は、自分の人生の時間があの賑やかだった開店の日から早くも三年分流れ去ったことを知って、ひそかに驚くのだった。

加見直行もその年、五十歳を迎えた。

朝起きてみると、半月ほど前からの歯の疼きが一段と強くなってきているようだった。加見直行は久しぶりに湯之村歯科に午前中の予約を取り、事務所の秘書にも出るのが少し遅れると連絡した。

手早く済むと思っていた歯科のほうは、しかしそう簡単ではなかった。湯之村医師は痛む場所とその辺りを時間を掛けて慎重に調べ、更に全体のレントゲンも撮って、それを窓からの外光にゆっくりかざして眺めていた。

「まず、お痛みの左下なんですが、これは親不知《おやしらず》です」

医師は入念な診察や検査にいくぶん疲れたのだろうか、診療用の高いスツールに腰を半ば預けて、説明し始めた。

「加見さんの場合、左下にまだ生えてきていない親不知が残っていて、最近になってまた伸び始めたのでしょう。隣の歯の下に潜り込んで行こうとしているので、それがお痛みの直接の原因でしょうね」

医師は直行に口を開けさせ、鏡を持たせた。

「ここです。これは抜くほかありません。ですが、いま拝見したところ、率直に言って手入れの行き届いていない箇所も多いので、ご年齢も考えると、できればこの際必要な治療をしながらいバランスを探って、今後の老化に備えたいという気がしますね。もしそのための治療時間を取って頂けるのであれば、ということになりますが」

「バランスを探る?」

「ええ。歯は内臓と違って、自分の歯でも普通の鏡で映して見ることができるし、また入れ歯とかインプラントとかもあるので、うっかりすると眼鏡などと同じような、外付けの道具か何かのように錯覚され勝ちです。ですが、歯はやはり人間の身体の生きた部分で、全体との関係性において存在して、働いていますから、ただ物理的に修理すればいいという訳にはいかないのです。事を狭く口の中だけで考えてみても、上の歯と下の歯、奥歯と前歯、歯と歯茎など全体の関係性を考えながら、それぞれの要素が気持ち良く働ける平衡点を探して行きませんと」

直行は〈関係性〉という言葉を耳にして、郷愁に似たものが心に動いた。東京オリンピックのあの全国民的祝祭が過ぎ去って国中のユーフォリアが覚めないままに立ち枯れて行ったとき、〈関係性〉という言葉は当時の〈反抗する青年たち〉の愛用語のようだったが、帰国したばかりの直行には〈関係〉と〈関係性〉の違いもよく分からぬまま、たった数年の異国滞在で自分がこの国での確かな足場を失ってしまったような浮遊感を感じさせたのだった。

湯之村医師は改めて診療用スツールに座り直して、患者に鏡を持たせ、一つ一つの歯の現状とそれへの対応の仕方を丁寧かつ具体的に説明して行った。

「歯はいつも微妙に動いています。大事なのは、歯が互いに自由に、バランスよく動けることです。我々の年齢になりますと、正直、もう老化の影響は避けられませんから、互いに身動きとれない関係や、あるいは一部の歯ばかりが気儘勝手に動く状態を放置しておくと、歯列や歯茎全体の老化が早まり、極端な場合は急に全体が、何と言いますか、自己崩壊と言いますか、そんな危険もないとは言えない」

「で、どうなさいますか……」と医師は急に説明に疲れたように、性急に尋ねた。「相手は人体ですから、治療の途中で思いがけないことも起きないとは限りません。なかなか医者の思い通りに完工、全治という訳には行かないものですが、でも加見さんの今のご年齢に手をつければ、まずはまだ大丈夫でしょう。医者として言えば、いまが適切な時期、率直に言えば適切な時期のそろそろ最後ですね」

湯之村歯科医師は、診療台に半ば横たわる直行の顔を見た。

「私に医者としての意見を言えとおっしゃるのなら、〈ここがロドスだ。飛べ！〉ですよ。……まあ、あれやこれやにかまけて肝心の大事なことは一寸延ばし、という点では、私など、患者さんのことを言える立場ではないですがね」

湯之村医師は説明の最後にギリシャの古い諺を付け加え、そばに立つ助手のほうを見て苦笑した。助手も控えめな苦笑でそれに応じながら、小声で、患者に聞こえるように、「やだわ、恥ずかしい。先生ったら、また諺の意味がずれてる」と呟いてみせた。

その呟きを聞いて、治療台に座る加見直行の思考がふと横に流れた。

不意に帰国して以来、直行は半ば見知らぬ国にも思える日本で折々の小さな必要、小さな快楽を相手に暮らし、やがて自然過程としての人生へ復帰するために相手の妊娠というたまたまの事態を受け入れた。だが、そのくせ心のどこかで今でも、ロドスにさえ戻れば、何時だって、どんなにでも、自由に飛べるつもりでいるのではないだろうか……。

「で、どうなさいますか……」

医師はまた答えを催促した。

「ええ、では、ロドスに引っ越したつもりで――と直行は思考を漸く当面の問題へ引き戻して、答えた――万事お任せしますので、よろしくお願いします。時にはもう湯豆腐のほうがいい気もしますが、まだビフテキも食べたいですから」

湯之村医師は頷いた。

「人生の時間をトータルで考えれば、いま治しておかれたほうが能率もいいし、何より快適だと思いますね。適切な治療と日々の入念な手入れさえあれば――と歯医者はよく言いますが、加見さんの現状なら、しっかりした治療と手入れ、そして神のご加護が加われば、と医学と人為の限界を知る医者としては付け加えますが、七十歳になってもご自分の歯でビフテキが食べられますよ」

「わが行状を振り返ると、神のご加護はどうも無理なようですが」

直行は診療台から立ち上がりながら、同年輩の医師に軽い冗談を言った。

「さあ、そこは」と医師は笑った。「神の基準からすれば人間の行いはみな不合格でしょうから、やはりご加護次第でしょう。でも歯医者が総入れ歯になっては世間に対して恰好がつきませんから、私としてはせいぜい手入れにも気を付けてはいますが」

「では」と直行は、何故だろう、ふっと引き込まれたように言っていた。「我々二人、七十歳を越えても自分の歯でビフテキが食べられるかどうか――それを試すために先生の古稀のお祝いには、何処か一流ホテルのビフテキ・ディナーへご招待しましょう。先生より若干年上のこちらがまだ健在かどうか――、それはもう神のみぞ知るですが」

「これは、思い掛けぬお話で……」医師は軽い驚きの色を見せて、ゆっくり会釈した。「もちろん喜んで――。折角のご招待を頂き損なわぬように、そこまでの我ら両者への神様のご加護のほうは、私からもよくよくお願い致しておきましょう――。で、その折りのことなのですが……」

医師は一瞬ためらっていたが、しかしそのまま脇に立つ助手のほうへ視線を向け、言った。

「その折りには、この人も一緒にお願いしてよろしいでしょうか」

直行はあの透明な赤銅色の月の夜を思い出した。十年ほど前の初夏、皆既月蝕の夜、寄り添う二人の姿を初めて見たのだった。

「ええ是非――是非そうさせて下さい」直行の声からは懐かしさが溢れ、助手は軽く頭を下げた。

直行は思わず言葉を続けた。

「あとざっと二十年ばかり。あとざっと二十年と少々経ったら、老人二人がまだ若々しい女性おひとりをまじえて世間の移り変わりやこの町のあれこれ、その他、世のもろもろを一緒に振り返り、懐かしい昔話ができるのかと思うと、今から心がときめきます」

その日、受付も兼ねる女性は、カウンターで治療費を受け取ったあと、直行に返すお釣りと保険証に小さな女持ちの名刺をそっと添えた。

「ご招待して頂くのに、名前も申し上げてないのでは失礼ですので」

女性は言い訳するように言った。角を丸く落とした女持ちの名刺には漢字で谷原湊子と記され、〈やはら・みなとこ〉と仮名が振られてあった。

あと二十年ばかり……。二十年ばかりとは、いったいどういう時間なのだろう？ それは短いのか、長いのか。

直行は名刺を読みながら、自分がふと口にした歳月について目眩いのするような思いで考えた。

(b)

昼過ぎ、予定より遅れたので食事抜きでまず事務所へ出ると、留守居の女性事務員兼秘書が一枚の名刺を直行に渡し、部屋の片隅を目で指した。

そこは応接コーナーで、衝立とカーテンで作った仮仕切りの陰に簡単なソファー・セットが置いてあった。

加見直行は名刺を見た。白く硬い紙片にはひととき彼の人生に大きく関わりながら、現在の日々の日常のなかで、迂闊にも半ば忘れかけている名前があった。

「いや、お留守なのに勝手に入り込んで、どうにも申し訳ないことで……」

直行がきた気配を早速に察したらしく、カーテンの奥から六十がらみの小柄な男が出てきた。熱帯の陽光に晒された年月のせいなのか、早くも老いの兆しが目尻や額の皺に刻まれていたが、しかしその無造作な身のこなしや構えない話し方、そこに現れる若々しさは、二十数年前の昔、直行が一度だけ会ったときと何一つ変わっていないとも思えた。

「相変わらずの異国暮らし、根なし暮らしでしてね。長年ご無沙汰を続けながら、今度はまた突然に現れて、失礼とは思ったのですが、何しろ明日には帰るものですから……」

ざっと四半世紀前、工学系の院生だった直行が、翌春の就職を控え、晩秋の週末、低い山並みを一人で辿り歩いていた時、男は峡谷の陰の小さな温泉宿で仮初めに出会った彼を、遠い国での仕事へ誘った。

いや、誘ったというのは逆だった。暗い裸電球の揺れる風呂場で秋の冷気の中を歩いてきて凍えた身体をぬるい湯船にゆっくり沈めながら、男の気安い雑談に耳を傾けているうちに、避けようもなく、直行の心がそこへ引き寄せられたのだった。

＊　＊　＊

「都会育ちのあたしが何であそこで暮らしているのか？　まあ、運命のいたずらと言うか、いっそ身から出た錆と言うべきか。でも悪いところじゃないです」

それは旧い東京から残ったある種の方言なのだろうか。湯に身を沈め、低い背丈の割にしっかり幅のある肩から、腕、肘、手首へ向けて、手のひらでゆっくり、ゆっくり、何回も撫で下ろしながら、男はどこか独特な闊達さで言った。

「大きな大陸の端っこの、山と海に挟まれたちっぽけな国ですよ。まわりの国はみなスペイン語か、たまにポルトガル語なのに、あそこだけは、あれはイタリア語って言っていいんですか、どうなんですか。古い奇妙な方言らしくて、イタリア人でもよく分からず、苦労するらしい。私なんぞ英語もろくにできないから、いっそ気楽ですけど――」

「あんなところへ売り込んで、どれだけの儲けになるのかって、思うんですけどね。そりゃあ白《しろ》も多少はいますよ、国中あわせて何人《なんにん》になるのかは知らないけど。でも大部分は薄赤っぽいって言うか、いっそピンクって言うか、不思議な色の地元連中。それと連れてこられたんだか流れついたんだか、黒い連中若干に、それやこれやの混血ばかり――。

これがね、何かっていやあ、踊ってますよ、赤も黒も、混血も。白以外は。何か地元の宗教があって踊ってるらしい。だからテレビなんて要らんのですよ、ほんとうは。人生、あんなに楽しく踊っていられたら電気紙芝居なんか誰も欲しがらない――。なのに、それでも何かは売れるだろうって言うちっぽけな会社がありましてね、日本とかいう吝《けち》な国に。あんなとこ、うちの社員は出せんけど、お前、英語がそこそこできるんなら、何を売るんでもいい、どうにかしてこい、って。無茶なこと言いますよね」

男は笑った。足元の砂利の間から昇ってくるぬるい湯でじっと身体を温めながら、その言葉に耳を傾けていると、若い加見直行の心の中で薄赤い肌や黒い肌、淡い混色の男や女がゆるやかに入り乱れつつ、穏やかに舞い続けている姿が次第に浮かび上がってきて、それはやがて、ますます鮮やかに、ますます激しくなっていった。

「毎日踊っている……そういう生活もあるんですか？」彼は不思議そうに、ひとり呟いた。


戦争が終わり東京へ戻って、少年から青年への断層を越えて、直行はさして迷うことなく技術屋になろうと思った。

いま世に栄えて豊かに暮らす人々も、社会の混乱の中では運命がどう変転するか、それは決して分からない。時にはたちまち日々の食にも困窮する——。

その恐れは、戦争と敗戦の中で育った直行には、ほとんど本能になって染み込んでいた。

大人たちの世間話、仙花紙やタブロイド判の新聞・雑誌の三文記事、町での日々の見聞——。すべては同じことを語り、そしてその唯一の例外は技術者だった。

技術者だけは、戦争に負けようが極寒の外地で何年抑留されようが、無産者革命が起きようが、食って行くことだけは必ずできる——。

技術屋なんてやめろ、やめろ。事務系の連中に威張られ、追い使われるだけだぞ——。高校の早熟な同級生たちはそう言って、技術者志望の彼を引き止めたが、直行は、それでもいいさ、と答えた。スターリンだって技術者は粛清名簿から除いたんだ——。

直行はやがて大学に進み、折から始まった高度成長の中、様々な分野の工場建設に関わりつつ、その共通基盤を担う特殊な技術分野があることを知って、気がつくとそれを自分の道に選んでいた。

どこかの現場に工場建設を計画し、その完成に何年掛かるのだろうか。やがてそれが完成すると、次の現場の次の仕事へ向かう。

人生が所詮一つの、決して長くはない夢であってみれば、それを更に短いいくつかの夢に切り分けて、それぞれをそれぞれに味わい分け、やがてそれぞれに別れて行く生涯も、悪くないかも知れない……工学部の学生だった彼は大学院進学のガイダンスを聞きながら、ふとそう思った。

そして今、半年後に工学部の修士課程を終える彼は、所属の基盤工学研究室からの推薦で既に大手の＊＊工業建設への就職が内定していた。

「――毎日踊っている……そういう生活もあるんですね」彼は秋の山間《やまあい》のぬるい湯に深く身を沈めながら、相手の言葉を繰り返した。

「ええ、不思議ですよねえ。……仕合わせに踊っているところへ詰まらぬ機械を売り込みに行ったこっちは、悪戦苦闘の毎日でしたけど。まあ窮すれば通ずでしてね、ふと思い付いて、ラジカセの見本を送らせたんですよ。日本式の小型で小綺麗な奴じゃなくて、もともとアメリカのディスカウント・チェーン専用の輸出用です。重くて大型で不細工で、初めっから安売り専門。音ばかり大きくて、音楽鳴らしながらステップ踏み踏み持ち歩いても、しっかり振り回し甲斐のある、ずっしりと重い奴。初めは自分でも、石でも入れてあるんじゃないかって思いましたけど。音の微妙な良さなんかじゃなくて、大きさと重さ、迫力！　それを売りどころにして売り込んだら、まあ、まあ、どうにか商売になりました。でも、それがよかったのか悪かったのか。もともと三年の約束だったのに、本社にそんなこと、すっかり忘れたふりされましてね。意外と有望な市場だな。お前を所長にしてやっから、もう一人、地元の言葉も少しは分かる奴を探せ！　と言われまして、いま久しぶりに帰って来ているんですが、これが難題ですよ、フランス語ならともかく、イタリア語の、それも古い奇妙な方言となると、これはなかなか……」

直行の心のなかで風景がゆっくり変わって行った。褐色の男たち黒い男たちが小型のトランクほどもありそうなラジカセを手に何列かの列を作って、縦横に混じり合いつつまたほぐれつつ、大きく飛び跳ねるように踊り、行進して行くと、褐色の女たち黒い女たちが濃淡みなそれぞれにリズムに乗って、男たちの列の間を縫って前へ後ろへ、ただ気儘に自在に踊り続けている……。

「イタリア語なら勉強したことがあるんですよ――」そのとき突然、誰かがそう言っているのが聞こえて、加見直行はひどく驚いた。それは自分の声なのだった。

確かに直行は必修外のイタリア語の単位を取ったことがあった。だが自分でも忘れていた、忘れることにしていたそれが、何故いま自分の声になるのか。

男は直行の声に、暗い湯の中で顔を上げ、急に真面目な表情になって「行きますか」と聞いた。

「ええ」加見直行はまた、即座にそう答えている自分の声を聞いた。

今年度で修士課程を終えようとしていた直行は、研究室からの紹介で翌春の就職が決まっていた。それを断るのは、その工場建設の世界へもう戻れないことを意味していた。だが「ええ」という自分の声を聞いたとき、自分がこの先、その答えを決して後悔しないことがはっきりと分かった。

そしてまだ教養部の二年だった自分が何故あの時、イタリア語を取ったのか、無視する気なら簡単に無視できたあの女の身勝手な頼みを断らずに何故イタリア語の授業に付き合ったのか、そのほんとうの理由を悟った。

あれはあの女とは無関係だった。あれはいま院生になった自分が、山の湯で会ったこの見ず知らずの男の話に身を任せて、その奇妙なちっぽけな国へ行くため——まさにそのためだったのだ。

そしてあの毎週のイタリア語授業のあと、改めて別の小教室であの女と経験した奇妙な別の演習も、いま高度成長する日本資本主義の下で各種新工場の立ち上げを専門とする技術者への確実な道を去って、見知らぬ異国での慣れぬ冒険へ踏み出すための初歩的レッスンだった……。

若い院生だった加見直行はそのとき、奇妙な小柄な男と山の湯に深く身を沈め、遠くから聞こえてくる低いせせらぎの音に心奪われながら、誰かが遠い遠い何処かで彼の人生の基礎デッサンを描いていることを、ほとんどそのまま信じた。

＊　＊　＊

「お忙しい日程のなかで、よく寄って下さいました。お待ち頂くことになって申し訳ありません。ぜひもう一度お目に掛かって、その節のお礼を申し上げたいと思っていました」

いま中年になった加見直行は、早くも頑健な老年の気配を漂わせる男に丁寧に頭を下げた。

「いや、こちらこそ、あの節は……。遠い国へいらして頂いた、そのときにこちらが行方不明で。……実はあの時、あの周辺がけっこう有望な市場だと思い始めたんでしょうな、本社が」言いながら男は薄く笑った。「途中で私が邪魔になったようで、見事に追い出されました。本社の出先が向こうのお役所とつるみましてね。まあ、そんなことは世の常ですが、ただ遠路お出での貴方にはたいへんご無礼申しました」

「私のほうこそ、あのあと移られた先も判らぬまま……」

「こちらこそ今回やっと、こちらの事務所に伺うことができて。でも今日はこうして、お元気なことが分かり、漸くお詫びも申し上げられた。これで、人生の気掛かりが一つ減りましたよ」

男は晴れやかに笑った。が、急に真剣な表情がその顔に浮かんだ。

「実はあれから何年かあと、少しほとぼりがさめた頃に、後始末をしに一度そっと戻ったことがありましてね。貴方にはご挨拶もせず失礼しましたが、お気に入りの方もおできのようなので、ずっとあの国で楽しくお暮らしになれるだろうと、そう思って安心していたんですが……。何か、吝なことが好きな本社が地元のお偉い連中とつるんだとばっちりか何かが、そちらへまで行ったのでなければいいのですが」

直行はその言葉に驚いたが、「いえ、こちらこそ若くて何も分からぬまま、不手際なことで」とだけ答えた。そして今晩の食事か、せめてこのあとお茶にでもと誘ったが、男は、久しぶりの故国訪問の締めくくりに、これから年寄りを訪ねるのでと言って、断った。

若いときから身勝手に暮らしてきた自分が顔を見せに帰ってこられるのもこれが最後になるかも知れないですから、まあ今日の一日くらいはゆっくり……と男は人懐っこい笑顔で言って、去って行った。

男が今回の帰国のもともとの目的については何も言わなかったことを、直行は彼が去ってから初めて気づいた。

(c)

歯の治療は順調に進んでいた。特別の仕事が入らない限り月木の週二日、朝一番の予約時間に湯之村歯科の扉を明けると、助手の谷原湊子が打ち解けた笑顔を直行に向けた。

湯之村医師は左下を暫定的に処置したあと、若い頃にいい加減な治療で済ませてきた歯や、遠い国で地元の親切な医者に明るく乱暴に削られた箇所などを一ヵ所一ヵ所、少しずつ治療しながら丁寧に観察して、今後の手順を考えているようだった。

直行は治療椅子に身体をゆだね、ゆっくり目を瞑った。そうしていると、いつか全身が緩み、口は開いたまま浅い眠りへ引き込まれて行って、先日の遠い国からの予期せぬ客の訪問の余波なのだろうか、大学の教養課程の頃の古い友人たちやその周辺にいた連中の記憶が心に漂った。

「……千熊《ちくま》先生は、ああいう人がお好みなのよ」そう言い募る若い女の、酔って悔しそうな声も聞こえてくる。「純子は何の役やっても、いつもお鼻がツンツン。あんな女工員、いる訳ないじゃない」

「でも、演劇は現実そのものという訳ではないから……」

遠慮がちに口を挟むのは、その春休み、プロ劇団の養成所生徒の彼女を大学の研究会へ連れてきた男だったが、養成所の野心的女生徒は決して承服しないで、トリスの水割りを重ねる。

「何よ、それ！　そんなことじゃないでしょ。演劇はイマジナーレ・エ・アルテ！　どっちもなくてコメディア・デラルテ！　ツンとしたお顔がかわゆくてソ同盟帰りの大先生に贔屓されてるブルジョワの小娘なんて階級矛盾は、さっさと弁証法的にくたばるべきだよう！」

「――今日はここまでにしましょう」浅い夢の中に漂っていた加見直行は、医師の穏やかな声に目が覚めた。安バーのカウンターにうっぷした、酔いと嫉妬と幼さとが入り混じる涙まみれの顔が、意識のどこかにまだ残っている。

養成所女生徒はその帰り、未来的革新的イタリアでの演劇研究に備えて教養課程でのイタリア語授業に出ることにしたから、それに付き合えと、加見直行に強引に申し入れてきた。当時は他の大学の教養課程の授業に潜りで出ることなど、教師も含め誰もまったく気にしなかったが、それでも一応、正規の受講生が一緒にいたほうがいい、と言うのである。

もちろんその共同受講の申し入れを断るのは簡単だった。だがこの際、直行がなぜそれを受け入れたかについて、もう一つ歴史的事情説明を補足的につけ加えるならば、全共闘騒ぎ以前の大学の通用門や教室はいつも夜通し開いていて、サークルやら政治的グループやら私的仲間等々が勝手に出入りし、どこをどう勝手に使って誰も文句を言わなかったから、というより、みなそれは大学では当然の事柄だと思っていたから、イタリア語授業のあとどこかの小教室で若い男女学生が仲睦まじく復習に励んでいても、別に特段の支障は起きなかったのである。

半年後、小教室での追加的ゼミは無経験の二人の間でそれなりの成果を上げつつも、男女両者の意見のズレで自ずと消滅し、劇団附属俳優養成所の野心的女生徒は、イタリア語を見限ったのか直行を見限ったのか、潜り受講からも早々に撤退したが、何故だったのだろう、加見直行のイタリア語学習だけは理系学生の朝八時からの授業と週六日の午後から夜まで続く実験と演習という多忙な生活の中でも挫折することなく、奇蹟的に続行されて、そのことがやがて彼の人生と未来に重要な意味を持つことになったのだった。

III　生の変転

(a)

加見直行の歯の治療日は、月木二回の予定はいつの間にか崩れたが、代わりにむしろ診療側の希望で、週最後の土曜午後一時からの治療時間枠が定例になった。

「この時間ですと次の患者さんを気にせずに、ゆっくり治療できますから」

歯科医は手元の作業台で治療用の仮歯を細かく調整しながら言った。

一回だけ週半ばに助手の谷原湊子から電話が掛かったことがあった。

——申し訳ございませんが、都合で今週の土曜日は休診にさせて頂きます。来週からはまた、ご予約の通りです。

その声はいつもの秘かな個人的親しみを失って、少し硬く、少し老けて響いた。だがそれは、同じ断りの電話を何本も掛けつづけているためだったのかも知れなかった。そして実際、その時の言葉の通り、翌週からまた規則正しく土曜の治療が続いた。

遠い南の大陸の小さな国を相手にした直行の仕事も、特に変化はなく順調だった。不本意な帰国後、向こうの知人の配慮と手配でどうやらつながった取引は、特定高級銘柄の日本製品や逆にその土地独特の嗜好品の類など、もともと量的に普通の商社が手を出す気にはならない類の品物を細々と扱っているだけだから、取扱高や利益は高が知れていたが、それでも地道にやっていれば、小さな事務所とささやかな個人生活を維持して行くには充分に足りた。

二十年ほど前、三十歳を前にして突然その土地を離れたあと、加見直行が自分の行く手に望んでいたものも決してそれ以上ではなかったし、そのささやかな望みが現実になった今の生活は、時としてむしろ奇蹟であるかのように、直行には感じられた。

もちろん平和に穏やかに続く日常の生活の中でも、思い掛けぬことに出会うことはある。いや、穏やかな日常というものが、元々そういうものなのかも知れない。

ある週末、晃子が高校での美術部仲間と久しぶりに集まると言うので、直行も歯医者での治療の帰り、久しぶりにあの元果物売りの爺さんの中華料理屋に寄ってみた。

駅に近いその店はそれなり繁盛のようだったが、時間が昼飯時にしては遅くなっていたので、多少の空きはあった。

一人客の直行はテーブルに席は取らず、カウンターでビールを飲みながら料理を待った。爺さんはカウンターの奥で料理をしたり、時々は安テーブルの大小三つ四つが並ぶ平土間へ出てきたり、身軽に、忙しく、立ち働いていた。

他には小柄な老女、と言っていいのかどうか、還暦はとっくに過ぎたといった感じの女が一人いて、食器を洗ったり、料理を運んだり、黙々と働いていた。

程なく爺さんは出来上がった料理を直行の前のカウンターに並べながら、改めて言った。

「いまさ、そこで餃子焼きながら、考えていたんだけど、間違ってたらご免なさいよ。お客さんって、もしかして、昔あの橋近くにあった肉屋で、よくコロッケか、なんか買ってなかった？」

「まあ、少しは買ってたけどね……」思わぬ言葉に直行は、ためらいながらも頷いた。

「そうか、やっぱり。酒飲むとあいつがそれ言って、こんな客だ、あんな客だって、しつこく説明するのを、いつも聞かされててね。さっきお客さんが入ってきたときに顔みてさ、あれ、あのコロッケばっか買ってた客って、この人だったのかなって、急に思ったんだよ。ほら、お客さん、俺んとこでも西瓜、買ってくれることも、あったろ」

「コロッケ買うって、そんなに気になることなのかな？　コロッケくらい誰でも買うだろ」

直行は変な話題を振り払うように、ことさら無愛想に応じた。

「コロッケじゃなくてさ。こうやって料理でもしてりゃ、いいんだけど、一日中、店先に立って、商売やってると、何んて言うかな、退屈するんだよ、案外。客こないかなって、ずっと、道ばっかし眺めててさ」爺さんは真面目な顔で言った。

「何、売ってたって、同じことだと思うよ。客なんて、金払って、何か買ってってくれれば、誰だっていいようなもんだけどさ。でも、品物売るついでに買う相手のことも、ついつい見てしまうんだな。すると、なぜか心にひっかかる客って、いるものなのさ。あいつもそうだったんだろ。何故なんかね……」爺さんは言って、ふと黙った。そして言った。

「知ってるかな？　あいつ、こないだ、死んだよ」

「……肉屋が？　いや、知らなかったな。そう、死んだの、肉屋？　まだ若かったのに」

心に広がる驚きをゆっくり抑えて、直行は言った。

「心臓麻痺だとさ、ほんとかね。若いってことはないけど、滅多に死にそうにない奴だったがね」

爺さんは素っ気なく言って、付け加えた。「人間、簡単だな、死ぬときは」

「店やめたあと、何してたの？」

「何だろうかね？　初めはあちこちに肉なんか納めてたみたいだけど。店を売った金も少しは残っていたかな。まあ、楽じゃなかっただろうさ」

客足が少し途絶え、爺さんはカウンターの内側に立ったまま、別に声を潜めもせずに続けた。

「戦地でどんな目にあってきたのか、何をやらかしてきたのか――俺もたいして知りゃしないんだがね。でも、昔から酒飲むと何かまわりに殺気が立つ男だったな、あいつ」

「……あそこのかみさんも、変なかみさんだったな」

直行が呟くうちにテーブル客が一組、帰り始め、爺さんは「はいよ」と応えて、レジへ行った。

「うむ、どうしてるかね、あの女」戻ってきた爺さんは話を続けた。「無愛想なくせに変に色っぽかったよな。もとを言ゃあ、あの女だったのよ、亭主に何やらひどいことされたとかされなかったとか、死ぬほど殴られたとか殴られなかったとか騒ぎ立てて。裏に男がいたのかな。肉屋はそれで離婚だけじゃ済まなくなって、示談金払って黙らせるのに、あの店を手放したさ。まあ、どの道あんな投げやりな商売じゃや、あと三年はもたなかったな。もっとも、店をずっともたせたいと思っていたのかどうか。初めっから、どうでもいいってとこがあってさ。夫婦揃って商売向きじゃなかったな、あそこは――」

爺さんはまたレジに呼ばれた。直行は残ったビールをコップに注いだ。

あれは何年前だろう。赤銅色の月が夜空に浮いていた月蝕の夜の宵闇の中で「終わったさ、今日も。これで飲める」と呟いた肉屋の姿が、直行の中で揺れた。

「こっちも、勘定」

言いながら直行は立ち上がり、コップを空にした。

「あいよ。――ありがとさんよ、気ぃつけてお帰り！　また寄ってみて頂戴、じじいが待ってるよ！」

爺さんに愛想よく送り出された直行は、軽い酔いの中で午後の商店街をゆっくりと南へ向かって行った。

そうか、肉屋も死んだのか、いつも不穏な気分を漂わせていたあいつも……。人間みな死ぬなあ――。

歩くうちに直行は和菓子屋を改装した大きな美容院の前を通り過ぎた。土曜の美容院は数席の椅子がみなふさがり、明るい総ガラス張りの壁の向こうで何か活気に満ちた演劇が演じられているかのようだった。

さっきから心に漠然と浮かんだり消えたりしていた疑問が、もう一度、意識に戻ってきた。コロッケじゃなくてさ――と言う爺さんの声が聞こえた――店やってると心にひっかかる客って、いるものなのさ。あいつもそうだったんだろ。何故なんかね……。

何故、あの不穏な気配を漂わせ、死に近づいて行った肉屋が、何故俺を？　俺の中の何を、何故？

答えはなかった。

異変はもう一つ、起きていた。あのもと古本屋の老人が次第に変調を来たしたのである。いや、古本屋を閉め、駅ビルが開業して以来のこの三年間、老人は少しも変わらないと思えば、変わらないとも思えた。今も直行は、以前より心なし人通りが減ったようにも思える商店街を、老人が相変わらず根拠なき幸福感を全身から発散させつつ、前のめりに先を急ぐ姿を見かけていた。

だが最近、そこに何か、疲れに似たものが見え始めていた。しかしそれは、歳を取ったとか具合が悪いとか、あるいは身体の動きが悪くなったというのとは、どこか根本的に違った。

いや、あれは疲れではない。あれは乗っ取られたのだ――。

ある夕暮れ、足早に前のめりに通り過ぎて行く老人の影とすれ違ったとき、加見直行の心を直感が掠め、そう囁いた。

――あの老人は自分の中で動き続けるユーフォリアの情動、自分ではもはや制御もできないし理解さえできないユーフォリアの情動に、いまや追い立てられ、駆り立てられているのだ。

長年の抑圧のあと、突然解放された生の欲望、対象なしのユーフォリアに駆り立てられ、何処へということも、また何故ということも分からないまま、老人は先へ先へ、疲れ切った笑みを浮かべながら急ぐ他なくなっている。

それは一瞬の直感だったが、加見直行はその直感の正しさを疑わなかった。

それは夢だと、加見直行には初めから分かっていた。

広い乾いた泥の大地を、土に汚れた完全装備の軍装を身に付け、ずっしりと重い小銃を引きずるように持った肉屋が、ひとり目を暗く光らせ、よろめきながら、ひたすら先を急いでいた。だがその疲れは直行の疲れであり、その欲望は直行の欲望であり、そしてその死は、やがて来る直行の死だった。

地平線の向こうでは光が眩しく交錯し、激しい砲撃が交わされていたが、それでいながら、その音はまったく聞こえないのだった。

夢はそれだけで終わったらしい。続きはなかった。

朝、目覚めたとき、疲れと欲望と死の名残りが直行の身体の奥で残り火のように小さく燃えていた。

(b)

梅雨の切れ目の、明るい土曜日の昼だった。直行がいつもの時間に湯之村歯科医院の扉を開けると、治療室の奥のほうから医師の穏やかな電話の声が聞こえてきた。

「うん、この間からいろいろありがとう。大丈夫だよ。おかげで大いに助かった。また暫く迷惑を掛けるけど、よろしく頼む」昔の同級生か何かが相手なのだろうか。打ちとけた話声だった。

「今日、午後、なるべく早くそちらへ行って、みんな済ませる。五階か？　見晴らしが良さそうだね。楽しみだな。うん、うん。わかった、そうさせてもらう。ありがとう。来週は月曜の朝から、けっこう忙しいものらしいね……」

湯之村医師は軽い笑いで電話を切った。

歯の治療は予定通りに進んできていて、前週の土曜には、次回で今度の治療は一応、終わりです、と言われていた。直行が治療台で待っていると、電話を終えた医師が戻ってきて、「どうも失礼しました」と挨拶し、治療を始めた。

医師は今まで使っていた左奥の仮歯を外すと、新しく出来上がった人工歯を何度も嵌めたり外したり、本人に青い試験紙を噛ませてみたりしながら、慎重にまわりの歯に合わせて調整して行った。そして最後に接着剤を使って固定し、大きく息をした。

医師は直行に暫くそのまま軽く噛んでいて下さいと言って、脇のデスクに移り、治療の経過をカルテに丁寧に書き込んでいる様子だった。

やがて医師は治療台を起こすと、言った。

「これで今回は完成です。暫くこれで使ってみて下さい」

もっとも、これで全部が済んだ訳ではありませんよ、と医師は改めて念を押しもした。

「次は右奥をもう一度調整します」と医師は言った。「このままだと先々全体に歪みが出てきそうでしてね。ただ一刻を争う問題ではないですから、ここで少し休みを入れましょう。お仕事にもそのほうがいいでしょうし」

そこで医師は一度、言葉を切り、すぐに次を続けた。

「実は私のほうにも少し事情ができましてね、来週の月曜日から暫く休診します。一週間、せいぜい十日もあれば十分と思っていますが、場合によってはもう少し長くなるかも知れません。いつ頃から次を始めるかは、こちらの見通しがついたらまたご相談したいと思っていますが……」

とまで言って、湯之村医師はふと口調を和らげた。「まあ、それまでは加見さんも精々歯のお手入れを頑張りながら待っていて下さい。七十歳の記念ディナーのとき、自分ではなく長年の患者さんが総入れ歯でも、歯医者の面子《メンツ》問題ですからね……」

傍で助手が、少し疲れたような笑顔で医師の冗談を聞いていた。

湯之村医師がそれに続けて、自分の休診中の処置についての説明書を渡し、応急時の対応を依頼してある歯科医院を紹介し始めたとき、奥で電話が鳴った。

「奥さまからです」電話を取った助手が、医師に短く告げた。

「知らせたの？」医師が聞き返し「はい」と助手は硬い声で答えた。「以前からのお約束でしたから」

そして助手は治療室から出て、いつもは開いている間の扉を後ろ手でそっと閉めて、受付へ行った。

「――いや、一度そちらに戻るのは無理なんだよ」医師は電話の向こうへゆっくりと、説得するように答えていた。「＊＊が無理に手配をしてくれてね、急の話で土曜だから、午後できるだけ早くに手続きをしないと迷惑がかかる。そもそも、ただ検査のためで、ちょっと行ってくるだけなのだから……」

直行は治療室の奥のほうから聞こえてくる医師の声に無言で頭を下げ、受付で硬い表情の助手に支払いを済ませ、短く「どうかお大事に――」とだけ挨拶して、扉を押した。

外は梅雨の中休みなのだろうか、明るい初夏の光に満ちた、平凡で仕合わせな昼過ぎだった。

(c)

湯之村歯科医院は扉に〈暫く休診〉の通知が張り出されて閉ざされると、急に静まり返って、内にも外にももう何の気配も感じられなかった。直行は朝夕二回、医院の様子をそれとなく確かめながら事務所へ通ったが、一週間が過ぎ、更に二週間が過ぎても、診療が再開される気配はなかった。

夕方、医院に明かりが灯ることもなかった。考えてみると、直行は二人がその医院に住んでいたのかどうかも知らなかった。

情報は、思わぬところから伝わってきた。

「何か、いろいろ検査は沢山したけど、どれもあまりよくない結果だったみたいって、みんな言ってる」

明るいダイニングキッチンでの日曜日のブランチに、この夏はじめての素麺を用意しながら、晃子が言った。

「どこで聞いた？」

「う・わ・さ」晃子は短く言ってみせてから改めて説明した。――二、三日前、ヒコの幼稚園の頃の〈ママ・ランチ会〉が駅ビルであって、そこで話に出たという。検査の結果は本人にも逐一知らされ、病院で出来ることはそれ以上なにもないから退院はしたけど、また舞い戻るのは時間の問題だとか。

それにしても本人に何でもかんでも知らせてしまう最近の病院のやり方って、いくら何でもひどいって思わないって、みんな怒ってた……。

「でも、そのくせね、今まで湯之村先生に掛かっていた人たちったら、これからはどうしようとか言って、巧いのは何処、でもハンサムなのは何処のほうよとかって、けっこう盛り上がってるのよ。……ちょっと酷いんじゃない？」

自分は駅前の別の歯科医院に通っている晃子は、そのまだ若々しい顔を顰《しか》めてみせながら、半透明に茹で上がった瑞々しい素麺を大きなガラスの鉢に泳がせて食卓に置いた。

「これ、最近、駅ビルで売ってるんだけど、おいしいってみんなすごく褒めるから、食べてみて……」

晃子は自分も食卓に向かいながら、また言った。

「……そりゃあ私だってね、先生には悪いけど、あなたの歯の治療に一段落ついたところでよかったなぐらいは、つい思っちゃったけど」

直行が湯之村医師の姿を見たのは、晃子の話を聞いてから四、五日過ぎた、夏の夕暮れだった。

その日、自宅のある駅に着いたときはまだ半ば明るかったが、商店街をゆっくり抜けて橋に差しかかった頃には、もう宵闇が足元を浸《ひた》し始めていた。最後の治療を受けたあの土曜日以来の習慣で、橋を渡りながら歯科医院のほうへ視線を向けると、窓にぼんやりと明かりが見えた。

それは湯之村医師が入院してから初めて見る明かりだった。

明かりを見たとき直行は殆ど反射的に、立ち寄って挨拶をしなければ、いや、むしろ、挨拶をしたい、と思った。

だが、死に行く医師と顔を合わせて、自分が何を言うべきなのか。そのための言葉を自分は何も持っていないという衝撃が彼を襲った。

ご安心下さい、患者たちはもう次の歯医者を探し始めていますから、とでも言うべきなのだろうか……。

直行はそのとき、歯科医院と向かい合う反対側の暗がりに、その暗さに溶け込むかのように、いや、それ自体がひとつの闇であるかのように、湯之村医師自身がしゃがみ込んでいるのに気づいた。医師の大柄でやや小肥りの身体は、何の気配を示すこともなく、ただそのまま闇へ同化し、ただそこにうずくまっているのだった。

医師は、わずか数歩の距離に立ち止まった加見直行にも気づいていなかった。医師は既にこの世界の何ものからも離れ、既に死に取り込まれ、ただ近い将来の自分自身の死だけへ集中して、そこに存在していた。たとえ直行が黙って彼の視野の中央を横切って過ぎて行こうとも、決してそれに気づかないだろうと思えた。

直行はしかし､重い力に引き寄せられて湯之村医師の前に立ち、一瞬の躊躇を振り捨てて言った。

「ご退院と伺いました」

そしてただ深く頭を下げた。

「有り難うございます」

医師はわずかに首を上げて応えた。だが、その言葉には、明らかに何の意味も感情もなかった。医師は自分の前にいるのが誰かにも気づいていなかった。そのことに何の関心も意味も感じていなかった。

医師はただ黙って、大きく重い影になって暗い闇の中にしゃがんでいるのだった。

そのとき、しゃがむ医師の向かいの歯科医院の扉が開いて、ぼんやりした光が見えた。そして男が一人、そこから出てきて、医師にかすかに頷いてみせると、もう一人の男に手伝わせて、重そうな荷物を運び出した。そして医院の向かいの、小学校の校門へ登る短い坂道へ荷物を運んで行った。

坂道の薄闇には中型のヴァンが後ろの扉を大きく開いて止まっていた。男はそこへ荷物を積み込み、最後に荷台の扉をしっかり閉めると、道端にしゃがむ医師のところへまっすぐに戻ってきて、言った。

「これで全部です」

医師は声を掛けられ、ふと我に返った様子だった。ゆっくりと立ち上がって、男に会釈した。

「ああ、ご苦労さまでした」

「では失礼します」

男は短く挨拶すると、トラックへ戻って行った。

トラックはバックのままゆるゆると坂を下り、突き当たりの丁字路で幹線道路のほうへ方向を変えると、ゆっくりと速度を上げて走り去った。湯之村医師はそれを見送ってから、こちらを振り返った。

「診療室を整理しましてね」

そう言う医師には、もう特別な様子は見られなかった。

「別に急いで自分ですることもないのですが。と言って、他にすることも特に思い付きませんのでね」

直行は、黙って頷いた。

「……あの人は」と医師は、ふと思い出したように言ってから、言い直した。「谷原君は、田舎へ帰りました。寒いところでしてね。この季節でも凍えることがあって。……もう、あと短い間のことなのだから、と止めたのですが、奥様とのお約束だからと言いましてね。あれで、けっこう強情なんですよ」

湯之村医師は苦笑して軽く会釈すると、ぼんやりした光の灯る医院の中へ戻って行った。

加見直行が湯之村医師を診療室の外で見たのはそれが二回目で、最後だった。

Ⅳ　脅かすもの　1

(a)

その夜のことを加見直行はあとあとになっても繰り返し繰り返し思い返し、自分が医師に掛けた言葉を反芻した。

退院者を迎える時の世間一般に流通するあの挨拶言葉はいかにも空疎だったが、しかしまた他に、どういう言葉を掛ければよかったのだろう。

人間の言葉の届かぬ領域がこの世界にはある。人間はその領域を避けることはできない。生きている以上、いつかはそれに遭遇する。

そういう時、何も言葉にはせず、ただ沈黙を守るのが正しいのかも知れない。湯之村医師を前にしたあのとき、ただ無言で深く頭を下げることだけが出来ることだったのかも知れない。

だが生と死が交錯する場にあって、ただ口をつぐみ、人間としての限界を知る自分の賢明さ、聡明さをなおも示そうとするのもまた、自我の驕慢さの疑惑を免れない。

いや、そもそも、こうして自分の行動や言葉を反芻し、それを思い煩うこと自体が、生きつづけるものの思い上がりに過ぎない。死に行くものには、生きつづけるものの言葉、行為は擦《かす》りもしないだろう。

直行は自分の形どおりの挨拶に応じたときの、死に行く医師の形どおりの返礼の言葉、言葉としてのすべての内実を失った虚ろな響きを、今も耳に聞いていた。

そのとき、どこからだろう？　いつか遠い昔に聞いた言葉、そのゆるやかな響きが直行の耳に甦った。

この世に長く生きた老人の声が、穏やかに問い掛けている。

「お前、遺言することはないか」

豊作の秋、氏神の山車や神輿の渡御《とぎょ》が窓の下でひときわ賑やかにざわめき、やがて通り過ぎて行ったあと、その静寂のなかで「南無妙法蓮華経」と自分を励ますかのように繰り返し唱える若い男の声が聞こえていた。その声がふと途絶えて、そこにできた暫くの静寂の中で、老いた男の声は穏やかに、ゆるやかに、揺らぐことなく問いかけていた。

「お前、遺言することはないか」

やがてそれに、少し疲れた若い声がひと言、ふた言と、少しずつ応えて行って、老いた男の声がその一つ一つに頷いていた。

「うむ、うむ。お前も偉かものになったなあ。安心せい。お前の思いは、必ず果たすからな」

それを直行が聞いたのは、いつだったのだろうか。そのゆるやかな声は田舎の村での幼い遠い記憶の中から浮かび上がってきて、ゆっくり揺れている。それともそれは、遠く幼い夢の中へ、まったく別の声が紛れ込んだのだろうか。

生と死とを揺るぐことなくつなぐ老人の声ばかりが、遠い夢のように、今も聞こえてくる。やがて年老いたとき、自分もまたあの老人のように、生と死をつないで揺るがない、穏やかな声を持つことができるのだろうか……。

直行が惑う思いの中で漸く浅い眠りへ沈んで行く頃、薄い光に飛び交う朝の小鳥たちのさえずりが遠く聞こえ、カーテンを透して早朝の光が部屋を浸し始めていた。

隣のベッドでは晃子がひととき、寝やすい姿勢を探してか、寝返りを繰り返していたが、やがてまた深い眠りへ沈んで行き、そのまだ若々しい肢体の気配が直行の浅い夢の中で揺れた。

(b)

知り合いの商社に通訳を頼まれて、加見直行は都心のホテルの二階ロビーで成田空港からの直行バスで着く客を待っていた。片隅の航空便発着の表示画面を見ると、飛行機は一時間ほど遅れて無事、空港に着いた様子で、あの南の小さな海辺の国からくる客がこのホテルに着くには、まだ暫くは掛かりそうだった。

商社にとっては大事な客らしく、地元の有力者だが英語が覚束ないので、と責任者がわざわざ出迎えと通訳を頼んできたのだが、直行自身との商売がらみの話がある訳ではないから気軽な仕事だった。

それでも一応、遅延時間とホテルへの到着見込みの時間を確かめ、都心の商社の若い担当者に事情を連絡して、改めてソファに座り直すと、急にゆるやかな眠気が直行を引き込んだ。湯之村医師の不運は直行の力の及ぶものではなかったが、それだけに彼を深く疲れさせていた。

次の歯科医師を物色して盛り上がっていた晃子の仲間たちの軽薄な反応が、何があっても日常を生き続ける他ない人間にとっては、むしろ正しいのかも知れない……。

思ううち、待つうちに、少し眠ったらしかったが、時計を改めて見ると、まだほんの数分が過ぎただけだった。ふと見るとロビーの向こう側の窓際のソファに、どこか見覚えのある人影が見えた。改めて見直すと、その精悍な身体付きはむかし山の温泉で彼を異国の土地へ導いた、あの仮初めの知り合いに似ているのだが、しかし、先日久しぶりに短く帰国して、もう帰ったはずの彼がなぜ今また、このホテルにいるのか。訝しみながらも挨拶はしたいと思うのだが、深い眠気が身体に纏《まつ》わりついて、ソファーから立ち上がれない。焦るうちに人影は身軽に立ち上がって、その弾みでこちらに横顔を見せた。その若々しい顔は間違いなくあの男の面影そのものであるようにも思え、しかしあの初対面からの長い時間を考えれば不審にも思え、思い惑ううちに人影はふと消えたが、消える間際にこちらをわざと振り向いて、もう一度、昔の自分の顔を直行に見せたようにも見えた……。

「……まだのようですね。よかった」

少し甲高い声が聞こえて、気付くと、商社の若い担当者が立っていた。発着表示画面の現在時刻を見ると、一時間近くは眠ったのだろうか。丁度そのとき、成田からの直通バスが着いた気配がして、そのざわめきがエスカレーターの空間を通して、二階まで聞こえてきた。

直行が担当者との挨拶と打合せを済ます暇もなく、気の早い到着客たちはもう三々五々トランクを下げて、エスカレーターから直行たちのいる二階ロビーへ姿をみせた。

「あれっ、あの人ではないですか。違うかな」

若い担当者はフロントへ近づいてくる到着客たちを一人一人、手にした写真と見比べながら、その一人一人に、「ミスター・＊＊＊＊？　ミスター・＊＊＊＊？」と、しきりに声を掛けていた。

(c)

退院し、すぐにまた再入院した湯之村医師の死は、人々の予想よりも更に早かった。夜遅く帰宅して妻からその死を聞いたとき、直行の心にはまた、夕闇の中に黙然としゃがんでいた医師の姿が浮かんだ。

仕事の都合で昼間の葬儀に時間が取れなかった直行は、前日の通夜に会場の近隣の寺へ足を運んだ。小さな山門を潜り、人の集まる本堂近くの受付へ進もうとしたとき、参道脇の灯籠の陰から人影が現れ、直行に声を掛けた。

「きっとお出で頂けると思っていました」

それは故人の助手だった谷原湊子だった。東京を離れていた湊子に誰が訃報を知らせたのだろうか？

「お国にお戻りと伺っていましたが？」

直行の言葉に女は応えた。

「先生にはそう申し上げて置きました。最後の時は奥様にお返しするというのが、お約束でしたから」

「――でも、お約束は終わりました」女は低く抑えた、しかし揺るがない声で言った。「もうお亡くなりになったのですから。お知らせ下さる方もありました。――ご仏前までご一緒して頂けるでしょうか？」

「ご一緒、致しましょう」直行は答えて、受付で女に続けて記名を済ませ、白い花々に飾られた柩の前へ女と並んで進んだ。死者の妻の凝視するなか、遺体を収めた柩の前で形式に従って焼香を済ませた女は、そのあと、手を合わせ、目を閉じたまま、一分、二分、三分と、身じろぎもせず、ひたすら立ち尽くし、焼香を済ませた直行はその脇でただ柩を見つめて待った。やがて女は目をそっと開き、柩へ静かな視線を向けて、もう一度、生きている人に向けて頷くかのようにゆっくりと頷いてみせると、改めて向きを変えて、遺族席に向かって深く丁重に頭を下げ、その場を離れた。

その夜、二人は近頃に建ったという最寄り駅近くの小ホテルのレストランで、少し葡萄酒を飲み、簡単な食事をした。女は短く席を外し、戻ってきて、上に部屋を取ったと言った。

「今晩はここに泊まり、明日はお葬式が済んだら、お寺でご出立をそっとお見送りして、そのまま郷里《くに》へ帰ります」

「……私がご葬儀に参列できれば最後までご一緒するのですが」

女はそう言う直行にわずかに頭を下げ、そして言った。

「いいえ、お供はせずにお寺でお別れするのは、一人では勇気がなかったり、ご家族に遠慮してではなくて──ご家族とのお約束は、この世での最後のお時間のことでした。もうあの方は亡くなった。もう先生はいないのですから、いらっしゃらないのですから、もう遠慮など、そんなこと、そんなこの世のことなど──。でも……もし……、お焼き場ぁまでお供して……」急に女の言葉がわずかに乱れて、微かな訛りが響いた。「最後にお棺の蓋ぁ閉められ、レールの上、滑って炉ん中へ入ると……」女はハンカチで目を押さえ、続けた。「お棺がまだ見えていて、あん方がそこにいんなさるのに扉が……、扉が、いんなさるのに閉まって、その閉まる音が……あんば大きば音が……」女の言葉が切れ、女は白いハンカチで──ほとんど白く輝くハンカチで、目元を堅く抑えた。「ご免なさい……」

「いえ」直行は短く言った。「あの音に、こちらとあちらを隔てるあの音に、まして親しい方のあの音には誰も耐えられない……」

湊子は黙って目を閉じ、涙が収まるのを待っているようだった。やがて硬い、しっかりした声に戻って、言った。

「申し訳ありません。わがままを申します。上まで送って頂けるでしょうか……」

八階でエレヴェーターを降り、ひと気のない廊下を通って仄暗い客室へ入り、女が突き当たりの窓のカーテンを開くと、その肩ごしに低い町並みと、その上に広がる明るい夏の夜空が見えた。

直行の心の奥で幼い夏の夜の記憶が揺れた。暗い道端の縁台にぼんやりと座っていると、年寄りたちが青い宵闇の中で、むかし川に流れた子どもたちの記憶を、悼むように悔やむようにまた懐かしむように、繰り返し繰り返し語り合うのが聞こえてきて、その声の遠い響きとともに辺りの宵闇が、そのまま幼い自分の未来を包み込む不安な時空へ変わって行った。

いまホテルの窓から夏の夜空へ目をやると、心が闇の深さに引き込まれ、その遠く幼い不安の記憶が直行をゆっくりと揺さぶった。だが直行は気持ちを静め、別のことを言った。

「夏の宵闇を見ると、ヨモギの焼けた匂いを思い出しましてね。子どものころ田舎でよく蚊遣り代わりに焚いたんですよ」

女は暫く黙って、外の闇を眺めていた。やがて女は、「〈蚊遣り火の〉って、確か〈悔ゆる〉の枕言葉だって、大むかしに学校で習ったような気がします」と呟き、「でも、古稀のお祝いのステーキなんて、わたし、初めから信じていませんでした」と言って、笑った。

女は急に窓を離れ、ベッドの端に座った。そして突然、「嘘みたい、みんな、何もかも！」と小さく叫ぶように言って、白い枕カバーの上に顔を埋め、ベッドを叩いた。

V　脅かすもの　2

(a)

眠りの中で、辺りを圧するヘリコプターの轟音が身近に迫ってきた。

いや大丈夫、夢なのだから——。直行は自分に言った。初めて見る夢ではない。それは日本に帰った頃から、何回も繰り返し見た夢だった。

もうすぐ隣で眠っているグレティーナがそのヘリの音で跳ね起きて、窓をいっぱいに開ける。すると目の前の高台に広がる〈哄笑の聖マリア教会〉前広場に、巨大な〈茶褐色のマリア〉像を太いロープでぶら下げたヘリコプターが、今しも騒然たる土埃を上げながら着陸する様子が見える。

するとグレティーナは淡い褐色の幼い半裸身を窓からの朝の光に晒しながら、「マリアさまが着いた！　マリアさまが着いた！」と叫んで、二階の寝室の窓からその身を軽やかに空中へ躍らせるのだ。

危ない！　と直行は、すべては夢と知りつつも、飛び起きる。そして「また裸同然で」と身を空中に躍らせた若い女のことを苦々しく、しかしまた本当はむしろ誇らしくも思いながら、外を見ると、広場には早くも人々が集まってきていて、〈哄笑の聖マリア教会〉の前面に高々と掲げられた〈茶褐色のマリア〉像へ向けて、熱狂的に手拍子を打ち始めている。

赤子イエスを左腕に抱く〈茶褐色のマリア〉は、土地の多神教的土俗信仰でも最高の人気を誇る母子女神なのだ。

夢だ！　と自分にまた言いながら、直行はその不安な夢を避けたいのか、そこに身を委ねたいのか？

見よ、今も女神は、南国独特の湾曲した木の幹と左右にくねり広がる太い枝にその片手、両脚を縛りつけられ、打ちつけられ、苦痛に満ちた犠牲の処女として架けられていながら、その濃い茶褐色の身は緑の葉群れで飾られ、自由なまま残された片手一本で丸々太った赤褐色の赤子を誇らしげに抱いて、世にはびこる白茶けた悪神らを軽蔑するかのように、美しい歯並びを見せて哄笑している。

その腕に抱かれた赤子にして神聖な赤褐色の幼い神は好奇の心に満ち満ちて、初めて見るこの世界を、黒々と見張った目で眺め渡している。

ふと気がつけば、既に仕事を果たしたヘリコプターはとっくに地上を離れ、近くの海からの靄《もや》に青く霞む空を遠く小さく飛び去って、その轟音も今や彼方から微かに聞こえてくるばかりであって、目の前の広場では太鼓の音がそのへリの音の跡を埋めて力強く響き続け、轟き続けて、広場に集まった人々はその空中に架かる巨大な〈茶褐色のマリア〉像を見上げつつ、陽気に楽しげに、すべてを忘れて踊りつづけている。

懸念することはない、すべては夢なのだ、と直行は呟いた。グレティーナは茶褐色の幼い裸身を朝日にきらめかせながら、踊りの輪の中からしきりに窓の中の直行を手招いている。しかしいま見る光景はみな、むかし数年をともに暮らした現実のグレが、折り折り思い出すままに、遠い国から迷い込んできた恋人に語って聞かせた、あれやこれやの記憶、思い出の断片――それがまた彼の夢の中へ舞い戻ってきて、夢の中でまた生命《いのち》を得た、古い世界からの呼び声なのだった。

夢なのだ、みな夢なのだ――。加見直行は自分に言った。みな夢なのだから、恐れることはない。そう自分の心に言い聞かせ、二階の窓敷居に手を掛け、身体を窓から思い切って空中へ、踊る人々が揺れつづける広場の空へと放り出すと、果して身体は軽々と、滑るように、大きく宙を飛んで、踊るグレティーナの前へふんわりと下り、グレティーナの細く幼くしなやかな腕が直行の首に絡まり、直行の身体も太鼓の響きと一緒に揺れ続けた……。

いつしか太鼓の響きが次第に遠くなって行き、ふと身体がベッドでまた揺れて、それに連れ水《み》底《なそこ》から浮かび上がるかのように、明け方の薄明の中へ意識が戻って行った。だが、隣のベッドはよそよそしく整ったまま、誰もいない。ただ白いシーツが美しい花でいっぱいに飾られている。

最近、このベッドとひどく似たものをどこかで見たな、と直行は思った。いや、想像のなかで見ただけで、実際には見なかったのだろうか？

奥さんはお出掛けかな――誰かが後ろから覗き込んで尋ねた。振り向くと、むかし彼を南の国へ誘った、あの仮初めの知人だった。

いや女房は旅行へ出ているんですよ、ママ友たちと一緒に。たまたまね。それだけですよ――。直行が答えると男はいやいやと笑いながら首を振った。グレティーナのことですよ、私が言ったのは。ミズ・グレティーナは今、どこで何をして御出《おい》でるのでしょうかね？　ざっと言って同級生ぐらいのお歳で御出でなさったと思いますがね。

……いつの間にか一緒に住むようになり、高校での同級生のように日々気安く、心馴染んで暮らしていたグレ。ある朝、突然、ともに予期していなかった嵐の中で互いに相手の姿を見失った……あの日から、グレはどこで、何をしているのか？

眠りのうちに現れた仮初めの知人の問いに自分も惑ううちに、またゆるやかな眠りの波が彼を遠く運び去って行き、それからまた、どれくらい眠ったのだろうか。晃子が下で朝食の用意をしている気配が寝室まで伝わってきて、直行は起き出しながら、ふと、どこで何をしているのだろう、グレティーナは今――と、自分がまだ夢の中と同じことを呟いているのに気づいた。

「起きた？」軽い足音を響かせながら階段を上がってきた若々しい晃子が、寝室の入口から覗いていた。「そろそろ急がないと。……それからね、夕べも言ったけど、今晩はどこかでみんなと食べてくるから。ご免ね。ヒコはまた知佳ちゃんと一緒みたい」

「ああ、大丈夫。ちゃんと覚えてる――」そう答える直行を、最初の夢の中の太鼓がまだ揺さぶっていた。

(b)

その日の夕方、直行はそのまま自宅の最寄り駅までまっすぐ帰り、例の爺さんの中華料理屋へ向かった。かつて地元の旦那衆相手に「あたしはこっちのほうが本職でね」とうそぶいてみせただけあって、爺さんの料理は簡単な炒め物ひとつにしても、場末風に脂でぎとつくことなどなく、すっきりした出来だった。

爺さんのほうも、近ごろよく来る直行を、果物売りの頃からの気安い客だと思っているのだろうか、彼の顔を見ると奥の階段下にある寸詰まりのテーブルを指さし、勝手にビールの小瓶とコップを並べ、料理の注文を取った。

そして時たま客の注文が途絶えたり、また遅くなって店が空いてくると、客との応対は例の小肥りの老女に任せ、自分はビールとコップを持って直行のテーブルに座り込み、勝手な世間話をしたりした。

「お客さん、昔ちょっとだけ、この先で古本屋してた奴――あいつ知ってた?」と、その晩も話が始まった。

「あの少し肥ってる？」

「ああ、少しじゃなくて大分ね。あいつ、こないだ脳溢血でひっくり返って、今は娘のところで寝たきりだってさ。いくら血縁だといってても迷惑な話だよ、なあ」

「幾つくらいだったのかな」直行の半ば独り言に、爺さんは即座に答えた。

「七十五か六よ」

「詳しいんだな」

「ふふっ」爺さんは薄く笑った。「橋向こうに小学校、あっだろ――あそこで俺と同級だったのよ、大むかし。でも、俺は叩き大工の倅で、あっちは地主の息子。俺が高等科にも行かず、すぐにシナそば屋の小僧やってんのに、あいつは金ボタンピカピカの制服で、私立＊＊中の新入生よ。大学まで行ったのは学年であいつだけ。まあ、別人種さ」

「いいじゃあないの」子どもの頃、東京府下の新開地住まいだった直行には爺さんの話しっぷりが懐かしく、ふと地元の国民学校の同級生と無駄話をしているような錯覚が少し酔った心を揺さぶった。

「結果は、向こうは脳溢血で娘のお荷物。こっちは自分ひとりの才覚で、この店、持ってさ。勝ちさ、こっちの」

「あんな奴に勝ったってさ……」

「さっき、シナそば屋の小僧って言ったけど、その頃この辺にそんなものあったの？　大正だろ、爺さんが小学校通ったの」

　直行がからかうと、爺さんは軽く切り返した。

「明治さ、ってのは嘘だけど――。小学校出てもまだまだ大正よ。先生が、シナ料理屋ならあるぞ、行くか？　って言うから、そこの小僧なら、たまには炒飯やシナそばぐらい食えるんじゃないかって、貧乏人の小伜が考えるのはそんなとこよ。で、行ってみたら、これがよ、場末の盛り場の裏通りの薄汚いラーメン屋でね。子ども心にも、これは間違えたかな、と思ったね」

「食えたかい、炒飯やシナそば？」

「食ったさ、まあな。それくらいの才覚なくちゃ、貧乏人の小伜は生きて行けねえ。そのあと段々に戦争だろ。貧乏人はますます智恵出さなきゃ、やってけねえ時代だったさ。いや、智恵さえ出しゃあ、貧乏人にはけっこういい時代だったかもな。――えっ、あいよ。ビールの追加に、料理は……」

　爺さんはいつもながら愛想のない小肥りの老女の取次ぎに応え、客の追加注文のためにカウンターへ入ったが、その前に話の続きをひと言、つけ加えた。「あの古本屋のお坊っちゃま。あれなあ、軍隊では大学出だってんで、少尉さまで小隊長だったとさ。いくら何でも、なあ。俺だって学校、出来たとは言わないけど、あいつよりは、まだしも上よ」

　その晩、まだ週初めだったせいだろうか、店は食事時が過ぎたあと客足が途絶えがちで、爺さんは料理の合間合間に一人でビールを飲む直行の前に戻ってきては、自分もビールを飲みながら、切れ切れに、どこか奇妙な話をした。それは、当時としてはごく常識で、ただ戦後はもうみなが思い出さなかっただけの事柄かも知れなかったし、あるいはそもそも、初めから何処も変なところなどない話だとも言えるのだが、それでもどこか奇妙な話だとも思えた。

死んだ肉屋な、あいつはいつも飲むと変なことばかり言う奴でよ。ありゃあ立派なアル中だったな。狭っ苦しい階段下のテーブルに座り込んで、爺さんは言った。肉屋が言うにはな、古本屋は南の駐屯地で俺の隊の小隊長だったんだ——そう言うのさ、飲むと、いつも、決まってな。ほんとかね？　まあ、絶対ないとは言えないさ、二人ともこの辺の出だからな。〜出れば負けるか何とか連隊……よ。古本屋の小隊長は取り分け無能で融通が利かなくて、お陰で何度も危うく死ぬ目に遭った、と肉屋は言ってさ。ゲリラ討伐なんてゲリラのいないところでやればいいのに、バカ正直に危険な場所へ出て行って——と、まあ、そこまでは、いかにもそれらしい話だったな。

将校たって少尉、中尉なんて連中は、支那事変でも大東亜戦争でも最前線でバタバタ死んだ。で、その穴埋めに、大学出なら誰でも予備役少尉ぐらいにはしておいたから、あんな古本屋でも穴埋め動員が掛かって、それは不思議はなかったさ。動員するとき相手がどんな奴かなんて誰も知る訳ねえ。隊長がド素人で、要領悪くて、兵隊が苦労したってのも、これも分かりやすい話よ。

分からなかったのは、肉屋はいつもぐでんぐでんに酔った挙げ句、最後の最後にはまったく逆みたいなことを言い出したのさ。完全なアル中だったな、あれは——。

「逆みたいな？」

「ああ」
肉屋はいつも酔い潰れて最後になると、あの古本屋のバカのお陰で俺は命拾ったんだと、飲み屋の片隅で爺さん相手に泣きながら掻き口説いたのだと言う。

(c)

話はいつも判で押したように、正確に同じだった、と爺さんは言った。ある天気のいい春の朝、駐屯地を出て、子どもと年寄りの姿しか見えないその辺の村を一巡りして、何一つ残っていない食い物を無理にも探し出し、徴発して帰ろうとした時、あれは隠れていた山のほうから豚か鶏の世話でもしに村に戻っていたのだろうか、中年の男が一人うろうろしていたので、点数稼ぎに捕まえて、連れて帰った——。

「馬鹿な話よ。途中でわざと逃がして、逃亡したから射殺しましたとか言って処理しちゃうのが普通だろうが——」肉屋はいつもそう言ってたな。

でも連れてきたものはしょうがない。古本屋の小隊長は律儀に後方移送の手続きを取ろうとしたが、たまたま威張り腐った陸大出の佐官参謀が前線視察に来ていて、つまらぬことを言い出したので、ことが面倒になった。

お前は馬鹿かと、そいつは古本屋の小隊長に言ったという。後方移送なんて下らん真似をするな、部隊の士気を高めるために、ゲリラはこの場で処刑しろ――。

「その時いやな予感がしたんだ、と、肉屋は酔っぱらって、いつも同じことを繰り返したな」と爺さんは言った。ゲリラ容疑者は連れてこられたまま、そこに縛られて転がされ、兵隊たちはそれを遠巻きに見ていた。するとと佐官参謀の若造が肩を怒らせ中央へ出て、まわりの兵隊たちを芝居気たっぷりにぐるり睥睨《へいげい》して行き、そろそろ古兵の貫禄を漂わせ始めていた肉屋のところでぴたり視線を止めた。

「おい、そこの上等兵。さあ、俺の日本刀を貸してやる。よく斬れるぞ」

そう言われて身体が震えた――と、あいつはその話をするとき、いつも酔っぱらっていて、いつもそう言ったな。そしてそう言うときも、いつもあいつの身体はガタガタ震えていたさ、マラリアに罹ったみたいにな――。

あいつは戦場でそれなり場数を踏んで来た奴に見えてたけど――と爺さんは言った――それでも酔っぱらって、参謀が俺を見て、ああ言った、こう言ったと言うときは、あいつの身体はいつもけっこう震えていたさ、まるでジステンパーに罹った子犬みたいにな――と爺さんは言った。

まるで命令の復唱してるみたいだったな、参謀がああ言った、こう言ったと、あいつが言うとき――とも爺さんは言った。ああだった、こうだったと酔っぱらって言うとき、あいつはいつだって紋切り型で、しかも懸命だったさ……と爺さんは言った。

でも、いくら震えたって、いくら紋切り型に繰り返したって、略章の飾り紐を仰々しく胸に掛けた佐官参謀殿のご命令を断ることなんか、できる訳ない。肉屋は「はっ。私が斬らせて頂きます」とか何とか、必死に叫んで一歩前へ出た……いや、出ようとした。そのとき、それより一瞬早く、「あの古本屋が〈参謀殿！〉と叫けびやがって、飛び出しやがって」と、いつも肉屋が酔い潰れて、俺相手に掻き口説いたのさ、「あの古本屋の飛び出すほうが一瞬早かった。それで俺は首、括られずに済んだのよ」ってな。

肉屋が酔っぱらって、掻き口説いたその事情は、聞いても何やら、ろくに分からなかった、と爺さんは言った。いや本人も分かっちゃいなかったな、あれは。あのでぶの古本屋の小隊長が佐官参謀殿の前へ飛び出して、捕虜取扱の師団命令とか参謀権限とか指揮系統とか、急に屁理屈あれこれ捏ね始めて、佐官参謀は素人少尉に自分の退屈凌ぎの思いつきを邪魔され、真っ赤な顔で怒り狂って、呆然と立つ兵隊たちの前で学生上がりの小隊長を殴り倒して、それでも理屈じゃ負けたのか、悔しそうにそのまま引き上げて行った……。

あんとき、あのぐずの古本屋の小隊長が珍しく素早く口出さなけりゃあ、戦争に負けたあと、勝った奴らの裁判で首、括られたな、俺は。捕虜殺害とかでな。そう肉屋はいつも言ったさ。

そういう奴はいくらもいたのよ。びびって、腰引けて、殺せなかったのに、殺したことになって括られたり。ぜんぜん関係なかったのに、仲間と一緒に首、括られた奴もいたさ……。

と、肉屋は酔うと最後にはいつもそう言って、泣いて――とその夜、爺さんは言った。俺は聞くだけで何も言わなかったさ、言いたくなかったさ。その陸大出の佐官参謀殿が督戦してまわったところじゃあ、あとで捕虜殺害でC級戦犯の処刑者を何人も出したのは、けっこう内輪じゃ有名な話だしな……。

「——飲む、もう少し？」

夜が更け、客足が途絶えた店で、爺さんは簡単なつまみを自分で勝手に追加し、安物の老酒を直行のコップに注いだ。

「——まあ、肉屋はいつもそう言ったな。俺も聞くだけで口は挟まなかったよ。挟みたくなかったんだよ。でも、ねえ」爺さんは珍しく言い淀んだ。

「……あの佐官参謀に向かって言うかねえ、あの古本屋少尉が——。ねえ、お客さん、どう思う？人間って、子どもから大人になると変わる訳？　俺は小学校で同級だったのよ、あのデブと。あいつはガキ大将のお取り巻きでよ、弱いもの苛めのときの先頭で、担任にはけっこういい子ぶって。いるだろ、そういう奴。変わるか、そういう奴って、あとで、大人になって？　家からカネ持ち出して、ガキ大将には貢いでも、貧乏人の小倅の俺なんぞには鼻も引っかけねえ。そういう奴が大人になって、変わるか？　たかがゲリラの処刑で、命を張って、殴られて、佐官参謀殿に抗議なんかするか？……」

「あんな奴が参謀に抗議したなんて、肉屋の空想さ、いや嘘さ。あいつがそう思いたかっただけさ——」

爺さんは一気に断言し、一息入れ、続けた。

「俺はずっとそう思ってたけど、肉屋には言わなかった」

「何故、言わなかったのかな？」話の展開に圧倒されながら直行はたずねた。

「うむ。怖かったんだろうな、多分。あいつにそれを言うのは」

「爺さんが、怖かった？」思いがけない爺さんの言葉とその真剣な響きに、直行は戸惑った。

「そうさ。あいつにはひどく剣呑《けんのん》なところがあったからな。何がきっかけで、誰に何をするか、分かんねえ気配がな……。いや、それに、それを言っちゃあ可哀相だってところもあったな」

「可哀相？」

「ああ。一緒に飲んでいてもさ、たまに上機嫌に見えてもさ、それでもあいつには何か殺気みたいなものがいつもあってさ――それが俺にはどこか可哀相に思えていたのかもな。それで、古本屋が参謀を止めたなんて、そんなの嘘っぱちだろうって、心に思っても言えなかったんだろうな、俺は」と爺さんは言い、付け加えた。「肉屋はほんとうは斬ったんだよ。殺したんだよ、その豚か鶏の世話に戻ってきた間抜け野郎を、多分な」

「むかし一緒に呑んでて、ふと、こいつはひとを殺してるんじゃないかって――そう思ったことがあったのよ。だから古本屋の小隊長が佐官参謀にどうのこうのって、あるはずない話をあいつから聞かされたとき、ああ、やっぱりって、思ったんだよ」

爺さんは昔の話をした。自分がまだ果物を売っていて、あいつが漸くあの身勝手な女房とちっぽけな肉屋を始めた頃、ふたりで呑んでたら、あいつがどんどんいやな酔い方になって行ってさ。

そのとき不意に思ったのさ、ああ、こいつはいつか、どこかでひとを殺してるなって——。

お客さんだって知ってたろ。あの頑丈そうな身体から何か不穏な感じが滲み出ていて、本人もそれを持て余していて、無理にそれを抑えようとするとますます剣呑な感じが滲み出て——。だからうっかりお客の前に出せないのよ、あの人は、って、あの殴られて離婚した女房も言ってたっけ……。あの人は、せいぜい奥で揚げ物よ、って、な。

別にあいつがいい奴だったとか、気の毒だったって話じゃないさ。でもな、佐官参謀に無理言われて、別に殺したくもない奴を殺してさ。せっかく戦争に負けて、さあ、これで帰れるぞと、まわりがみんな思い始めているのに、今度は自分がいつ首吊られるか——まわりが喜んでいるのに自分一人がおどおど怯えて暮らしてさ。結局ばれずに帰ってきたんだろうけど、そういう思いを一旦すりゃあ、心の芯のところじゃあ決してそれが溶ける訳ねえだろ。どこか心が剣呑にもなるさ。

あいつの女房は愚痴の多い女で、俺との寝物語でも暴力沙汰やら何やら亭主の悪口ばかりうるさくて、それを嘘だと言いはしねえが、それでもやっぱ何処か、あいつが可哀相だって気持ちが俺だってあったさ……。

直行には爺さんの声と一緒に、遠いむかし、赤銅色の月に照らされた夕暮れの橋の上で、「終わったさ、今日も。これで飲める」と呟いた、その時の肉屋の深く疲れた声が聞こえてきた。

(d)

「人生って、何が何だか、よく分からないもんだな」爺さんはゆっくり店仕舞いをしながら言った。「お客さんなんか、戦争中はまだ小学生だろ。得したさ」

「自分でも、そう思ってるよ……」

「で、爺さんはさ」と直行はさっきから何となく、ずっと気になっていた質問を口に出した。「どこへ行ってたの、戦争は？　中国？　それとも南方？」

「……え、あたしかい？」今まで能弁だった爺さんが、急に変に照れたような、居直ったような、奇妙な表情になった。「さあ、何処だったかね？　もう忘れたな。みんな忘れたな。あたしは肉屋より十年がとこ年上だからね。生きているのが不思議なくらいさ、もう」

「――お前さん、まだ飲んで行くつもりかい？」

脇から急に声がして、さっきまで店の奥で残った食器や鍋を洗っていた小肥りの老女が、帰り支度を済ませ、無愛想に爺さんの脇を通り抜けて行った。

「いんや、俺も店しまったら、すぐに帰るさ」

女に声を掛けられたのをいい潮にして、爺さんも早々に立ち上がった。

「つまらぬおしゃべりは、いい加減にしておきよ！」女はもう一度、言い捨てるように念を押して、出て行った。

「……うちの嬶《かかあ》よ」爺さんは出て行った女の背に顎をしゃくって、言った。「腐れ縁でな。女もああ古くなると、手が付けられねえ」

爺さんは呟きながらカウンターの向こうの調理場に入ると、急に疲れが出たのだろうか、その辺をのろのろと片付け始めた。

「長《なが》っ尻《ちり》の客で、迷惑掛けたな」言いながら直行も腰を浮かせた。「おかみさんだったの？　知らなかった」

が、爺さんはそれを無視して、看板の明かりを消し、店内の灯を一つ一つ消して行き、最後に調理場の灯だけ残してカウンターの前の椅子に腰を下ろして、言った。

「まあ、婆アは帰ったから、もうちょっとだけ付き合えや。……そんな隅っこじゃなくてさ」

「いいの、おかみさんは？」

「帰ったって、お茶ひとつ入れてるはずがねえ。勝手に寝てるだけさ」

直行は黙って階段下から中央のテーブルへ移り、一緒に移した徳利からぬるい酒を杯に注いだ。

「肉屋じゃなくてもな、いろいろあったのよ、貧乏人の小倅には」

爺さんは呟くように言った。

「まあ、例えばの話、何であんな乱暴な女と一緒になったのか、って思うだろ、傍から見りゃ。手前《てめえ》だって時々そう思うさ。でも、思い返して、それしかなかった、とも思うのさ。

お客さん、さっき俺のこと何か聞いてたけど、みなあれやこれや、あったのさ……。別に悪いことって限った訳じゃないけど、時々、ふと、あれがああだったらなんて、今になっても思うね。……まあ、例えば、がだよ——と爺さんはいつもに似合わず、呟くように続けた。ふと、何十年か前のことを、あんとき角を左へ曲がったなあ、とか。そんなこと覚えている訳はねえけどよ、それでも、何年かに一度、ふと思うさ。すると、あとは、風が吹けば桶屋が何とか、って具合でな、あれがああで、こうなったからああなって、とか。逆にあんとき角を右へ行ったら、俺はもうこの世にいねえな——とか」

「似たことは思うよ、俺も」直行もゆっくり応じた。「あのとき偶然ある人に出会ったことで、人生の半ばは決まったな、とか。でも、出会う出会わないは、こちらがどうこう出来ない。まあ、それがいいんだろうけどな」

「……商売人がお客の言うことにあれこれ言っちゃあ、いけねえんだが、でも、それはなあ、お客さん、生まれついての貧乏人には、ちょっと言えねえ台詞なのよ——」

爺さんは改めてこちらの顔を見て、半ばためらいながら言った。「……知ってるかな、お客さんは、役場の兵事係って……。いや、知ってる訳ないよな、お客さんの歳じゃ」

「負けたときは五年生で、村に疎開してたから、言葉ぐらいは知ってたけど……」

「赤紙、出す係さ。小さな村なら当人のうちまで持って行って、名誉のお召し、おめでとうございます、とか」

「そんなの、映画で見た気もする……」

「小学校で俺の二年上で、それをやってた奴がいてね。あいつ、なに考えてやってたのかね。いや、まあ、ただ回されたんだろうな、そこへ。あれこれ考える訳ねえな……」

「……それでね、お客さん」爺さんは暫く、何かためらうように黙っていたが、また話し始めた。

「さっき、俺が兵隊で何処へ行ってたかって気にしていたけどさ。俺なんか碌なもの食わずに育ったから若い頃からチビで痩せてたな、徴兵検査は第二乙、現役免除、即日帰郷よ。占めた、と思ったね。世間もその頃は平和とか軍縮とか、大正の頃の流行《はや》りの名残もあったからさ、これで俺も兵隊行かずに済んだなって高を括った訳よ。そして安心してたら、急に何とか事件とか何やら事変とか、世の中、どんどん物騒になってさ。第二乙でも丙でもいつ引っ張り出されて、〽風すさぶ果てなき荒野　陽も落ちて……と爺さんは当時流行の軍国歌謡を小声で器用に歌ってみせて――いつ、どこで、くたばるかも分かんねえ。

　それがご時勢ってもんなんだろうが、大学出の古本屋じゃあるまいし、少尉殿にもなれねえ貧乏人にご時勢に付き合う義理はねえ。何か逃げる工夫がねえものかと考えても、そんなもの、ありゃあ誰も兵隊なんかに行く訳ねえさ。まだ嬶ァも貰わず、家族も持たず、毎日毎日チャーハン炒めて、シナそば作って、鍋、皿洗って、親方に怒鳴られてさ、軍隊行けばまた下士官殿に殴られて、蹴っ飛ばされて、そこへ敵の鉄砲玉が飛んできて、あっと言う間に靖国神社か。俺の人生、結局いいことなかったなあって、毎日くさくさ思ってたらな、ある晩、客が途絶えて、暖簾も片づけてから、親方と馴染み客の、いかにも内々《ないない》って感じのぼそぼそ話が耳に入ったさ。

——あの何の某《なにがし》は、地元の兵事係にひと財産ほども握らせて息子を外してもらったらしい、とかなんとかってね。

そうか、って、そのとき、はっと気づいたことがあったさ——爺さんは少し雄弁になった——

出征するのは天皇陛下の御為だけどよ、それを名簿の中の権兵衛に当てるか田吾作に振るか、恐れ多くも陛下ご自身が一々お決め遊ばされる訳はねえ、とすれば、決めてるのは誰あろう、基準はあっても結局はその辺の兵事係の頓馬ってことかって、そのとき初めて気づいた俺も、そうとうの頓馬だったたな……。

俺は十ぐらいまで、本籍のあるちっぽけな村で暮らしていてな——いまじゃ立派なマンション団地が建ってるけど。ご多分に漏れず近所のガキ大将の手下で、まあ、すばしっこかったから、学校の行き帰りにはそいつの荷物をお持ちしたり、近所の蔵持ちの家の庭柿、取ってきて大将に進上したり、とかやってた訳だが、そのガキ大将の一番の腰巾着やってたのが、あとで兵事係になった奴だった訳さ。夜更けの店で鍋底洗いながらふと親方と馴染み客の話を耳に挟んだとき、すぐに、うちの村ならあいつだな、そうか、あいつなら、と思ったたな。ワイロのための金が俺にある訳ないけど、あいつなら、脅せば、どうにでも、って閃いたんだな。弱みのない奴はいないけど、あいつならって、ね」

「どんな弱み？」思わず引き込まれて、直行は聞いたが、「それは、ま、ちょっとな」と、爺さんは狡そうに笑って外し、「まあ、作らせるってこともね、あるだろ、弱みを」と付け加えて、またふっと笑って、話を続けた。

「だけどな、さすがにびびったさ、俺も。お客さんみたいな年齢の人には判んねえ話だけど、ばれたら逮捕、裁判なんて悠長な話じゃねえ。即日召集、最前線直行。危険任務で戦死なら有り難き仕合わせで、まずは内務班での私的制裁でのなぶり殺しが相場よ、これは。……でもな、迷って最後に決心したのよ。どうせ俺の人生なんて、待ってて向こうからいいこと来る訳ないんだから、ってな」

「…………」

「でも、こんな話、お客さんに何でしたのかな。さっき、あの因業婆アが帰ったあと、急に一度は誰かにしゃべっておくかって気になってね。そろそろ年貢の納め時だろって、死に神が催促したのかね」

「……肉屋に話したこともなかった？」

「あんなやばい奴にする訳ないだろ。うっかり、白木の箱のなかの石っころになって帰って来た連中の家族にでも聞かれてみろ。いくら戦争は終わっても、到底、夜道は歩けねえ話よ。俺に脅されて顔真っ青にしていた兵事係も、そのあと、自分も前線に引っ張り出されて帰ってこなかったけど、それ聞いたとき、悪いけど、ちょっと、ほっとしたさ。いや本当言えば一週間ばかり、嬉しさ隠すのに苦労したさ」爺さんはもう一度笑った。そして真顔に戻って、付け加えた。

「でもな、それでもやばいことは、それなりやばいことなしでは終わらないものだな。さっき帰って行った因業婆アな——あれは兵事係の末の妹なのよ。子どもの頃から利かん気の女でなあ。兵事係は召集がきたとき、俺とのいきさつをせめて誰か一人には言っておきたくなったのかね、五人兄妹のなかでも飛び切り気の強いあいつに打ち明けたらしいわ。まあ、分からねえこともねえがね。お陰でこっちは、戦争負けたあと、あいつにねちねち脅迫されて。他にもうちょっとましな女がいなかった訳でもねえんだが、結局、無理やりあいつを女房にして、それで口をふさぐ他なくってな。でも、女って奴は俺には判んねえ。兄貴が可哀想なのか、俺が憎いのか、ともかく、一生、尻に敷かれてるさ、俺は……。まあ、靖国行くより増しだったって……そう思う他ねえな」

「……お客さんなんか、戦争中はまだ小学生だろ。得したさ」帰る直行を店先まで送って出た爺さんは、さっき言ったことを、もう一度、繰り返した。

(e)

その夜、暗く閉ざされた旧湯之村歯科医院の前を通り過ぎて帰宅したとき、晃子はまだ戻っていなかったが、ヒコが同級生の知佳を連れてきていた。食事は居間の大きな食卓兼用テーブルで簡単に済ませたらしく、そのまま、分厚い本を二、三冊、そこに拡げて、何やら調べたり、議論したりしていた。

顔見知りの知佳は帰ってきた直行を見て立ち上がり、「お邪魔しています」と礼儀正しく挨拶した。知佳もヒコもこの春から、もう高校生なのだった。

　直行は二人の勉強を邪魔しないよう、テーブルの別の端でお茶を飲んだ。そこにはいつものように今日の郵便物が重ねてあって、直行は一つずつ目を通し、処理して行ったが、その中に郷里に帰った谷原湊子からの挨拶状があった。

　上質の和紙の葉書には、故湯之村医師の通夜へご会葬下さったご厚情に故人にゆかりあるものとして心から感謝する旨の、丁重で行き届いた文面が活字体でプリントされ、そこに署名が手書きで添えられていたが、差出人の住所は、故郷のものも在京のものも記されてなかった。

VI　喫茶店《異端門衆》

(a)

爺さんが語った肉屋を巡る奇妙な話は、どこまで本当なのだろうか……。あとで考え直してみると、戦地の実情など知らない直行には、事実とも脚色とも、いま一つ判断できないところが残った。

だがあの情のこわい爺さんが、虚実定かならぬ話をする肉屋の暴発を恐れつつも、どこかでそれを可哀相にも思ったという一言は、聞く直行に消え難い印象を残した。

戦争中や特に敗戦直後の飢餓と混乱の冬、子どもだった直行の耳にも戦地でのさまざまな噂話や実体験談が、早々《はやばや》と復員してきた幸運な旧兵士たちの口から善悪の判断は棚上げのまま、大っぴらに、いや、時としてむしろ自慢話めいた語り口で聞こえてきた。

あれはどこまでが本当だったのか、あるいはみな、ただの与太話だったのだろうか。

幼い直行が暮らしていた村では、そのうち農地改革の噂が広がって、占領軍を背に勢いづく小作の不満分子たちと、日々薄れ行く恩誼のしがらみをなおも言い立てる地主の旦那衆との対立が俄に深まった。そして何故か、それと共に、その手の気楽な話はぴたりと止まった。

　肉屋の奇妙な話はそうした与太話に比べ、矛盾に満ちた話でありながら、時折ふと死を遠景に見る年齢になった直行の心のどこかに深く棲みついた。

(b)

　直行は若い頃の数年を南半球から赤道へ拡がる大陸の北端、わずかに赤道の北側に位置する海辺の国で過ごしたのだが、そこの小さな交易事務所で同年輩の同僚だったミスタ・ディンガは、その国では割に珍しい黒人系の外見を持つ国内少数派に属しているためもあるのだろうか、何につけても至極、用心深い性格だったが、しかしそれと同時に、あるいはそれにも増して友情に篤い人柄だった。

　直行が帰国後の生計について宛もないまま急にその国を離れることになったときも、何も言わずにまずそれを心配してくれたのはミスタ・ディンガだった。ミスタ・ディンガは当時の事情からして帰国後の直行との直接の通信は避け、東南アジアの取引先に中継地点を作って、帰国後の直行が日本の特殊な工業製品の少量取引や海辺の国および周辺の特産品の交易で、まずまず生活だけはして行けるだけの仕組みを、静かに、迅速に作ってくれた。

ミスタ・ディンガの目論見は的確だった。今とは違って海外との通信や小貨物の搬送が圧倒的に不便だった当時、大手は手を出さない特殊かつ少量の需要を面倒がらずに扱う直行の仕事は、大きく発展もしない代わりに途絶えることもなく、帰国直後の住居兼用の安アパートから始まって、程なく繁華街外れの古ビルの一室ながら、秘書一人を置いての事務所になった。

やがて帰国から四半世紀の歳月が過ぎ、事務所も最近は語学のできる非常勤アルバイトの一、二人は置くようになった。それが発展なのか停滞なのかはよく分からないが、その間の家族の生活を支えるには足りた。

こうして、戦後日本の急速な構造変化、社会の変容のなかで、ミスタ・ディンガの密かで穏やかな友情にも支えられて、こと自分に関する限り、まずは平穏に暮らすうちに、気がつくと世は移って平成となり、ベルリンの壁が崩れ、二十一世紀は目前に迫っていて、直行は五十五歳、晃子は四十歳、ヒコは二十歳になっていたのだった。

事務所が、と言うよりは、直行が、なのだが、時として本来の交易業務以外に馴染みの顧客の切実な依頼を受けて、何でも屋的にならざるを得なかったのも、考えようによっては、口コミ的な狭い世界の内側でそれだけ事務所の存在が定着した結果だとも言えよう。かなり変わった用件が舞い込むこともあり、またいろいろ話が伝わるのか、たまには同じ大陸の別の大きな国などから海辺の国のミスタ・ディンガ交易事務所を経由して、奇妙な、あるいは切実な依頼を受けることもあった。

その日の仕事は、あの学生反乱の七〇年代半ばに日本を早々に見限って南半球の大陸へ移住し、今ではそこの某大国で牧場主として成功しているという日本人からの依頼だった。

いや、正確に言えば、そういう日本人からの依頼を受けたという、ミスタ・ディンガ事務所からの依頼だった。

——六〇年代七〇年代、東京某所にあった某喫茶店がいまもあるかどうかを調べ、かつ、それが現在あってもなくても、その場所や周辺地域の現状についての詳しいレポート、更に素人写真でいいから近辺の現況写真をなるたけ沢山、それに添えてほしい。

但し、調査のすべてについて秘密厳守のこと。依頼者名、その現在の在住国・在住地方等々はもちろん、そういう依頼があったこと自体が調査対象、その周囲および周辺に決して知られないよう、厳重注意のこと——と言うのである。

いや、引き受けるにしても——と直行は電話の向こうの地元エージェント、ミスタ・ディンガに言った——その〈周囲および周辺に〉っていうのは、いったい何だろう。あとから警察や怖い連中が出てくるってことはないんでしょうね。

いや、発注者は何か変わった人らしいですよ、直接はうちの息子がやってるので、彼に聞いて下さい……。ミスタ・ディンガは土地言葉で言って、若い担当者、息子ミスタ・ディンドルに代わった。ミスタ・ディンドルも土地言葉で気安く答えた。

――依頼者は向こうの国ではもちろん、この辺でも噂になるくらいの成功者で、悪い話などは聞いたことないですけど、ただ、まあ、ある種の病気……なんでしょうか。こちらに来てから日本へ帰ったことは一度もないようで、俺は反対派の抹殺リストのトップに載っているから、帰ったら必ず殺されるとか何とか、いつも言ってるみたいです。パリの五月革命って言いましたっけ、あの頃ですか、日本でもいろいろ騒ぎがあったのは？　何十年前のことになるのかよく分かりませんが、いま頃になって〈抹殺〉なんて、まさかね、と思いますけど。でも、秘密厳守とか何とかいろいろ付いていますけど、それは要するに契約上の向こうの、何と言いますか、それを探る奴らが存在するに違いないという、いわば主観的発注条件ですから、こちらはまあ、そういうものとして……。

反代々木系革命各派の分裂と凄惨な内ゲバ、三島由紀夫の自衛隊襲撃と割腹自殺、連合赤軍の山岳アジトと大量リンチ、更にロッキード疑獄の暴露と田中角栄潰しなどなどの七〇年代をリアル・タイムで知っている直行は、同じ時代を日本で過ごした発注者の条件を、そう単純に仮想的、ないしは妄想と思った訳ではなかった。

七〇年代は、リアルと妄想とがからみ合ってこそ、そこに時代の現実が生まれてくることを、人々がそれぞれの立場で思い知った時代だった。

直行は学生時代から党派的な学生運動などにコミットするタイプではなかったが、それでも七〇年代、幼いヒコが寝ついた深夜、晃子とリビングキッチンでテレビ画面の向こう側に生起するそうした事件を眺めていると、人々の情念を吸い寄せ、それを現実に転化する歴史の無残さを思わずにはいられなかった。

遠い大陸の片隅からの案件は、どこかそうした遙かな過去からの暗号のようにも聞こえ、自分でも何かよく判らぬ遠い影がふと心に差して、その依頼は彼にとって次第にただの仕事というより個人的な興味の対象になって行った。

——なるほどね、と直行は電話の向こうの若い仲介者に言った。では、発注者の指定条件で引き受けてみますかね。全権力、全党派、全方位的に秘密厳守で——と直行は、冗談を言ううちに事柄が自分のうちでリアルになりそうなのに驚いた。但し、危険な仕事らしいから料金は二倍かな。

向こうはいくらでも払うと言っています。あの人だったら五倍だって十倍だって問題なく出しますよ。

直行の冗談に若いミスタ・ディンドルは真面目に応じた。

いや、いや、料金はいつも通りでいいけど、毎月の仕事を片づけるのが先になるから、追々時間を見つけながら、ということになるな。

いや、あちらは急いでいるようです、何か病気らしくて……。

その心配そうな言葉からは、真面目な若者のミスタ・ディンドルが交渉するうちに依頼者に好意を持つようになってきて、本気で同情している様子が伝わってきた。直行も、分かった、できるだけ急ぐ、と答えた。

あの六〇年代七〇年代を日本で生き、そこを逃れて南半球の大陸の牧場主になっている日本の青年――今は半ば老いて、半ば病んだ心に、なお刻み込まれている当時の喫茶店の風景――。

そこのいったい何が、それほど深く彼の心に焼き付いているのだろうか。

だがあの時代の町の情景、ましてそこにあった一つの喫茶店の佇まいが、バブルを通り抜け、昭和も終わった世紀末の今、東京の一角になお残っていることなど、ありうるのだろうか……。

(c)

その時代に人気を博した小説の題名を店名に借りた喫茶店《異端門衆《いたんもんじゅう》》はしかし、あっけないほど簡単に見つかった。調査依頼者の記入通りの、都心から少し外れてさびれた一角に、それは今もあった。これも昔のまま何一つ変わっていないのだろうと思われるくすんだ古本屋の脇に狭い急な階段があって、それを昇って店の扉を押すと、古本屋の二階に当たる場所なのだろう、狭い室内に長椅子やら低いテーブルやら丸椅子やらが雑然と並んでいた。そしてカウンターの奥に店主らしい、そして同時にただ一人の店員でもあるらしい老女が座っていて、扉を押した直行の姿を見て、「いらっしゃいませ」と丁重に、しかし至極日常的に挨拶した。

老女はそろそろ還暦が見えてきた直行よりも、更にざっと二十歳ほど年上に見えた。たまたまなのだろうか、他の客の姿は見えなかった。

カウンター脇の黒板に書かれた「本日のコーヒー」を頼むと、老女は豆を手でゆっくりと挽き、古いガラス器具を使ってコーヒーを入れて、少しびっこを引きながら直行のテーブルまで運んできた。

「ここのお店、いつ頃から続けていらっしゃるんですか？」

直行はコーヒーを手に、たずねてみた。

「ありがとうございます。この頃、みなさん、よくそう聞いて下さって。そろそろ三十年は越しましたでしょうか。もう、ほんとうに、古いばかりが取り柄でして」

「少しお店のなかの写真を撮らせて頂いてよろしいでしょうか？」直行は、もし断られたらどうしようか心配しながら、丁寧にたずねた。

「あら、こんなお店を？　でも、このままでは、いくら何でも」

半ば本気で喜び半ば本気で恥じらう老女の表情が一瞬若やぎ、直行は突然、病に伏した依頼者が本当に知りたいことが何なのか、分かった気がした。

「いいえ、このままでいい。いや、このままがいいんです」直行は言って手早く何枚か撮り、続けて「どうか、ご店主も是非、写真に入って下さい」と言い足しながら、店内を背景に老女の顔に焦点を絞った写真を、さまざまに撮って行った。

老女は「私など……」と言いながら、それを妨げようとはしなかった。

やがて、一応の撮影が終わったことを見て取った老女は、ゆっくり微笑し、「どうぞ、ごゆるりと」と言い残して、引き下がった。

追加を頼んだコーヒーとクッキーを前に、直行は依頼されたレポートを書くために店内をもう一度、改めて見回してみた。さっき入ってきたときにはただ雑然と見えていた店内も、いま注意深く眺めて行くうちに、テーブルや椅子、長椅子、それに通路の配置が、広くはない店内であっても幾組かの客たちが自ずと互いに邪魔せずに談笑、談論、論争できるよう、意図的に構成されていることが見えてきた。さすがに今は老齢で整理が行き届かないのか、隅のテーブルの上には客が置いて行ったらしい古雑誌、古パンフレット類が雑然と積み上がったままになっていたが、それ以外は老女店主の常連客たちの好み、あえて言えば、戦前からのプチブルジョア的趣味に強く反発した、あの反逆の年代の美意識によって密かに支配され統一されているのに気づいた。

いや、隅のテーブルの古雑誌、古パンフ類の一見雑然とした積み上げ方さえもまた、ことによったら、いまは遠く過ぎ去った当時のアナキズム的反抗気分の表現、あの古きよき日々の時代スタイルなのかも知れなかった。

だが、それにしても加見直行はいったいあのとき何故、立ち上がったのだろう。そしてわざわざ隅のテーブルまで行って、そこに積み上げられた古雑誌、古パンフをめくってみたのだろう。

しかも、〈まさかあれは七〇年代の雑誌やパンフがそのままと言う訳ではないだろうけど……〉などと、詰まらぬ冗談を、自分に向かって言い訳のように言いながら。

確かにそれは七〇年代の雑誌やパンフではなかった。だが見るうちに直行の目はたまたま手に取った、さして古びてもいない薄いタブロイド判パンフ、その大見出しとそこの写真に釘付けになった。

「老いぼれオキシン！　その惨めな逃走と懲りない暗躍！」

紙面の最上部を派手な見出しの文字が横組み二段で走り、その下の残り紙面すべてを、明らかに望遠レンズでの盗み取りらしいぼやけた写真が占めていて、どこか侘しい外国の空港ロビーを歩いている男が、ひとり大きくクローズアップされている。

その過激派パンフの見出しを読み、その大きなぼやけた写真をひと目みたとき、加見直行は突然すべてを悟った。

そこに写っている男は、あの〈仮初めの知人〉だった。むかし山間の温泉で出会い、若い加見直行を遥か南の海辺の国へつないだ男だった。

細部が如何にぼやけていようとも、見間違いようはなかった。歩くときの身体のふとした傾き、視線がさり気なく向かう方向、そして何よりも全体から滲み出る、自由でノンシャランスで、ひとを魅する雰囲気——。

それが若い直行の人生を変えたのだった。

彼はあの〈オキシン〉だった。〈仮初めの男〉、直行にはあの国での通称しか名乗らなかった彼は、実は〈オキシン〉だった。

まだ敗戦から日の浅い五〇年代、反代々木系××同盟・突破派リーダーとして名を馳せた、特攻崩れの若い活動家沖神介が、親しい仲間内では親しみと尊敬を籠めて〈オキシン〉と呼ばれていることは、当時の学生たちならみな知っていた。

だが、そうだからこそ、警察や敵対他派からの攻撃を避けるために、その姿、顔立ちは厳密に管理され、〈オキシン〉の風貌を知るものは同じ派内の、特に心許した一部同志たちに限られていた。大衆集会へはいつも覆面で現れ、一般学生のほとんどは、そして加見直行も、顔立ちも知らぬまま噂だけを聞いて〈オキシン〉の存在を知り、逆にまた沖神介という名前自体が実は本名ではなく活動家の偽名、いわゆるパルタイ・ナーメ（党内偽名）であることも、ただおぼろげに推察していただけだった……。

「お疲れのようですのね」

気がつくと、直行は擦り切れた木綿の座布団が無造作に並ぶ木のベンチに呆然と座り込み、前には老女が飲み物を載せた盆を持って立っていた。

「これ大昔の流行《はやり》ものですけど、お疲れほぐしにはいいのではないかと思いまして――。もしよろしかったら」

のんびり言いながら、老女は直行の前にウィスキーのオンザロックのグラスを置いた。直行はむかし大学に入り、高校の先輩に連れて行かれた安バーで初めて飲まされたアルコールが、トリスのオンザロックだったことを思い出した。直行はそのときに先輩から習った通りウィスキーを氷の回りにゆっくりと回しながら、まず一口飲んだ。

「少し、私も飲ませて頂いてよろしいかしら。この頃は疲れやすくて、ついつい……。いえ、ごく薄いのを、ですけど。お店のほうはお休みに致しました。何方《どなた》もお出でにならないようですので」

客のいない店の片隅で老女は木の肘掛け椅子に、肘掛けを支えにしてゆっくり腰を下ろし、一緒に運んできてあったハイボール・グラスから自分も一口、美味しそうに飲んだ。

(d)

「あら、ご覧になりましたの？　篤《あつ》ちゃんもこんなとこ撮られちゃって……」老女は直行がテーブルに置いたままにした過激派パンフを手に取って、呟いた。「ねえ、この見出し、ほんとうなんですかしら。ただ商売であちこち行ってるだけだよ、って、本人は言ってましたけど。貧乏暇なしさ、って」

「お知り合いですか？」

直行は老女の呟きに、またも、ひどく驚きながらも、慎重に尋ねた。

「いえ、従姉弟《いとこ》なんですの」老女は答えた。「歳は十《とお》近く離れてますけど、けっこう、むかしから気が合って。篤ちゃんはいつも、それはお姉さんの精神年齢が幼いからさって言うから、お姉さんは人生年齢が若いんだよって、いつも言い返していました」話す老女の顔に生気が戻ってきていた。「いえ、ほんとうなんですよ。女はみんな、あの戦争が終わったとき十《とお》は若くなったんです。――ほら、〈私がいちばん綺麗だった頃、戦争が終わった！〉そんなような詩がございましたでしょう？」

　老女は座ったまま背筋を伸ばし、舞台に立っているかのように詩を朗唱してみせた。

「おいくつでした、戦争が終わったとき？」直行は話す老女の若々しく変容して行く様子に魅せられ、思わずたずねた。

「十八歳！　十八歳でした」

　打てば響くように、明るく、悪戯っぽい声で、老女の答えが戻ってきた。「だって、十、若くなっていたんですから」

「十、若くおなりになって、それ以来、歳を取るのを忘れられたんですね」直行はまた、思わず言葉を重ねた。

「――これは多分、こちらからお聞きすることではないのでしょうが」と老女は、直行の言葉に言葉では答えず、改めて座り直すと、真剣な声で直行に言った。「お店に入っておいでになったときから、ひょっとして、と思い、どうしてもお尋ねしたいと思っておりました。改めてご挨拶申し上げますが、私は荒木篤臣《あつおみ》、普通は沖神介とか〈オキシン〉とか呼ばれている男の従姉です。で、貴方さまはひょっとして、南米のXに住む＊＊＊からの依頼で、そのお使いとしてお出で下さったのではないでしょうか？」

加見直行は驚愕した。老女が〈オキシン〉の従姉だというだけでも驚かない訳には行かなかったのに、いま老女は遠い南半球に住む直行の依頼者の居住国と氏名を正確に告げたのである。

直行は、調査対象者が事情をここまで知る以上、もう秘密を守る意味がないことを理解した。

「はい。使いではありませんが、その方からの依頼で調査に参りました」直行は名刺を出し、手早く事情を説明した。

「で、＊＊＊＊は元気でしたか」老女が勢い込んでたずね、「いえ、間接のご依頼でしたので、お目にかかっては……」と直行が答えたとき、その顔に深い失望が走った。

「でも、お元気と伺っております」直行がほとんど反射的に嘘を言ったとき、老女は一瞬黙り、頭を下げ、それからゆっくり顔を上げた。「つまらぬことをお聞きしました。＊＊＊＊の名前を聞くと、つい、あの子がすぐそこに、手の届くところにいるような気がしてしまうのです。いえ、いいのです、もし仮に＊＊＊＊が何か重い病気であって、そしてそのためにあえて危険を冒して貴方さまに調査を依頼したのであっても。人間はみな、自分の運命を生きるほかないのですから」

「＊＊＊＊は」と老女は、改めて続けた。「私の一人息子なのです。産んだとき——一瞬また悪戯っぽい表情が真剣な顔を掠めた——私は十九でした。戦争に敗けたあと、食料も衣類も燃料も何一つ手に入らない時代でしたから、妊娠中の食物も出産の準備もほんとうに大変でしたが、でも、私はとても仕合わせでした。荒木の篤ちゃんもまだ革命運動で忙しくなる前で、何かと助けてくれましたし……」

「＊＊＊に調査のご報告をなさるのでしたら、どうか、私は元気だとお伝え下さい」老女は改めて声を張って、言った。「お前の母は大丈夫だと、そうお伝え下さい。彼が気にしているのは、ただそのことだけなのですから」

「……少し昔話をさせて頂きますとね、あの六〇年代後半から七〇年頃、あの子もご多分に洩れず、留年続きの院生でした」老女はいちばん大切なことは既に言ったといった様子で、少し気楽に話し始めた。「あの頃の政治運動へ彼も参加したのは、〈オキシン〉の存在にと言うか、その伝説にと言うか、そうしたものに影響されたところは、まあ、多分にあったんでございましょうね。自分や母親が尊敬し、愛してもいた伝説の〈オキシン〉に、自身も気づかぬうちに、それなり張り合って、ということもあったかも知れません。母親の身びいきで言えば、知的能力や政治的判断力、実行力、それに政治的熱情も――あの伝説の〈オキシン〉と比べる訳には行かないにせよ――まあ、一般的レヴェルで言えば、そう劣っていた訳ではなかった」

老女の声は、また次第に緊張してきた。老女は一度言葉を切って、気の抜けたハイボールの残りを飲み干し、そして言葉を続けた。

「ただ残念なことに、あるいは幸いなことだったのかも知れませんが、あの子に決定的に欠けていた能力がありました。革命の指導者には不可欠な〈心の強靭さ〉です。その瞬間が要求することを善悪の判断などに左右されず、黙って、すべてに優先して実行し、たじろがない――。そういう〈勇気と強靭さ〉があの子にはなかった」

淋しげな微笑がそれを言う老女の頬をよぎった。

「皮肉なことです。彼が憧れ、嫉妬した〈オキシン〉ほど心の強靭な人、突破力のある人はいませんでした。必要があれば、世の信じる善悪など平然と無視して事を成就し、そのあと穏やかで、時には皮肉な微笑を、自ずと浮かべている――そういう人でした」

「革命運動の場での〈オキシン〉については、ただ内々の〈伝説〉をよそから耳にするくらいで、それも彼に〈ほんとう？〉と聞けば、〈お姉さん、そんな話、信じるの？〉と言って、可笑しそうに笑うだけでした」

「でも政治や革命とは無関係ですけど、忘れられないことがあります」老女は古い記憶に揺さぶられ、前に座る直行をもうほとんど忘れて、追憶の迷路へ引き込まれて行った。

(e)

「あの子が生まれて半年くらいの頃です。闇市へ行けば今までどこに隠してあったのかと思うほどいろいろな品物が豊富に並ぶようになっていましたが、その一方で値段は日々二倍になり四倍になり、気がつくと桁が一つ増え二つ増えている……そういう時代でした。豊富に並ぶ物資も、戦禍とインフレで親族もろとも家産のすべてを失った若い母親には、とても手の出る値段ではありませんでした。そして、栄養不足の中で奇蹟的に出ていた若い母親の母乳も次第に細ってきて、ある日、とうとう止まってしまいました」

「似たことがそれまでにあっても、赤ん坊のために辛うじて工面したお米で重湯を炊いたりして二日、三日を凌いでいると、十九歳の若い母体からは――と老女は、仮想の年齢を何の躊躇《ためら》いもなく言った――奇蹟的にまた母乳が出始めたりして、その度その度、どうやら危機を乗り越えてきていました。ですが、今度はもう奇蹟は起きませんでした。一粒の米もなく、粉ミルクや牛乳を闇で買う金など、若い母親にあるはずはありません。

夏でした。あの時、何であんな闇市の端っこで篤ちゃんと一緒に立っていたのか――それは何も思い出せない。背中で弱々しく泣く赤ん坊の声だけが今も聞こえてきます。

ただ篤ちゃんがその頃、非合法活動へ踏み込んだことは分かっていて、こんなところに引き止めておいてはいけないと、ただそのことだけをしきりに、焦るように思っていました。

そのとき篤ちゃんが突然、いつもは決して使わない命令調で言いました。

姉さんはすぐに、うちへ帰れ。そして待ってろ。一時間で済む――。

言うと若い彼は私に背を向けて、ふっと身体を弛め、ふらふら呑気そうに闇市のほうへ歩いて行きました。

私は帰りませんでした。うしろから見ると、その篤ちゃんのふっと弛めた身体が、弛んだまま、私の見たことのない緊張で隅々まで支配されているのが分かるのです。

向こうから多少の余裕はありそうな中年の奥さんが、そのころ流行り始めたアメリカ風の大型ハンドバッグを腕に掛けて、篤ちゃんのほうへやってきました。そのとき後ろから見ていた私には、呑気そうに歩く篤ちゃんの若い身体が見掛けは少しも変わらぬまま、隅々筋肉のバネになったことが分かりました。そしてあと一メートルのところまで二人が近づいたとき、篤ちゃんは突然、ふたりの間の空間を弾丸のように駆け抜けて、姿を消しました。

何が起きるのか、ひそかに息を詰めて見ていた私にも、何が起きたのか、分かりませんでした。ただ二人がすれちがった辺りで、その奥さんが空になった自分の左腕を呆然と眺めているだけでした。

正確に一時間後、うちであの子をあやしながら待つ私のところに、いつも通り上機嫌な篤ちゃんが帰ってきました。お土産は粉ミルク缶二つと、かなりの量のお米でした。

——ラッシュでもないのに電車がひどく混んでてさ、と流しの前で顔と首筋をざぶざぶ洗いながら、篤ちゃんが言いました。もう全身、汗だくさ。

何よりもまずあの子にミルクを作ってやろうと思わなければ、十九歳に若返っていた私は水でびしょびしょの篤ちゃんの首筋にしがみついて、わんわん泣くところでした。篤ちゃんはあのあと、少し離れた盛り場の闇市までわざわざ満員の電車で行って、そこでしか手に入らない占領軍横流しの貴重な粉ミルク缶を買ってきてくれたのです」

東京にはいなかったがその時代を多少は知る直行の中で、若い〈オキシン〉が、というよりは、まだほとんど少年の〈オキシン〉が明るいアメリカ風デザインの占領軍家族用粉ミルク缶を二つ左右に抱えて、上機嫌に口笛吹き吹き、果てしなく拡がる闇市を歩いている姿が目に浮かんだ。

　そしてまた、さっきから心に漠然と浮遊していたある疑問を、どうたずねるべきか、迷い、決め兼ねていた。

「……あらあら、〈むかし懐かし〉で脱線してしまいました。歳を取ると話がだらしなくなって、お恥ずかしい」

　老女は話を切った。そして立ち上がり、カウンターで直行と自分にそれぞれ二杯目のオンザロックとハイボールを作って戻ってきて、改めて依頼者＊＊＊を巡る事柄へ話を戻した。

「＊＊＊は子どものころから真面目一方で、決して篤ちゃんのように大胆不敵なことを、自分も楽しんでできる子ではありませんでした。その癖あとになって、できなかった弱い自分に悩むような……。でも、それも結局は母親の血だったのでしょう。口では気が強いことを言っても結局はお嬢様育ちだった私の……。篤ちゃんにも、お姉さんはお上品だからって、いつもからかわれていました。ひとを何でも悪意なしにからかっては、嬉しそうに笑うことの好きな人で……」

「で、＊＊＊に何があったのか、具体的には知りません」老女は改めて気を引き締め、再度〈オキシン〉のほうへ流れて行く話を引き戻した。「加盟した派で一応の評価は受けたのでしょう。ある小グループの〈先導者〉に指名された彼は、あるきっかけで……いえ、はっきり申します。〈先導者〉である自分の不決断でそのグループをほとんど壊滅させた。それが誘因となって——逆に、と申しましょうか——自分の派は実は五〇年代に〈オキシン〉が先導した伝説の〈突破派〉の、七〇年代に於ける極秘後継組織だという妄想に、心を深く絡み取られてしまいました。そして、自分こそ先導者〈オキシン〉の密かな後継者だという美しい幻影を、日々夜々心に抱いて生きるようになり、しかも同時に自分の秘密を知ったさまざまな敵対組織の抹殺指令に、日々夜々怯えて暮らすようになったのです」

「母親にとっての幸いは、あの混迷の七〇年代、どの派も現実の組織防衛と党派間闘争・党派内対立に手一杯で、どこかの阿呆の時代錯誤的妄想など、耳にも入らなかったことでした。ただ本人にとっては、迫害は妄想であっても、それによる恐怖と苦しみは真実でした」

「ひと様から見れば甘い母親と見えましょう――聞き入る調査者に老女は軽く頭を下げた――でも、傍で暮らしていて、妄想に苦しむ悲惨な息子を見かねた母親は、無理な工夫に苦しい工面を重ね、海外に詳しい〈オキシン〉こと篤ちゃんの助けも借りて、遠い南の大陸の片隅に小さな牧場を手に入れました。そして、暗殺の悪夢を見ずに安心して眠れるよう、町ですれ違う人の動きに怯えることなく、日々心平らかに暮らせるよう、そこへあの子を送ったのです」

「さいわい息子の持って生まれた人柄と才能が、広くておおらかな国で好意をもって受け入れて頂けたのでしょう。牧場の仕事は少しずつ発展し、それと一緒にあの子の心も少しずつほぐれて行ったようでした。何人かのひとを経て受け取る消息でそれは分かるので、今は母親として安心して暮らしています。迫害妄想そのものが消滅した訳ではないので一時帰国はできず、またこちらから訪ねるのも、それが発作再発のきっかけになることを恐れてずっと控えておりますが、いえ、たとえ何年会わずにいても、それでいいのです。そこに、その土地に、彼の人生、唯一度の人生がありさえすれば——そのことが分かってさえいれば、母親としてとても嬉しい——それさえ確かならば、母親があれこれ思い悩むことなど何もないのです」

老女はそう言い切って、言葉を止めた。直行は老女の話に心を揺さぶられながらも、なお先程から知りたいと思っていた一つのことを、慎重に、遠回しにたずねてみた。

「ご依頼人のお父上はご存命なのでしょうか」

老女の緊張がふっと解け、その顔に仕合わせそうな微笑が広がった。

「ええ。父親については、あの子は昔から母親にさえ口を挟ませませんでした。その消息はいつだって、母親よりもずっと詳しく知っておりましたから、お書き頂く調査報告では、父親についてお触れ頂く必要はないかと存じます」

(f)

直行は依頼人の心をできるだけ早く、同時にできるだけ深く安堵させるよう留意して、急ぎつつ、しかし慎重かつ入念に調査報告書を書き上げた。そして《異端門衆》店内とその近辺で撮った老女の近影十数葉をそれに添えて、南の大陸に住む依頼人へ発送したあと、また日常的な仕事へ戻った。

加見直行が《異端門衆》で経験した驚きは小さくはなかった。自分の平凡な人生のすぐ傍らを〈オキシン〉や革命諸党派の政治的策謀の影がもつれつつ通り過ぎて行ったらしい。

だが、そうしたことよりももっと深いところで彼の心を揺さぶったのは、老女の語った若い〈オキシン〉の自由で自在な言動だった。

とりわけ老女の語る闇市での若い従弟の振る舞い、そこでの彼の軽やかに緊張する身のこなしに聞き入るうちに、直行は若い自分が山間の温泉で出会った時の奇妙な中年男の風貌をありありと思い出した。男の取り留めない、とぼけたような話にぼんやり耳を傾けるうちに、自分の人生がまったく別のものになっていたのだった。

やがて打合せ通りに南の海辺の小さな国に着いたとき、そこにあの〈仮初め男〉の姿はなかった。だが直行は、あとで一度だけ日本に舞い戻ってきた〈仮初め男〉が直行の事務所に律儀に釈明に訪れたときの説明――〈日本の某電機の担当者の陰謀で〉――を素直にそのまま信じたし、また〈仮初め男〉が実はあの若き突破者〈オキシン〉だったと知った今になっても、その考えを改める必要を感じていなかった。

そこに党派的動機あるいは原因が隠れていようがいまいが、直行がその中年男の魅力に引かれ、海辺の小国で人生の数年を過ごしたという事実に変わりはなく、そしてその日々が直行にとって持った意味も変わらなかった。

それは直行にとって何よりも、グレティーナとともに過ごした日々だった。

グレティーナは、事情は何であれ海辺の国を離れなければならなくなった〈オキシン〉が、直行のために残した助手、というより教育係、そして最高の贈り物だった。

Ⅶ　遠い日に遠い国で

(a)

今ではもうほんとうに昔の話になったが、古い東京空港からジャンボ以前の大型ジェット旅客機で旅立った若い直行は、アメリカの西海岸から中型の旅客機や高翼双発の中型水上艇などを乗り継ぎ乗り継ぎ、終日、青い明るい海とそこに点在する島影を見下ろしながら、晩秋の温泉での約束通り海辺の小国の首都に無事に着いた。

季節は春だったが、小さな臨海空港の敷地に降り立つと、さざ波が夏の海のように海面いっぱいに明るく光っていた。出入国管理を通り荷物検査も無事に済んで、そこに並ぶ公衆電話から予めの打合せ通りに事務所へ電話をすると、電話口に出たのがグレティーナだった。

覚束ないイタリア語で所長と話をしたいと言うアジアからの訪問者に、グレティーナはゆっくり、ていねいにバスの乗り方を教え、直行がそれに忠実に従って、何も知らぬ外国の町でも迷うことなく無事に目的の事務所に着いた時は、もう夕方に近かった。

あとになって思えば、グレティーナはそのとき、事情は既におおよそ心得ていたのだろう。だが訪問者が着いたとき笑顔で迎えに出たグレティーナは、所長はいま留守なので、とだけ言って、簡単な手紙を渡した。

直行は別に不審にも思わず、それを開いた。だがそこには、自分は当分不在になると——丁重な謝罪の言葉を交えつつも——簡単かつ端的に記され、それに加えて不在中の所長業務代行の依頼が（主な業務は日本相手なので、という理由と一緒に）これも明瞭かつ簡明に記してあった。そして仕事の実際については、ごく手短な、端的に言えば何の具体性もない説明があるばかりだった。

直行は呆然とした。大学の研究室の外へ出たことのない自分が、いきなりそんな業務を、しかも見知らぬ外国で、こなせるはずがない——。

そのとき電話が鳴って、直行は一瞬ほっとした。不在の所長からの電話だったら、即座に辞める、と言うしかない——。

グレティーナが電話に出て、すぐ直行に渡した。が、聞こえてきたのは日本語だったが、日本の小輸出問屋の社員だった。

彼は電話の相手がいつもの所長ではないことを既に知っていた様子で、まず口早に名乗って、「よろしゅうお願いしますわ」の一言で新所長代行への職務上の挨拶を手早く済ますと、よく聞き取れない現地名前をこれも口早に言って、「いやはったら代わってもらえまへんか」と催促した。

グレティーナの脇にいた、直行と同年輩の社員がすぐに気配を察して電話を代わり、現地英語でこれまたひどく早口のやりとりを始めた。

加見直行はそのやりとりが、話が進むに連れてなおもひたすら加速して行くのを、ただ呆然と聞くばかりだった。

そのとき、脇から丸めた書類の先で軽くツンツンと頬を突っ付かれ、反射的にそちらを見ると、そこには悪戯っぽく微笑んでいるグレティーナの淡い褐色の笑顔があった。

グレティーナは同僚の電話の邪魔にならないよう、そっとデスクの角を回って直行のそばにくると、耳に顔を寄せて、訛りの強い英語で「イッツオッケ、イッツオッケ。ノンプロブレマ、ノンプロブレマ」と繰り返した。

向こうでは土地英語と日本英語との交渉がますますハリケーンのように速度を上げて行き、直行にはもう絶望的に理解不能になった。

やがて一週間が経ち、二週間が経ち、親切なグレティーナや、日本からの電話に出た、気のいもう一人の現地人社員、黒人系のミスタ・ディンガに助けられ、どうやら通じるイタリア語、工学系の院生としての多少の専門知識、そして何よりもその地での最高特殊技能である日本語能力を最強の武器として、肩書ばかりは所長代理として漸く少しずつ仕事を始めた頃、直行は現地と日本との国際電話料金が、凡そ十五分間でその国の一般事務員や技能労働者の平均報酬月額を越えることを知った。

太平洋を越えての国際電話、特に着信人払いのコレクトコールの場合は、何はともあれ最大限の早口で、というのが、その海辺の小国の中小現地企業すべての厳しいビジネス・ルールだったのである。

その国の首都は東側の大西洋と西側の小高い丘陵地とに挟まれて、海岸沿いに細長く伸びる平地にあったが、到着後の二、三日、直行はその北の外れにある中級ホテルで過ごした。

それは極東の貧しい敗戦国に育った直行が泊まる初めての外国の町であり、中級とは言え初めての外国のホテル、いや、そもそも初めての洋式ホテルだった。

朝早く明るい光が斜めに差し込む食堂に席を取り、酸味のある果実茶と褐色パンに土地の小魚の揚げ物、更に野草のように勢いのある生野菜サラダの添えられた定食を食べていると、淡褐色や黒みがかった肌が輝く若いウェイター、ウェイトレスたちが手足のバネを美しく利かせて、光の縞の中を弾むように、晴れの舞台を横切るダンサーであるかのように、通り過ぎて行った。

やがて朝食が終わったころ、丘の中腹に住むグレティーナがホテルに寄って、その日の予定の簡単な説明や打合せを済ませた。

それが終わる時刻になると、食堂の客は北米からの観光客らしい、明るい色の軽装で寛ぐ年配の夫婦たちに代わっていた。直行が昔風の大きな部屋鍵を預けにフロントに立ち寄ると、その日のツアーの出発予定時刻なのだろうか、小さなバッグやカメラを手に持ったり肩から掛けた客たちが大勢カウンター前に集まっていて、肥った身体を持て余し気味に立つ初老の白人ホテルマンや、熱帯の日差しに白い肌を薄赤く日焼けさせ、ことさら胸を張り、ハイヒールの音を高く響かせて立ち働く若い女性事務員が、その対応に追われていた。

直行は混雑の間を漸くすり抜けて、重い部屋鍵をキー・ドロップに滑り込ませた。

「ああいうホテルは、いつも忙しい、忙しいで、のんびりできない。住むのにはよくないですね」

事務所へ向かいながらグレティーナは、直行に分かるように、ゆっくりと呟いた。「うちのそばの下宿屋さんに引っ越すのがいいですよ。安くて、のんびりで、親切だから。毎朝、歩くの、少し遠いけど」

「歩くのは好きさ。そこ、よろしく、頼む」

直行はこの時はじめて普通のイタリア語ではなく、この国特有の古いイタリア方言風の言葉を使ってみた。

グレティーナは、あら、というような表情で直行の顔を見て、「お上手」と言って、笑った。

直行も照れて笑った。

出発前、大学院退学の最終手続きを済ませて大学近くの裏通りを歩いていた時、古本屋の店先に薄い〈特殊言語入門二週間シリーズ〉が並んでいるのを見つけ、もう間に合わないなと思いながらも行き先地のものを買った。そして夜寝る前とか、飛行機の中で少しずつ読んできたのが、いま役に立ったのである。

その朝、事務所への道を一緒に歩きながらグレティーナは、十九で高校を出た後、その先は国内にないので、隣の国の専門学校でビジネスの勉強をしたと言った。

「私と違って、兄貴は秀才なのよ」とグレティーナは言った。「奨学金もらって、アメリカの大学を出て、弁護士の資格も取って、そのまま働いている。私にもアメリカで勉強しろ、費用は出すって言ってたんだけど、でも、私はここのほうが好き。海もあるし空もあるし。いま住んでる丘の町や、祖先の霊が棲む山もあるし」

隣り国の専門学校を卒業して、帰国し、交易事務所へ入ってそろそろ三年だと言う。数えると直行より一、二歳は年下になるが、遠いアジアから来た彼を気遣って、ほとんど姉さんのように世話を焼いてくれた。

社長不在中の交易事務所の仕事の実際も、あの早口英語の、しかし実はむしろのんびり気質のミスタ・ディンガが中心だったが、グレティーナがそれを横から支えたので、名前ばかりの所長代行でも、日本関連の仕事さえどうやらこなしていれば、まずは順調に進んで行った。

(b)

数部屋しかない素人下宿風の建物は、丘の中腹の小さな平地に面していた。グレティーナが借りてくれた二階の部屋の窓から外を見ると、目の前の小広場の右手奥のほうに土俗信仰の小さな祠があって、その台座にこの土地の健康な少女そのままの〈褐色の聖マリア〉が、これも健康そうな赤ん坊を抱いて立ち、狭い平地を行き交う人々を嬉しそうに眺めている。

グレティーナ・イリニが一人で暮らす小さな平屋の家は、その祠の裏にあった。グレティーナの両親や祖父母は一族のルーツがある山岳地帯に住んでいるらしく、歳の離れた兄は北アメリカの大西洋沿いの大都市で、弁護士事務所の準パートナーとして仕事をしているという。

朝、六時少し前、下宿の自分の部屋の窓から外を見ていると、祠の陰からグレティーナが現れる。彼女は褐色の聖マリア像の前に跪き、両手を前で組み、頭を垂れて暫く祈り、胸の前で十字を切って立ち上がる。そして直行の窓のほうへ、小さな広場を横切って真っ直ぐに歩いてくる。

直行はその時、決して窓から手を振ったり、声を掛けたりすることができなかった。広場を横切るグレティーナの表情には、聖マリアへの礼拝のあと、ある生真面目さ、ある敬虔さが残っていて、そこへ声を掛けることはある種の冒瀆、少なくともある種の不作法さだと感じる自分の心を、直行は否定できなかった。

グレティーナが近づくと直行は急いで階段を下り、入口に立つ。すると、そこに立つ直行に気づいたグレティーナの今まで静かだった顔に、毎朝、明るい喜びが広がり、それを見る度に直行はいつも、美しい花が開くようだと思うのだった。

グレティーナと直行は一緒にまた、急いで階段を昇って直行の部屋へ戻る。そして立ったまま、夕べ寝る前に直行が用意しておいたぬるくて酸っぱい果実茶を飲み、固い野生蕎麦ビスケットを一、二枚食べる。食べ終わるとまたすぐに下宿を出て、町へ通ずる下り坂を駆けるように下り、事務所へ急いだ。

坂の四つ角を一つ通る毎に、川へ細流が合流するように、町へ駆け降りる人々の人数は増えて行った。そしてその四つ角毎に、〈半朝食〉用のサンドイッチ屋台が出ていた。駆け降りる人々はみな自分の馴染みの屋台の前に立ち止まり、パンの種類と中身を言って金を払い、屋台から新聞紙に包まれて渡される注文のサンドイッチを手早く受け取ると、それを肩掛けの木綿カバンに押し込みながら、また下を目指して駆け降りた。

この国のオフィス・アワーは朝六時半から始まる。十時半になると〈半朝食〉のための中休みになって、みな熱いお茶を入れ、買ってきたサンドイッチを食べ、机に俯《うつぶ》して眠る。三十分後、のろのろと起きだした人々はお役所なら二時、そうでなければ三時を待ちわびながら仕事を続け、二時あるいは三時の終業時間と同時にオフィスを閉め、平地の町で手早く食品を買い集め、さっき駆け降りた坂を逆に急ぎ登って、一日の最大の食事ププランザを作る。

この国では、それこそが人生の中心なのだった。

ププランザを食べ終わるとみな寝床に潜り込んで眠り、途中目覚めて愛の作業にいそしみ、また眠り、十時になると起き出して、お洒落をして坂を下り、夜更けまで夜の町で楽しむ。通りで歌ったり、広場で踊ったり、すれ違う知り合いと大声で喋ったり——。

馬鹿みたい、この国の連中はみんな――とグレティーナはよく言った。――愚民政策よ。私が専門学校へ行った隣の国じゃ、ごく普通に、世界標準で、朝八時から働き出して、昼にはお弁当食べて、夕方五時には仕事を終わってた――。

それはつまり夜には――と直行は時折ふざけて言葉をはさんだ――政治や社会革命の可能性について、あるいはひょっとして人生の究極の意味についても、深く考察を加え、徹底的に討論するってこと？

グレティーナは苦笑した。

まあ、みんな、夜は外国から輸入したテレビの前に座って、〈アイ・ラブ・ルーシー〉か西部劇でも見て、寝ちゃうみたいだけど……。

主要な取引相手の日本との時差の関係で土地の伝統的勤務形態をあまり守れない二人は、もう深夜に近い帰り道、よく直行の住まいに立ち寄って、小さな台所で豚の脂身と野生の小豆の類などの混じる温かな雑穀粥を食べながら、お喋りをしたりした。

さあ、お腹も張ったし、私もそろそろ帰って、お勉強しなくちゃ――。

グレティーナは立ち上がりながら言った。

何のお勉強？

直行が聞くと、

歴史――と答えて、グレティーナは笑った。

アメリカにいる兄貴がね、兄貴の世話になるのがいやなら、働きながら通える大学もあるって、いろいろ言ってくるのよ。そして、歴史を勉強しろって。むかしは、女の子が学校なんか行くものじゃないって、言ってたくせに。男は淋しがり屋だから、妹に来てもらいたくなったんじゃない？　日本でも、男ってそう？――。

グレティーナは質問しながら、それでも帰って勉強するつもりらしく、脇の荷物を肩に掛けた。

さあね、どうだろう？

直行も言いながら、送るつもりで立ち上がった。

いいよ、送らなくて。窓から見てて――。

グレティーナはそう言い残して、一度ドアを開け、廊下へ出たが、すぐに戻ってきた。そして直行の首に手を掛けて、自分のほうへ引っ張ると、二度三度、接吻して、囁いた。

ほんとに窓から見ててよ！

グレティーナはその晩、小さな広場を褐色の聖マリアの祠のほうへ歩きながら、窓で見送る直行のほうをときどき振り返った。直行は手を振って、それに応えた。

翌日の朝グレティーナは「ナオは手を振るだけで、投げキッスの仕方も知らないんだから」と言って、からんだ。

(c)

丘の中腹の町は子どもたちで溢れていた。週末の夕暮れなど窓から下を見ていると、祠の前の小さな広場を褐色の子どもたちが、時には黒い子どもたちも混じえ、渦になって駆け回っていた。そういうとき直行は駆け回る子どもたちのなかに、自分の知らなかった頃の幼いグレティーナの面影を探すようになっていた。あるときは膨らみ始めた自分の胸に気づきもせず渦の中で元気よく駆けつづける少女の姿に魅せられ、またあるときはまだよちよち歩きですぐに転び、しかしすぐにまた立ち上がっては歩こうとする幼女にグレティーナの面影を見て、目が離せなくなった。日曜日の朝などは、白いベールに淡褐色の顔を隠し、急に日頃と違う恭《うやうや》しい表情になって小広場を横切り、〈褐色の聖マリア〉の祠へと向かうローティーンの少女を目で追った。

また週末や日曜の昼前、少し急ぐ気配で小広場を横切るグレティーナを見かけることもあった。窓の前に立つ直行に気づくと、グレティーナは笑顔で手を振って通り過ぎた。

直行も軽く応えてそれを見送り、暫くは部屋で翌週の仕事の段取りの再確認、接触相手についての情報の整理、輸入機器の規格変更など技術安全問題のチェックを済ませる。そして午後はゆっくりと坂を降り、町を歩き、海を眺め、時には到着直後に泊まったホテルの食堂へ行って、明るい光のなかを弾むように歩くウェイター、ウェイトレスたちの美しい肢体の動きに魅せられながら、半洋式の食事をしたりした。

気がついてる？　ある日曜日、珍しく二人で町へ下りてみた午後、海を背に自分たちの住む丘やその背後の山並みを見上げながら、グレティーナが言った。

ここは昔からね、孤立した土地なの。ここから見るとよく判る。ほら、後ろが三方、けっこう険しい山に囲まれていて、開けているのは前の海だけ。

あっちの島やらこっちの半島やらに、見た目、似たようなパエザ・ピッコラ・ピッコラがいくつかあるけど——とグレティーナは地元特有の言葉で説明した——同じように見えても、この国は地形や歴史が特別なの。

覚えている？　この国に着いて、初めに泊まったあのホテル。あそこで、例えば食事を運んでくるのは、みな、私と同じ、混血の子たちだわ。ここにはもう純粋のインディオはまずいない。みな混血の国なの、ここは。

時々考えるの。昔々、ことによったら何万年も前に、シベリア辺りから凍った海を越えて、北の大きな大きな大陸を歩いて歩いて、この近くまで辿り着いた連中。それが私の片方の祖先なんだな、って。そしてその人たちは何故か、あの壁のような山をわざわざよじ登って、この海岸までやってきたんだなって。

それとも海から来たのかしら。ここから北へ少し行った辺りは、何故か荒れる難所で有名なんだけど。

そして、そのあとはぐっと最近になって、と言ってもコロンブスよりは何百年も、ことによったら千年以上も前だけど、気候も地味もいい地中海の辺りで何千年も平穏に暮らしていた人たちが、何故かは判らないけど、時には時化にもなり暴風雨にもなるこの海を——とグレティーナは目の前の広い穏やかな大西洋を指さした——小さなボート一つを頼りに横切って、ここまでやって来て、そこに住んでいたシベリア由来の連中と出会って、私のもう片方の祖先になった……。

私は自分が混血だから、ごく若い頃はついつい余計なことまで想像したわ。一口に混血って言うけど、いろいろあったんだろうなって、ね。あっちの立場で想像したり、こっちの立場で想像したり、男になったり女になったり、上になったり下になったり。しかも、自分にとって、どっちがあっちで、どっちがこっちか判らない。

忙しいのよ、混血って。でも、その分、責任とらなくて済むけど。

グレティーナは言いながら、自分で笑った。

でも、とグレティーナは続けた——この国の歴史には、その先に続きがあってね。歩いてやってきたインディオと、ボートで広い海を横切ってきた地中海人種が、いつの間にか殆どみんな混血になって、どっちの血が勝った結果なのか判らないけど、混血仲間で至極のんびりやっていた、アフリカから来た連中も少しは混じって。——そしたらね、今度は地中海とは逆の、暗い北の大地と荒れる海と厳しい戒律で育った勤勉な連中がやってきたのよ。

気がついたかしら？　ナオが泊まったあのホテルでも、威張って仕切っているのは何故か、みなそのとき北から来た連中。

そこからの三百年足らずが、この国の現代史——。兄貴なんか、今でもあれこれ怒っているけど。でも、その辺りは、私はまだ勉強中で難しいから、また今度ね。今日はそろそろ丘へ戻って、ナオのところでご飯、食べよう。ね、ナオ。

グレティーナはそう言いながらもベンチからすぐには立ち上がらず、隣の直行に身を寄せた。

直行は淡く美しい赤褐色の肌を持つグレティーナの、ゆるやかな息とやわらかな体温を感じながら、それが既に数千年、数万年を越える歴史の生んだ一つの奇蹟であることを思っていた。


赤道に近い海辺の小国に着いたのは春だったが、生活と仕事に慣れた頃は、もう夏だった。寒暖計は連日、三十度台の半ばを越えたが、海から吹いてくる朝方のブレザーレ、山から吹いてくる夕方のブレザーレが止むことのない気候は、思いがけず過ごし易かった。

ときおり大陸の陸地が大きく湾曲する辺りで発生する熱帯低気圧が沖合を通過し、巨大な波が打ち寄せてきて、冠水した海岸道路はひととき通行できなくなったりもしたが、それが過ぎれば、夜の暗い砂浜には涼を楽しむ白人の家族連れや恋人たちの影が行き交った。

丘の中腹の聖マリアの祠の前の小広場も、気持ちのいい夜風と仄暗さを楽しむ近隣の人々が行き交い、直行とグレティーナも部屋に籠る温気を避け、下宿屋の前のベンチで微風を楽しみながら過ごすことが多かった。

交易事務所が細々と輸入していて、最近、少し流行になりつつある日本製の虫除け線香の匂いが、海岸沿いの住宅地ではないこの辺りでも時たまそこはかとなく漂ってきて、直行の幼い記憶と郷愁を誘い、グレティーナも「いい匂い！　歴史の勉強が逃げて行く！」と囁きながら、直行の耳をつんつん引っ張った。

夏は長く、秋は短く、気がつくともう冬だった。もとよりコートが必要なほど寒い訳ではなかったが、それでも道を行く人々は、海からの湿った風と一緒に降る時折の冷たい雨のときには、上着を羽織ることを忘れなかった。

クリスマスが近づくと、丘の中腹に住む人々が〈褐色のマリア像〉前の広場に集まって、奉納舞踏の練習に励んだ。男の列、女の列が自在に混じり入れ代わり、ときおり男女の踊り手たちは一緒に両手を挙げ、ゆるやかに揺らして、褐色のマリアの慎ましい生命の力を讃える。それは練習でもあり、既に奉納の踊りでもあり、またそれ自体が恵まれた一年の終わりを祝う祭りの日々でもあった。

グレティーナは踊りの輪の中で時としてひどく生真面目な表情で、時として喜びに溢れる表情で踊り続け、また時にはまわりの人々のなかに直行を見つけて、リズムを無視して大きく手を振ったりした。

年が明けると、鈍い雨の日が続いた。海からの風が吹き過ぎる丘の中腹にあっても小さい火鉢で炭火を焚く他、特に暖房の習慣も設備もない家屋は、時に外の湿った冷気が部屋の隅々にまで滲み込んで、住む人々を震えさせた。最近漸くかなり上まで電気がくるようになったので、直行は試しに安い電気アンカを日本から送らせ、土地の規格に合わせて改造して、下宿のベッドで試してみていたが、グレティーナは冷たい外から部屋に来るとすぐにそこへ潜り込み、「ワアオ、暖かい！　こんなの初めてだ！　ねえ、ナオもこっち、お出でよ。これ、ぜったい売れるよ」と、しきりにはしゃいだ。

やがて、海辺の国にきて一年ほどが経った頃、直行は懐かしい下宿を離れて、聖マリアの祠の陰の小さな家に、グレティーナと一緒に住むようになった。

淡い褐色の地元の人々といつからか住みついた黒人系の混血の移住者が、半ば住み分け、半ば混住していている地帯に、直行は薄い黄褐色の肌を持つ風変わりな男として、仕合わせな三年ほどを暮らした。

Ⅷ　家族アルバム　1

(a)

まだ梅雨の続く七月初めの土曜日の朝、ゆっくり起き出して二階の寝室兼書斎のカーテンを開けると、外は久しぶりによく晴れていて、長年の間にすっかり厚く繁った庭木の影が明るい窓に濃く映った。

海辺の小国から帰国して数年後、晃子と結婚して移り住んだこの小さな庭付きの古い家は、結婚と同時に生まれたヒコが小学校に入るのをきっかけに多少の補強と増築をしたが、そのとき、殺風景だった狭い庭にも何本かの若木を植えた。遠い記憶の中ではそれはみな細くて華奢な、頼りないような若木だったが、その後の三十年を越す年月の間に、途中で枯れたピンクのハナミズキ一本を除いては、みなそれぞれに思いがけず大きな樹に育って、二階にある寝室兼書斎の窓から見上げても葉群れと葉群れとの間にほとんど空《そら》を残さぬほどになった。

東京の町場に育って緑を知らなかった晃子もわが家の小さな庭が次第に木々や草の繁りに覆わ

れていくのを見るのが楽しい様子で、特にヒコが大学に入って家を離れた頃からは、その手入れに時間を使うことが多くなった。

気持ちのいい季節の午後、晃子はときおり背筋と腰を大きく伸ばして明るい空を見上げながら、飽きることなく、次第に濃さを増す緑を相手に何時間でも庭で過ごしていた。

その姿は今も直行の記憶に鮮明に残っている。


息子が中学から高校へ入ったくらいのところで、直行はその生活に口を挟むことを止《や》めた。彼の先に何が待っているにせよ、親にあれこれ言われるよりも、それは大きな運命が自分に選んでくれた道筋であり結果なのだと思えるほうが、自分の人生とよく馴染む気持ちで生きていけるだろうと思ったのである。だが、それでも、ヒコが大学受験の年齢になったころ、たまたま外に予定のあった晃子が用意した夕食をヒコと二人で食べる折りがあって、ふと心が動き、父親らしいことを一度だけ言った。

志望先を選ぶには、よく耳を澄ませることだな。そうすれば何か聞こえてくるさ、きっと。そこでの勉強が自分を呼んでいると思えるところがいいな——そのとき直行はそう言って、但し向こうもその気になって、入れてくれないと困るけど、と付け加えて笑った。

ヒコも笑って頷き、やがて何か声が聞こえてきたのかどうか、半年ほど過ぎた頃、東北の小都市にある小さなミッション系大学の歴史学科を見つけてきて、そこを受けて合格した。

知佳ちゃんも誘ったけど断られたみたい。どこかの数学科へ行くんだって——。

二人だけになったとき晃子が言った。

ヒコがその町へ居を移す日、直行は仕事用の少し重いカメラを持ち出して、ヒコとその引っ越し手伝いを名目に同行する晃子を、そのころ東北新幹線の始発駅だった上野駅まで見送り、混雑する地下ホームで仕合わせそうに並ぶ二人の写真を撮った。

ヒコはこれからも時折は帰省してくるだろう——ファインダーを覗きながら直行は思った。だが家族三人が日々当然のことのように同じ家で起き、暮らし、眠る生活は、それが始まってから十八年目の今日で終わる。

その十八年が長いのか短いのかは、よく分からなかった。ファインダーの中には息子と並ぶ、まだ四十には少しだけ間のある若い母親の晃子の明るい笑顔が見えて、それが心なし淋しそうにも思えたのだったが、今ではそれもまた記憶の中の一こまになった。

そうしたことは、庭の変化も家族の変動も、みな時間がもたらす自然な過程と言うべきことだった。そして、それからまた十年余りが経って、五十代に入ったばかりの晃子が半年ほど病んで死んだが、それもまた時間と自然の働きのうちに自ずと含まれていることだ、と思う外なかった。

(b)

梅雨の晴れ間のその日、土曜日ではあったが、直行は午後から事務所へ顔を出すことになっていた。

その小さな交易事務所はむかし自分で始めた会社だったが、妻を亡くして数年が過ぎ、自分も七十歳を越して、そろそろ先のことを考えるべき時期が来ていることは分かっていた。だが後継者を探そうか、いっそ会社清算の時期を決め、すべてそこからの逆算で処理して行こうかなどと思ってはみても、結局は目先のことに追われ、時折は週末まで出社して急ぎの仕事を片づけるといった生活を続けていた。

もっとも今日はルーティンの仕事よりも大切なことがあった。海辺の国の古い知人ミスタ・ディンガの息子、ミスタ・ディンドルが中国での商用の帰りに日本に寄るというので、そのいわば表敬訪問をまず受け、更にそのあと、アメリカ暮らしのヒコが暫くぶりに帰ってくる。しかも、どうやら婚約者を連れてくるらしい。

遅い朝、階下のリビング・キッチンの窓際に座って梅雨の晴れ間の明るい庭を見ながら、沸き始めたコーヒーメーカーの湯の音に漠然と耳を任せていると、一人暮らしの老人、加見直行の心に、はるかに遠い昔の声が聞こえてきた。

「……君たちは〈五月晴れ《さつきば》〉というと、すぐに五月の連休で学校も休みになる頃だな、なんて考えるだろ」

それは、いつもどこかで生徒たちを優しくからかっているような、高校の老国語教師の懐かしい声だった。

「でも、これはもともと古い言葉だからね、今の暦で考えてはいけない。〈五月晴れ〉は陰暦五月、まあ、ざっと言って今頃――つまり、ほんとうは夏も間近の梅雨の最中へぽっかり入り込んだ、今日みたいな貴重な晴れ間、それが〈五月晴れ〉なんだな」

黒板を背に教壇の廊下側の端に立った老教師は、どこか悪戯好きの少年のような視線で生徒たちの顔を廊下側から窓際まで、ゆっくり、いとおしげに見回して行き、その先の透明なガラス窓の外では校庭の緑が明るい初夏の光にひときわ輝いていた。

いま、あれから何十年かが過ぎ、あの懐かしい老教師もいつしか、いなくなった。晃子もいない。父も母も、その順番でいなくなった。みな、いつしか、いなくなる。やがて自分にも、もうそんなに遠くないある日、永遠の夏休みがくるのだろう。そのとき世界は一瞬、若葉の輝きに燃え立つのだろうか。

食卓の窓の外の若葉はいま陽を受けて、あの時の校庭の樹々よりも更にひときわ明るく光っている。

加見直行はこの初夏に、七十一歳の誕生日を迎えていた。

(c)

出掛けるまでにまだ時間のあった直行は、きのう炊いた雑穀が冷蔵庫に残っていることを思い出して、簡単な雑穀サラダを作った。一人暮らしの老人の、不時の栄養補給のための用意である。あるいは父親が食生活にも気を配っていることを示して、久しぶりに会うヒコを安心させるための用意でもある。

遠い日に直行が住んだ海辺の国は背後を険しい山岳地帯に守られていたが、雑穀サラダはそこに半ば自生する穀物を主体にしたもので、地元では、栄養に満ちたその雑穀は神々の贈り物として称賛されていた。

炊き上げたばかりの温かな雑穀のこともあり、冷えた雑穀でつくることもあったが、その中へ手元の野菜や果物、ソーセージ類などをちぎり込み、時には茹でた豚や鶏の内臓なども切り込んで、地元の果実酢や木の実油、辛く青臭い香料、粗塩などで混ぜ合わせる。

それは作るに至って簡便な食物で、グレティーナと暮らしていた数年間、時に応じ事情に応じて、日々の定番だった。だが心ならずも帰国した後、肝心の雑穀が手に入らぬまままいつしか忘れて、長い時間が過ぎた。

その雑穀サラダが改めて思い出されたのは、数年前、晃子に先立たれたあとだった。

都下の山間にある緩和ケア病棟の一室での晃子の死は、本人にも家族にも予見されていた事件だったが、それでも死の直後の日々は、何かに追い立てられるように忙しく過ぎて行った。

ヒコはその頃、東北地方の中心都市の大学院で考古学のドクター論文を書いた後、学部時代を学んだ大学と同じ系統の、四国のミッション系大学に任期付きの若い講師として呼ばれていたが、母の死の前後には繰り返し東京に戻ってきて、家族の死によって生じるさまざまな雑事を、心の悲しみを抑え、世間の手順に従って、静かに的確に片づけて行った。

だが、およそのことが片づき、明日の朝には四国に帰るという晩、ヒコには気になることが一つ残っていた。

広いリビング・キッチンでの父子二人の淋しい夕食のあと、一緒にお茶を飲みながらヒコはたずねた。

うちには墓地がないじゃない。ハハの遺骨、チチとしては、この先どうするつもり?

二人の座る部屋の大きな棚には、むかし改築の記念に買った置き時計と並んで、陶器の重い骨壺がそのまま置かれていた。

追々考えなければ、とは思っているけどね。まあ、急ぐことはないだろう——直行は壺のほうへ視線を向けて、息子に言った——暫くはこのままでも、ハハは気にしないと思うよ。

そうだね。

ヒコも頷いてみせた。だが心の中には何か落ちつかないものが残った。

ヒコの関わる先史時代の歴史でも、墓地の発生は大事な文化現象であり、重要な区切りにもなる。だがそれから数千年を経た今、現在を生きる人々の思念の中で墓地が、ということは、つまり死が、ひどく不安定なものになっているのかも知れない。

遠い田舎に辛うじていまも続くらしい本家の墓。あるいは東京で居を転々とした父方の祖父祖母が自分たちのために選んだ小さな時限付きの屋内比翼墓——。

だがヒコには、そのどちらもが、ハハ晃子の遺骨には、遠く無縁の場所としか感じられなかった。では、ハハの骨を埋葬して心に馴染む場所は、どこにあるのだろうか。チチにはどこか、そういう場所が見つかるのだろうか……。

翌朝、ヒコは一人残す高齢の父親の生活と健康、そしてハハのための居所を心配しながら、自分の任地へ戻った。

ヒコが帰ったあと、かつて幼い子どもも含めて三人の賑やかな生活の気配に満ちていた家に、いま老人一人で暮らすことになった直行は、時折、奇妙な感覚に捉えられた。家にいて、ふと気付くと、暗い、無限に広がる宇宙空間に、自分はひとり、茫然と浮遊しているのだった。

晃子に病気が発見された時、直行は病人の強い要望に折れ、その病気の予想される成り行きについて、二人一緒に主治医から懇切かつ率直な説明を受けた。

むかし歯医者の湯之村先生のご病気のときはね——と晃子は、説明が終わって病室へ戻り、二人になったとき、蒼ざめた頬に微笑を浮かべて言った——いまの先生たちは患者にあれこれ言い過ぎだと思ったの。でも自分のことになってみると、ほんとうのことが二人でちゃんと分かって、それがとても嬉しい。だって、人生でいちばん大切だった人と、いちばん大事な時期を、相手は何をどこまで知っているのか知らないのか、それを探り合って過ごすなんて、とても厭だもの。これから暫くの間、ほんとうのことを何も隠さずに、何でもゆっくり話せると思うと、とても嬉しいの。

だからナオさんもね、この先、病気がどう進んでも、わかったことはみんな言ってね。

そうするよ——直行は答え、できるだけ見舞いにくるよと付け加えながら、晃子が若かった頃に戻って、直行をナオではなくナオさんと呼んでいることに気づいた。

でも、忙しいんだから無理しないで。晃子は言った。そして、来るときはお見舞いじゃなくて、茶飲み話にきて。もし私が平均寿命ぐらいまでは生きて、お爺さんになったナオさんと一緒に暮らしていたら、老夫婦二人でお茶でも飲みながらごく普通にするはずだったような、そういう話をしたいの。

そうだね、それがいい。そうしよう——。

直行は答えて、微笑んだ。それが生き続ける側のものにとって、どんな悲しみとどんな緊張を要することかを、そのとき直行はまだ知らなかった。

晃子は都下の丘陵地帯にある緩和ケア病棟に移った。そして、半年ほどが経ち、ほぼ予見されていた死期が来て、ベッドに横たわる晃子が「ねえ、覚えてる？　あのピンクのハナミズキの……」とまで静かな声で言いさし、そのままふっと息を引くように昏睡めいた眠りへ引き込まれて行ったとき、直行はベッドの前の椅子に座ったまま、ただ黙って、ずっとそれを見守っていた。やがて深夜の巡回時間になり、当番の看護師が病室を覗き、呼ばれた当直医師が病室に入って、簡単な検査のあと、こちらへ視線を向け、真剣な表情で頷いてみせたとき、身体に広がるひんやりした悲哀とともに直行が感じたのは、半年間の緊張からの深く虚しい解放感だった。

若いころ一人暮らしに慣れた直行は、妻を失って日常的に困ることは少なく、仕事に日々追われていれば生活は自ずと旧に復した。

だが、信仰と言う程のものを持たぬ、しかし、だからと言って、自分の悲しみを社会慣習に化した疑似宗教的諸儀礼に託すこともできない不運な直行には、死の持つ反日常的な異様さに向かい合う手立てはなかった。

夜遅く一人で晩飯を前にしている時など、埋葬されぬままリビング・キッチンの棚に置かれた骨壺の遺骨は、ひたすら沈黙を続けていた。

晃子の死から半年ほどが過ぎて、妻の不在を日々刻々特に意識することはなくなったある朝、髭を剃ろうとしたとき、直行は初めてそこに映る自分の異常な痩せ方に気づいた。

その週末、四国から暫くぶりに父親の様子を見にきたヒコと、手土産の鰻弁当にヒコが作った簡単な汁物や副菜を添えた夕食をしながら、ふとそのことを口にすると、心配はしていたんだけどね、とヒコは言った。でも、暫くはそれも自然なことかと思って、何も言わなかった。だけど、そろそろちゃんと食べ始めたほうがいいと思うよ。ほら、奮発して鰻を買ってきたのに残してるじゃないか。多少、努力してでも食べなくては。

別に鰻じゃなくとも、何でもいいけどさ、とヒコは、冗談事であるかのように笑って付け足した。言われた直行の心に、ふと雑穀サラダのことが浮かんだ。遠い昔、若く何事にもこだわらぬ生活の中で、雑穀サラダが自分とグレティーナの日々を養っていた。

あれでも常備食にしてみるか。今なら雑穀その他の材料も、似たものでよければどうにか手に入るだろう。そこへ肉類をあれこれ切り込めば、一人暮らしの老人が生きて行くための基本的栄養はまず確保される訳だ――。

そう思ったとき、直行は漸く妻の死の衝撃から少し自由になって、自分の生の次の日々へ足を踏み込む用意ができたのだった。

(d)

しかし、一人暮らしになった父親の生活をいつも案じながらもなかなか暇のとれないヒコが、その週末、久しぶりに四国から戻ってきたのは、ただ父を案じて、様子を見にきただけではなかった。

ヒコがいま在籍する四国のミッション系大学での時限付きポストは、あと二年足らずで終わる。だが、常勤ポジションへの鞍替え採用は制度的に禁止されていた。そこへ、同じミッション系で今の大学と強いつながりのあるアメリカの小さな大学から、ヒコへのポスト提供について内々の打診があって、その相談をしたいという。

採用資格はやはり期限付きの演習担当上級助手だが、五年後、準教授への昇格の可能性が強いらしい。

話のもともとは、親しい二つの大学が前年に大西洋岸の南の端にある先方のキャンパスで共同開催したモンゴロイド系文化についてのセミナーで、アメリカ両大陸先住民の文化類型とその変遷を発掘遺物の解析によって辿ったヒコの発表が注目されてのことだったようだが、これは教員スタッフの人種的・文化的多様性を自校の売りにしたい大学経営陣の意向も強く働いてのことだから、期限付きの助手とは言え、普通に行けば大学が自分からヒコを手放すとはまず考えられないと、これは、こちらの副学長と親しい先方の有力教授が添えた私信にあった——。

別に相談することないじゃないかと、意見を求められた父親は言った。どうせ二年足らずの先で失業者になる身だろ。風景が根元から変わるぞ、人生で暫くか、結果ずっとになるのか、ともあれ生まれ育った国とは違う国で暫く暮らすと――。

それは、そう思うんだけどね……。ヒコは口籠った。

ヒコらしくない――と父親は思った。こういう話にも、別に張り切りもせず二の足も踏まず、ごく普通に身を任せて行くのがヒコだったのに……。

が、そう思ったとき、直行はようやく気づいた。

なんだ、チチのことを心配しているのか？　それなら、何も心配することはないぞ。直行はヒコに、改めて強く言い切った。ヒコが身近にいることは嬉しい。それは昔からずっと思っているさ。ヒコが生まれたその日、この子はもうその黒々とした眼で、自分がそこへ生まれたこの世界を、眺め、探究している――こんな子がこれから自分の身近にいるのかと思うだけで、チチは身がぞくぞくしたね。この子は混沌たるこの世界を、その好奇心に満ちた黒い眼で見るために、今これから、今ここから、出発する……。

まあ、初めての子どもが生まれたときは、人間は誰でも、人生で一度だけロマンティストになるのさ。でも、ヒコが〈身近にいる〉ことが嬉しいっていうのは、気持ちの上での身近で、決して自分の手元に、とか、一緒にってことじゃない。じゃなければ、折角のその黒い眼が世界を見るために出発できないじゃないか。

それに――と、相変わらず心配そうなヒコを安心させるために、直行は論点を転じた。四国だってアメリカだって今は大して違いないさ。心配なら毎晩でも電話をしてくればいい。外国でもほとんどタダで電話できる世の中じゃないか。チチがむかし初めてオーバーシーで電話した頃は、料金考えると受話器が手から出る冷や汗でべとべとになったがね。今では何かで急に帰ってくるにも、ほとんど一日と違わないさ、四国からでもアメリカからでも。

――ほんとにちゃんと食べる？　ヒコは急に幼い一人っ子の表情になって、心配そうに念を押した。

食べるさ、何だって。チチの世代はね、戦争中、サツマイモの尻尾をブタと取り合って育ったんだから。

父親の答えにヒコは漸くまた笑った。そして、じゃあ、帰ったら向こうへ承諾の返事をする、と言って、そうだよ、と急に付け加えた。チチも一度、アメリカの南のはじっこの大学町を見に来るといいよ。二度、行ったことがあるけど、海辺の町でね、空も海もすごい澄んでる。そこに住むメイフラワー号の末裔たちの生活は、その精神において変わらざること、ほとんど歴史学より考古学の対象だけどね。でもみな善意の人たちさ、と言って、笑った。

もちろん行くさ。モンゴロイド人類学の研究対象になりにね。

モンゴロイド研究なら、先住民も旧移民も新移民もいて、材料には事欠かない土地柄だけどね。じゃあ、もう寝る。でも、本当にちゃんと食べてよ――。ヒコはもう一度、念を押すと、久しぶりの自分の部屋へ引き上げて行った。

翌日、四国へ戻るヒコと一緒に家を出て、事務所で改めて調べて見ると、時代はまったく変わっていた。かつて東京オリンピックの直前に心ならずも帰国したときにはまったく入手不可能だった山岳地帯特有の雑穀、土地独特のきつい香辛料、ついでに地元産の気の抜けた南欧系ビールも、四十年後の今では、昔馴染みの知人ミスタ・ディンガの交易事務所宛に書いたメール一本で、翌週にはすべてが無事に届いた。

Ⅸ　家族アルバム　2

(a)

それがもう四年前のことだった。そして今日は久しぶりに都合がついたらしく、夕方ヒコがアメリカから戻ってくる。

赴任のときは一人暮らしになった父親を過剰なほど案じていたヒコだったが、いざ実際に馴染みの薄い土地の不慣れな環境の中で新しい仕事に就き、ネイティヴ・スピーカーに立ち混じってそれをこなして行くとなれば、努力も時間もなかなかに必要だったのだろう。メールでの短いやりとりは日常的で、電話も時折掛かってきたし、日本での学会の折りに慌ただしく一緒に食事をしたこともあったが、多少ともゆとりのある帰国となると簡単ではなかった。

が、それが漸く実現して、今日がその到着の日だった。一ヵ月ほど前にメールで、予定より一年早く準教授昇格が決まったので、それを機に二週間ほど帰ると言ってきた。

また、それに加えて、自分の育った日本を見てもらいたいと思っている人がいるので、同行して紹介もしたい――メールの末尾にはそうも書き加えてあった。

もっとも、今日はその前にもう一つ用事があって、それも社用なのか私用なのか？　遠い昔、初めて海辺の国に着いたその日に、いきなり日本からの国際電話に物凄い早口の現地英語で応対して直行の度肝を抜いたミスタ・ディンガは、現地では気の置けない同僚兼知人、また直行の帰国後は親切かつ誠実なビジネス・パートナーにもなって直行を大いに助けてくれたが、そのミスタ・ディンガの息子ミスタ・ディンドルが昼過ぎに、表敬訪問に来ることになっていた。

いや、私も行ってみたいんですがね、とミスタ・ディンガは安くなった国際電話の向こうで、のんびりと言った。でも最近は脚の調子もよくないし、それに息子に邪魔にされますからね――。言いながら父親は仕合わせそうに笑った。あいつに仕事を任せたら、最近はご多分に洩れず中国との商売に夢中になってますわ。今度も上海へ行くと言うんで、それなら商売の用事はなくとも帰りに東京に寄って、ミスタ・ナオに敬意を表して来い――と、これは父親の権威で断固、命令したのでありますよ。

ご子息とは電話で話したことはあるし、むかしのむかし、生まれたばかりの写真を送ってもらったこともあったけど、さて、おいくつになったのかなあ？

やっと三十ですよ。ビジネスじゃあ、まだまだひよっこでねと、父親はまた仕合わせそうに笑った。

(b)

約束の一時半きっかりに事務所のベルが鳴り、ミスタ・ディンドルが姿を現した。ずんぐりの父親とは違って長身痩せ気味で、見るからに明るく気持ちいい青年だったが、黒っぽい肌とドングリ眼は父親そっくりだった。

三十分お邪魔します——。勧められるままソファーに座ったディンドルは、折り目正しい、ことによったら少し正しすぎるアメリカ英語で挨拶した。もう何年前になるだろうか、電話で奇妙な依頼仕事の打合せをした時は、まだのんびりした地元言葉で、半ば世間話のような話し方だったのだが。

まあ、そんなにお急ぎにならなくとも、と直行は言った。お父上の最近のご様子などもゆっくり伺いたいし……。電話ではなかなかお元気なご様子でしたが。

はい、お陰様で達者に過ごして居ります。検査値のあれやこれやを気にしておりますが、ドクターの判断では加齢による変化の範囲内だということです。……で、今日は午前中に成田に着く予定でしたが、中国で得た情報でそれを急遽変更し、今朝、九州の食品問屋さまを訪ね、近辺の高級食材の中国輸出の可能性についてお教え頂き、ついさきほど博多から羽田に着きました。

ミスタ・ディンドルの言葉からは、自分の前にいま開きつつある新世界に触れた気持ちの弾みが伝わってきた。

で、申し訳ありません、このあと、成田から夕方の西海岸便に乗る必要がありまして、成田に正確に着くためには充分な余裕を見なければなりません。愛する父のご旧友と夕食をともにさせて頂く機会を逃すことはまことに残念ではありますが——とミスタ・ディンドルは言い、また改めて直行の顔を直視して、きっぱりと言った。

——父からの伝言は短く、かつ明確なものですから、一分間あれば充分にお伝えできます。

伝言？

はい。

ミスタ・ディンドルは頷いた。

——おそらくあと数ヵ月を経ずして、この国でのミスタ・カミを巡る数十年来の問題はすべて消滅する。

以上の通り、正確にお伝えするよう、父から言われて参りました。

問題が消滅する？　父上は先日の電話では何も言われなかったが……。

半ばその内容について、半ばはその伝達の方法について、いぶかしむ加見直行にミスタ・ディンドルは、老いて行く父親に対して息子が持つ優越感と親愛感を同時に漂わせながら応えた。

父の世代は、未だに自分の国の電話を信用できないのですよ。機関の盗聴を恐れていて……。

二人の話の頃合いを見計らって、一年ほど前から社員になった、勤勉かつ才気に溢れる若い女性秘書がコーヒーを出した。土曜なのに所長に合わせて出勤して、自分のデスクから若いハンサムな来客をちらちら観察していたのである。

ミスタ・ディンドルは、東洋の礼節の国への客人にふさわしく女性秘書に深く一礼し、また、直行のほうへ向き直って、事情を説明した。

長らく孤立と言うよりむしろ自ら好んで鎖国していた海辺の小国も、最近は周辺の状況変化に対応を余儀なくされ、徐々に国際化、自由化の可能性を探っている。父親たち旧世代はそうした変化を深く喜びながらも、同時にそれに戸惑い、どこかでまだすべてを疑っていて……。

ミスタ・ディンドルはそれに続けて見事な手際で、海辺の小国の近年の変化と現況を予定時間内にぴたりと解説し終え、では残念ですが、と言いつつ席を立ち、女性秘書にも別れの挨拶を済ませて、部屋の出口へ向かった。

直行も送るために席を立った。

——どうかお父上に、ぜひぜひ宜しくお伝え下さい。また、たいへん有能なビジネスの後継者をお持ちで、その点、何の悩みもないのが羨ましい、とも。

有能な息子には、しかし、直行の言葉は耳に入らなかったかも知れない。彼は扉の前に置かれた目隠しの衝立と扉との間で、困惑の表情で立ち止まった。そして女性秘書が——前に勤めていた大企業の慣習なのか、あるいは単に若くハンサムな客への好意の故か——自分も立ち上がり、席から礼儀正しく見送っているのを見て、一瞬、ひどく迷っている様子だった。

しかし成田へ向かう時刻は迫っていた。有能な息子は手早く決心して、父親の重大用件をもう一つ伝えるべく、直行に向かい口を切った。

空港まで送ってきた父が別れる時、申しました。あと一つ、これは必ず聞いてこい。但しミスタ・カミがお一人のところで、だ。必ず……。

ミスタ・ディンドルがそう言った、ほとんどその瞬間、狭いワンルーム・オフィスの奥で素早くひとの動く気配があって、続いてそちらを振り向いた加見直行所長の声が聞こえた。

「いいから、君はここにいなさい」

「はい、いえ……」声を掛けられ、一瞬、立ち往生した女性秘書の声がした。「あの、いえ、何か急にトイレに……」

「我慢しなさい」

声は短く言って、向きを変えた。「この人は大丈夫です、私が保証します、ミスタ・ディンドル。どうかお続け下さい」

「はい」ミスタ・ディンドルは短く答えて続けた。

――空港まで送ってきた父が、必ず伺ってこいと申しました。ミスタ・カミは、ミスタ・オキ・シンスケの消息ないしは彼との連絡方法をご存じか、どうか。直接でなければ聞けないことなのだ、これは。そして答えは、君が帰ってから直接に聞く。

空港で父は最後に申しました。ミスタ・オキを巡る問題は今でも複雑なのだ。ほんとうに懐かしい人なのだが、とも。

直行はあの喫茶店《異端門衆》で出くわした過激派パンフの、隠し撮り写真を思い出した。そこに写るオキシンは見知らぬどこかの国の田舎空港を、のんびりと、何の屈託もなげに歩いていたが、あれは何年前に、何処で写された写真だったのだろう？　昔のセクト同士の恩讐と闘争は、世界の見知らぬ土地から見知らぬ土地へと移動し続け、各地のその時々の闘争の状況、また時として解放後の利権とも絡み合いながら、今もなお争われ、永久に戦われ続けているのだろうか。

オキシンはいま何処にいて、いくつになって、何をしているのだろう？

——いや、私は何も知らない、ミスタ・オキがいま、どこで、何をしているか。直行は自分の思いを振り切って、ミスタ・ディンドルに事実だけを短く伝えた。どうかお父上に伝えて下さい。申し訳ないが、お知らせできることは何もない、と。私にとっても、ほんとうに懐かしい人なのだが——。

そう彼は言っていたと、お父上に是非是非、お伝え下さい……。

今までのんびりと応対していた直行が、この話題になって急に真剣になったのを見て、若いミスタ・ディンドルの表情には一瞬、ひとの心の奥に潜む古い脅えに似たものが走った。

——はい、必ず伝えます、必ず。ミスタ・カミはミスタ・オキの消息、現状について何一つ知らないと、そうミスタ・カミは言われていたと、間違いなくそう伝えます。

ミスタ・ディンガの若い息子は蒼ざめた顔で、早口に繰り返し、去って行った。

——それにしても、もう八十に近い老人となっただろう〈オキシン〉は、いまこの瞬間、世界の何処で、何をしているのだろうか？

ミスタ・ディンドルを送り出し、懐かしさに心揺さぶられつつ改めてそう問う加見直行の心には、小柄で矍鑠《かくしゃく》たる老人が、どこなのだろう、広々とした草原を軽やかに上機嫌に歩いている姿が見えた。

(c)

ミスタ・ディンドルが予定時刻をちょうど九十秒遅れて事務所を出て、成田へ向かったのとほとんど同時に、ヒコから成田到着を知らせる電話が掛かった。

——無事に着いたか。お連れも一緒なんだろう。

直行は、ミスタ・ディンドルとの別れ際の会話での動揺からどうやら立ち直って、答えた。

——うん、初めてのファー・イーストだって言って、興奮しているよ。自分でご挨拶したいって言ってるから代わるね。

——ハーイ。初メマシテ、オトウサン。私ハばぁーしあト申シマス。

いきなり聞こえた若い女の声はたどたどしい日本語でオトウサンと呼びかけたが、直行はそうした事態も、日本語であったことを別とすれば想定していなかった訳ではなかった。直行はまず日本語で、ゆっくりと、こんにちはヴァーシアさん、初めまして、よくいらっしゃいました、と挨拶してから、英語に切り換え、こちらの事務所で待っていますから、どうぞ、急がずに、気をつけていらして下さいと応えた。向こうは、ハイ、楽シミデス、という短い日本語のあと、すぐにヒコの明るく興奮した声に代わって、十分ほどで空港のリムジン・バスが出るからそれに乗る。またすぐあとでね、と言って、切れた。

——この辺で若い連中と気軽に食事をするんなら、何処がいいんだろう？　歳をとるとその手のことに疎くなってね。困ったもんだ。

直行は秘書にたずねた。

さっき座を外し損ね、ミスタ・ディンドルの秘密の伝言を聞いてしまった女性秘書は、まだ自分のドジ振りを気にして照れているようにも見えた。直行はその気分転換にもと思って軽く聞いてみたのだが、しゃべり始めると息子の久し振りの到着を待つ自分の、どこか浮き立つ気分がつい言葉にも出た。

お連れは確かアメリカの方でしたね。たとえばお鮨なら——と、有能な若手女性秘書は素早く立ち直って答えた——〈海霧〉なんか、基本は外さず大仰ぶらず、私は好きです。〈ナカノ食堂〉はチェーン店ですが、けっこうハイ・スタンダードで、〈和食〉ではなく昭和の良質な家庭料理の線を意識して、内部の造りも当時の学生街の食堂よりは少し上のイメジを踏まえている、と称しています。でも、当時をご存じの方からご覧になれば、まったくのまがい物かも知れませんけど——。

よくリサーチしてるね。——はい、昼食は勤め人の日々の必要、ささやかな楽しみですから。——ぼくらなんかの若い時は、まだ外食券食堂の時代でね、政府発行の外食券なしには何も食べられなかった。クジラのカレー汁付き定食が最高のハイ・スペックだったな。日々牛を食っている肉食人種が捕鯨は反人道的だなんて言うと、本気で腹が立つよ……。

直行は自分がまた饒舌になっているのに気づいた。……おやおや、息子の帰国で興奮かね。歳だな、俺も。

若く有能な女性秘書はそう心で呟く老人を労るような微笑みを浮かべて見ていた。

そうか——老人のなかに閃くものがあった。

ヒコにお似合いは、このオフィスにいた訳だ。有能だし、しかもあの女の娘じゃないか。だが、もう間に合わない——。

ヒコはいま成田から、老人をオトウサンと呼ぶ女性と一緒に近づきつつあるのだった。

若い女性秘書は、長い間、事務所の唯一の社員だったヴェテラン女性秘書の娘で、一年ほど前に母親のあとを継いだ。

昔、海辺の国から思いがけなく追放された直行は、ミスタ・ディンガの友情だけを頼りに自分の安アパートの部屋に机を一つ、電話を一本置いて、海辺の国とその周辺の産物に特化した交易業を始め、ミスタ・ディンガの細やかな配慮と日本経済の高度成長に助けられ、二、三年後にはどうやら繁華街の場末の貸しビルに事務所用の一室を借りるところまで来て、手伝いが一人、必要になった。

そのとき、世はなべて人手不足の折から、所長秘書という立派な肩書を付けてこわごわスポーツ新聞の片隅に出してみた三行広告でやってきた唯一の応募者、三十がらみの中年女――それが今の秘書の母親だった。

女の三十は立派な中年。定年は男で五十五、女は社長の気まぐれ次第。女が三十歳越えて勤めていては肩身が狭い、というのが世間相場の時代、その三十がらみの応募者に若い事務所長は、最後にこわごわたずねてみた。

他に何か、そちらからは？

広告に英語望とありましたが、これは？

聞かれて求人側は口ごもった。

いいえ、何分、海外相手ですので、手紙や書類の宛て名を読んで、担当別、分野別に分類して頂くとか。と申しても、目下は私一人ですが、まあ将来的には、追々ということで。よろしいですか？

はい。会話でなければ、どうにか。

では、できれば明日から、とこちらが言いかけると、あのう、と今度は相手が言った。実は一歳の赤ん坊がおりまして、母が着物の仕立ての傍ら面倒を見てくれているのですが、家族手当ては頂けるのでしょうか？　……二人分、いえ一人分だけでも？

考えてみましょう……。何も考えていなかった直行は反射的に答え、そして結局その時、わずかながら家族手当の支給対象者になった二人のうちの若いほうが、いまオフィスの秘書席に座っている。

そして採用された三十がらみの中年女性はその後、肩書は〈所長秘書〉ただ一つのまま、所長代理からトイレ掃除まで、業務のすべてを見回し、判断し、兼担し、一人でこなしてきた。そして、やがて十年経ち二十年経って漸く一人二人は社員を増やせるところまできた後も、女性は有能かつ黙々と働き続けて事務所の日常を支えていたのだが、二年ほど前、これからは残りの日々を少し自由に暮らしたいのでと、退職を申し出た。

長年の労に篤く報いるべく、いつかは何か、特別に、と長らく思いながら、その実現を一寸延ばしにしてきた直行は、大いに当惑した。だが、考えた末だという話を無下に断る訳にもいかず、二、三の条件を付けて、もしそれを満たすなら、と言った。

その第一は、非常勤社員として籍は残し、若い社員たちが充分な実務能力を獲得するまで、繁忙期など週に一日か二日、臨機に助力、教育してくれること。

第二に、これも非常勤でいいから役員になって、折々の相談に応じるとともに、高齢の所長の健康問題など社の存続に関わる事柄が突発したときは、南極にいようが宇宙旅行中だろうが、即時帰国、出社して、緊急対応してくれること。

第三に、自身に劣らぬ能力を持つ社長秘書の後任を探してくること。

秘書は、昔と変わらぬ生真面目な表情にふと最初の老いの影を走らせ、有り難うございます、と頭を下げた。第一の条件は、この年寄りにやれと言って頂けるのでしたら、もちろん臨機お手伝いさせて頂きます。第二のお話は、お引き受けして私に勤まることかどうかは分かりませんが、帰って来いと社長が胸に念じてさえ下されば、たとえ極楽で遊んでいましても地獄へ堕ちておりましても、エアリエルのように――と、長年の間、文学などとはまったく無縁だという顔をしていた秘書は、驚いたことにシェークスピアを流用した――その遙かな念波を今までと同じように聴き取って、即座に戻って参ります。

あとに残る一つ、第三の条件だけは、決して自分が最高の秘書だったとは思っておりませんが、ただいつも、むかし人生の危機を救って頂いた社のために微力ながら是非お役に立ちたいと――それだけは長年の間、いつも真面目に、いつも真剣に思ってやって参りましたので、お前の代わりを、とおっしゃられても、ご推薦すべき次の候補がすぐに思い浮かぶ訳ではありません。ですが、まったく心当たりがないということでもございませんので、暫くお時間を頂きたいと思います――。

そして、その二週間ほどあとに連れてきたのが、自分の娘である今の秘書だった。母親は一応は世に通ったある社名を挙げて、先週そこを辞めさせましたと言い、娘はそれを受けて、そこで今まで自分がやってきた仕事について、順を追って簡単明瞭、明晰に説明した。

直行はその手際のいい説明を聞きながら、むしろ話すときの表情の明るさに、真面目一方の母親とはずいぶん違うタイプだと驚いた。

母親と入れ代わりに新しい秘書が働き始め、やがて一ヵ月ほど経った頃、たまたま仕事が遅くなってオフィスで二人だけになったので、今までの大会社からこんな小さな事務所への転職を母親から誘われて、いや、ことによったら強要されて、悩まなかったのかと聞いてみると、新しい秘書は明るく笑った。

いいえ、全然。母から、自分は辞めるけど、そのあとを引き受けないかって言われたとき、あっ、今が今の会社の辞めどきなんだ、って——突然、確信が来たんです。

確信？

ええ。確信って、理由が分かるより先に来るものじゃありません？　理由はあとで分かったり、最後まで分からなかったり。でも、確信ってすごく美しくて、それを信じないと、自分の人生がなくなってしまう気がするんです。

すごい勇気だな。それって、幾つぐらいから？

さあ、ごく小さな頃からって気もしますが、でも、はっきり分かったのは中学三年から、かな？　そんなみたいです。別れた父から多少のお金は受け取っていたのでしょうか、母の古風な趣味か意地もあったらしくて、中学は中高一貫のお嬢様学校だったんですけど、中学三年のとき、秋の夜長にトイレに起きて、便座に座ってウトウトしていたら、突然、高校は公立の共学校へ行くべきだっていう確信が来て。三ヵ月間、懸命に受験勉強やりましたね。

替わって、後悔はなかった？

なんて雑で、なんて汚いとこだって、びっくりしましたけど。でも、授業中も放課後も、毎日いつも何か、それまでは思ってもみなかったことが起きたし。そのうち、一年上の男の子と急に仲好くなったり急にケンカしたり。結局やることとやったり。まるで昔の青春映画みたいで恥ずかしいけど、後悔はなし、です。

それはよかった――と応えながら直行は遠い昔、晩秋の温泉でオキシンの話に耳を傾けていたとき、突然、どこからか自分の声が聞こえたのを思い出していた。

俺が二十代半ばにして初めて聞いた声を、この娘は早くも十五で聞いたのだ。あの親にしてこの子あり、だな、見かけはどんなに違っても……。

あのとき、俺は何で、この女こそがヒコの相手だ、と気づかなかったのだろう。

成田からのバスでくるヒコとヴァーシアを待ちながら直行はまた改めて思った。

世界がそう囁いていたのに。迂闊なことだったな――。

だが、そのときだった。老いて自嘲する直行を、明るい初夏のツバメの影のように、まったく新しい、新鮮な考えが掠めた。

そうだ！　それがいい。そうしよう。それでもう一つの難題の片がつく。

息子は息子の人生を歩む——あいつがヨチヨチと歩き始めた、その時から､俺はずっとそう思ってきた。息子の相手の心配をするなど、俺も老いぼれたものだ。

そして俺は娘を持たなかった。いや、持てなかったが、その代わりに、この娘の奮闘がどんな世界を開いて行くのか、それを眺めて、楽しむことにしよう。

X　家族アルバム　3

(a)

老人がそう思った——まさにその瞬間、むかし一部屋から始めて今は漸く三部屋まとめて借りるところまでこぎ着けた、築何十年なのだろうか、年代物の貸しビルの古ぼけたエレヴェーターの扉がガタガタ開く音が聞こえ、狭い共用廊下を急ぎもつれ歩く二人の人物の気配がして、それが社の扉の前で一度止まると、ノックの音とほとんど同時に扉が開き、衝立の脇からヒコの姿がまず見えた。そしてその後ろにさきほど電話でヴァーシアと名乗った、その本人らしい若い女の姿が見えたとき直行は一瞬、虚を突かれ、そうか、そうか、そういう手で来たのかと、運命に向かって呟いていていた。

電話で聞いたヴァーシアの英語は完璧なアメリカ英語だったが、いま見るその肌はむかし数年をともに暮らしたグレティーナと同じ、明るい混血の黄褐色だった。

——もしよろしければヴァルレと呼んで下さい。ヒコに紹介されて改めて挨拶したヴァーシアは、折り目正しい英語でそう付け加えた。……よかったらグレって呼んで。あの懐かしい古イタリア方言の声が、遠く遠い何処かから聞こえてきた。

私のことは、どうかナオと呼んで下さい――。ヴァルレが差し出した手を軽く握り、日式英語で折り目正しく応えながらも、直行の心は古い郷愁に揺さぶられていた。

およそ一時間後、直行は聡明利発な秘書の教えてくれた鮨の〈海霧〉ではなく、日本良質家庭料理の〈ナカノ食堂〉でもなく、住み慣れた自宅のリビング・キッチンの、むかし家族三人で広々と使っていた大きなテーブルのまわりに――来訪者たちとともに、と言うか、帰宅者たちとともに、と言うべきか――ともあれ久しぶりに三人という大人数で賑やかに座って、帰りに事務所近くのデパ地下で急遽、買い揃えてきた各種料理を豪勢に並べ、更にそこへ今朝がた作って冷蔵庫に入れて置いた雑穀サラダ・ア・ラ・海辺の国も加えて、息子との再会とその女友達の日本初訪問とを同時に祝うべく、ヒコ手土産の透明な明るい赤ワインで乾杯していた。

座の言葉は自ずと英語になった。なかなかいい香りだ――息子の土産の赤ワインを試しながら父親が呟くと、うちの近くの田舎スーパーの目玉さ、南の大陸の赤道寄り山岳地帯のぶどう園からの直輸入格安品だけど味は悪くないだろ、と息子が応じ、父親の古く遠い郷愁はひそかに、不思議だ、この味なら知っているぞ、と呟いていた。

……子どもの頃ね、学校から帰るといつもここに座ってさ、台所仕事やっているハハの背中に学校でのケンカや相手への文句、たまには先生に褒められた自慢とか何でもかんでもぺちゃくちゃ、やってたんだけどね——父親同様アルコールに弱いモンゴロイドのヒコは早くも半ば酔い加減でヴァルレ相手に昔話を始めていた——でもね、あれは幾つぐらいからだろう、学校から帰ってくると昨日の読みかけの本の続きのほうが気になって、二階のミニミニ・ベッドルームへ真っ直ぐ階段を駆け上がってね。ハハは下で、おやつくらい、ここで食べて行きなさいって、叫んでいたけど。

ヒコのママ、かわいそう——聞いていたヴァルレは笑った——ここでそのかわいそうなママに会いたかったたな……。

言いながらヴァルレは急にちょっと感傷的になって、目を潤ませた。

ヴァルレはね——とヒコが父親に説明した——父親も母親も知らない子なんだよ。だから親関係の話には弱いんだ……。

ではヴァルレは、ここにくれば死んだ母親に会えるかも知れない、と思っていたのだろうか……。早くも快い酔いに漂流し始めていた直行は、奇妙な錯覚の中へ引き込まれて行った——いや、でもグレはあのとき〈山〉へ行ったし……。

いいもの見せよう——テーブルの向こうからヒコの声が聞こえていた。オレのハハはいつからかな、庭に凝ってね、それで絵まで習ったんだ。ほら、ね、例えば、これ。

ヒコは食器棚のいちばん奥から、夏の観光地などでよく見かける楽焼の、特大ビール・ジョッキを持ち出した。

「オレがはじめての就職で四国へ行ったとき、チチとハハがクルマで送ってきてさ。チチは途中からさっさと新幹線で帰ったけど、ハハはついでにご遍路しようって――とヒコは〈ゴヘンロ〉の説明を要領よく間に挟み――あちこちのお寺に寄ってさ。それでこれはそのとき――とヒコは改めて特大ジョッキをヴァルレに見せた――通りがかりの楽焼センターでハハが描き上げた傑作さ。けっこう上手いだろ、これ」

「庭なのね、ここの」ヴァルレはジョッキを手に取り、暮れ始めた庭へ視線を向けて、しんみり言った。特大とは言え面積の限定されたジョッキの曲面に、樹々の幹と影を背景に朝顔の蔓が絡み合い、花が咲き乱れている……。

晃子が旅から持ち帰ったあと、大きなジョッキは日々の生活の中で食器棚の奥にしまい込まれたままになっていたが、いま改めて見るとその時の記憶がありありと戻ってきた。

――ヒコの家《うち》は、もうここじゃないのね。

ヒコを四国へ送った旅からジョッキを持ちかえった夜、晃子は直行相手にお茶を飲みながら呟いた。

ヒコが学生である限りは、何処で何を勉強していようとも本来の住まいはこの東京の家だと、心のどこかで思っていることができたが、社会人として職を得て、その職場のある町に住めば、もうそこが本来の住まいになる……。

「男の子はつまんないなあ。女の子ならお嫁に行ったって……」

「いや、そういうもんなんだよ、男でも女でも、子どもはね。昔の自分たちのことを考えてみてもさ」

「そうねえ。私なんて、ほんとに突然だったから、父なんか怒る気にもならなかったみたい……」

「……素敵な絵だけど」追憶の中の晃子の声に絡むように、ヴァルレの声が聞こえてきた。「でも、この絵、何か、ちょっと寂しそう。薄情なヒコがママを残して、四国アイランドへ行っちゃったからでしょ」半ば冗談に、しかし半ばは本気で恋人の母親の気持ちに寄り添うヴァルレの声が、浅い酔いの中に漂う直行に遠い世界からの伝言のように聞こえていた。

(b)

しばらく眠ったのだろうか。忘れた頃にまた夢に見るあの巨大な〈茶褐色のマリア〉像が、〈哄笑の聖マリア教会〉の前からヘリコプターで吊り上げられ、大きく旋回して空の彼方へ去って行き、薄れて行くエンジン音の向こうから、ヴァルレとヒコがぽつぽつと話す声が聞こえてきた。

――この壺、ほんとに美しい。小さいけど、肌がほとんど透明……。

――これは本物の磁器。ハハが頼んで、自分で絵付けだけ、やらせてもらった。と言っても、絵じゃなく字だけど。

――この字、クウ？　〈空っぽ〉……だったっけ？

――じゃなくて、〈ソラ〉……のつもりだったのだろうと思う。空を見上げるのがとても好きだったから。

……家族の秘密だけど――とヒコは特に秘密めかしもせず言った――その磁器の壺にはハハのお骨が納めてあるんだよ。小さいからほんの一部分で、残りはもともとの骨壺に入ったまま、父の寝室兼書斎にあるけど。

それ、日本の風習？

日本では墓地はなかなかの難題なのさ。うちみたいな都会暮らしだと、先祖代々の墓地とは大抵、縁が切れてるし、都会で墓地を買うとなると、ひどく高いし。それに、そもそもの話、自分に信仰があるような、ないような……。死後信仰を持たないまま、骨を土へ埋める墓地って、そもそも何なのだとか……。それじゃ、ただのごみ捨て場じゃないかって話もあって、そのまま人類学上の根本問題さ。

でも、オレもね、別に特定の信仰はないけど、いや、信仰がないからなのかも知れないけど、冬の雨の日なんか墓地の土はひどく冷たそうだろ、壺に入っていても骨をそこに埋めるとハハが寒そうで……骨が寒いなんて可笑しいんだけど、でも、ハハが震えちゃいそうでね……。

で、暫くはうちに居てもらおうって思ったんじゃないかな、チチは。少なくとも本人が好きだったこの磁器の〈空《そら》〉の壺へ移せる分だけでも、ね……。

残りはもともとの骨壺に入ったまま二人の寝室だった、チチの寝室兼書斎の棚に置いてあるけど。

……いや、オレは信仰ないさ。けどね、信仰あるといいなって思うことあるね。冬の雨の日なんか――酔ったヒコの声が、同じようなことを繰り返し始めていた――ハハが震えちゃいそうで……骨が寒いなんて可笑しいんだけど、でも、ね……。聞くうちにヒコの声は次第に揺れて消えて行き、違う声が聞こえてきた。

死者は魂なの……。ヴァルレの声なのだろうか、それとも別の声なのだろうか、静かな声が、そっと直行の夢の中へ入り込んだ。だから身体は寒くないのよ、ナオ。ナオも何時かは死ぬけど、そうすると魂になって、死者の林で懐かしい人たちの魂と出会って、そっと手を取り合うの……。

それは誰の声だったのだろうか。自分にナオと呼びかける、その静かな響きを聞く直行の夢の中へ、赤子を抱く可憐な聖少女とその祠が浮んで、薄い黄褐色の男女の群れがその前で音もなく行き交い、輪を描き、踊り続け、あの商店街の果ての、三つ並んだ小さな店の奥にある古びたお社の影が、ねんねこ姿で通り過ぎて行く若い晃子の姿と一緒に、微かに、半ば透き通っているかのように、その踊る男女の群れの背後に重なっていた……。

眠ったのは数秒だったのだろうか、あるいは数分だったのだろうか？　ワオゥ、なんで？　若々しいヴァルレの声で直行は夢から覚めた。このサラダ、懐かしい！　グランマの味！

気がつくと自分はいつの間にか壁際のソファに移って、そこで眠っていたらしい。食卓では、朝からの作り置きの雑穀サラダを一口食べたヴァルレが、小さな叫び声を挙げていた。

ヴァルレはママがいなかったから、おばあちゃん子なんですよ――。直行が目を覚ましたのに気づいたヒコが、脇からまた嬉しそうに説明した。おばあちゃんは南の大陸の山岳地帯の出身らしくて、料理の味が少し違ってたみたい。でもおばあちゃんも早くに亡くなったんで、結局ヴァルレの舌は普通のコーカソイド・アメリカンと大して違わないんだけどね、と言って、ヒコは笑った。

……このツンと来る匂い！　この辛いような痺れるような味！　ほら、この野菜の粗っぽい舌触り！　懐かしぃー。ヴァルレはヒコの話は無視して、なおも感激していたが、感激し過ぎた自分に急に気づいたのか、恋人の老いた父親の方へ視線を向けると、アメリカの若い女らしく明るく肩を竦めてみせた。

XI　生と死の露頭に

(a)

海辺の国での、あの日曜日の朝のグレと一緒の食事が、雑穀サラダだったか、どうか。それはもう覚えていない。それを覚えていないのが当然であるような、それはごく普通の朝だった。

その朝、グレは、はしゃいでいた。あと一週間でナオと一緒に暮らし始めてから三年になるから、友だち集めて、お祝いしなくちゃ、と言うのだった。

だが、午後、事務所の急ぎの用件で日曜休配の郵便物を市の中央郵便局まで取りに行って帰ってきたとき、グレティーナの顔は暗く沈んでいた。いや、厳しく引き締まっていた、と言うべきかも知れない。

「どうしたの?」

直行がたずねると、「アメリカから兄貴が帰ってくるみたい。一週間後に」と緊張した声で言って、郵便局で仕事の郵便物と一緒に受け取ってきた手紙を見せた。「電話は高いし、盗聴されてるかも知れない。こっちのほうがむしろ安全だ——兄貴はいつもそう言って、特別な用は商用郵便で、それも暗号みたいな書き方で言ってくるのよ」

「帰ってくるって、休暇じゃなくて？　向こうの法律事務所、辞めて？」

「さあ？　それはよく分かんない、変な書き方だから。でも兄貴は最近、焦ってたのよ。兄貴が帰ってくると、ナオも巻き込まれるかも。外国人だし」

「巻き込まれるって、それ、何か、政治的なこと？」

グレは笑っていなかった。

「うん」

「外国人なのに？」

「外国人だから——」グレは直行の腕を摑んだ。「前に、少し騒ぎがあったとき、ミスタ・オキがいられなくなった」

「ミスタ・オキが？」突然姿を消した前任者の名を聞いて、直行は緊張した。

「うん。ミスタ・オキがここで仕事を始めたのも、内々は兄貴の線だったのよ」

「兄貴は政治にコミットしている人？」

グレは頷いた。

「ええ。いつか、この辺の島や半島のパエザ・ピッコラ・ピッコラと比べて、この国の地勢や歴史はまたちょっと特殊だって話、したことあったと思うけど、兄貴はね、むかし全米融和基金の奨学金もらってアメリカで余計な勉強したもんだから、夢を見るようになったのよ——キューバで出来たことが、我々のところでなぜ出来ないって」

「……話がそんなに簡単じゃないことは、私たちがしゃべっている奇妙な、中世みたいな言葉のことを考えたって分かるのに」グレは悔しげに言った。

それから、あの一週間が始まった。

そしてその一週間が終わったとき直行は幾つかの小さな飛行場を——その外へ一歩も出ることなく、時としてほとんど一昼夜をトランジットの硬いベンチで過ごしながら、ほとんどジグザグに乗り継いだ挙げ句——何も知らず、何も出来なかった自分に唖然としながら——アメリカ西海岸発・東京行きの四発ジェット旅客機の窓から青く広がる海とそこに動く白い波の列を呆然と眺め下ろしていた。

(b)

兄貴の手紙を受け取って、重苦しく過ぎた日曜日の夜更け、グレは弱い灯火のなかで、暫しの昂揚のあと仮初めに緩んだ身体の疲れで暫く眠っていたが、ふとまた目が覚めたらしく、寄り添ってその寝顔を見ていた直行の顔を淡い赤褐色の指でそっと撫ぜた。

「……幼稚園の頃ね、シナ人とか日本人の絵をよく描いていたのよ。何故だったのかな。いつも黄色のクレパス使ってね、手足も顔も真っ黄色に塗ってた」

「日本の絵本に出てくるネイティブ・アメリカンはね――と直行はグレの裸の肩を少し引き寄せながら、幼い自分を思い出して微笑んだ――いつも鳥の羽根の冠を被っていたよ」

「こんな風に？」グレは広げた両手の指で自分の頭のまわりに鳥の羽根めいた冠を作り、それを動かし、風に靡かせてみせて、笑った。

直行はその頭をそっと自分の胸に引き寄せた。

暫くしてグレは、直行の胸に顔を埋めたまま呟いた。

「……あたしもね、気持ちは分かるの、兄貴の。たとえばね、覚えてるかな？　ナオがこの国に着いた晩、予約しておいたホテルへ案内はしたけど、そのあと、普通だったら、そこのレストランで食事をしながら会社の事情説明でもするところなのに、ちょっと他に予定が、とか何とかいい加減なこと言って、ナオを置いてそのまま帰っちゃった。だって、やだったの。ああいうホテルのレストランで料理を運んでくるのは、いつだって、みんな私と同じ混血の子。でもそれを監督しているフロア・マネジャーとか、フロントなんかで気取って客の相手をしてるのは、みんな、あとで北からきた白い連中。そして資本はもちろん連中のもの。いやだったのよ、そんなとこで食事するのは。しかも東洋の人と……。

この国は混血が築いた国だ、なんて、ことさら兄貴みたいに演説する気はないけど、でも一生懸命演説してる兄貴が可哀相……。涙を流さんばかりの兄貴の大演説を、仲間でいっぱいの小さな部屋の片隅で膝を抱えて聞いていると、いつも胸がどきどきしてくる」

　直行はグレを自分の胸に抱き寄せ、そこへ顔を伏せたグレが、暫くして呟いた。

「……私たちの赤ちゃんの肌は、どんな色なのかしらね」

「さあ、パゴダの仏像みたいな、うっすらした金色かも知れないね」

「パゴダって、シナにあるの？」

「いや、ビルマの塔。そこに金色の仏さまが座っている」

「見てみたいな、そこの仏さま。……ねえ、兄貴の今度の問題が無事に済んだら、赤ちゃんつくろうね」

「うん。そうしよう、絶対。可愛いだろうね」

「あのね、さっきのときね」とグレは頭を直行の胸に当て、囁くように言った。「少し違ったの、いつもと、何か。ことによったら、赤ちゃん、もうやってきたのかも知れない」

「ほんと？　じゃあ、まだ眼に見えないチビのくせに、ここで――と直行はグレのお腹に手を置いた――オレらの話、耳立てて聞いてるかも」

「キミいるの？　いるんなら返事して」グレは覗き込むようにしてお腹をさすり、呟いた。「……あら、いるみたい」

「えっ、そう。素敵だな。じゃあ、そろそろ眼を瞑って、休もう。赤ちゃんも休まないと」

「うん」グレはそのまま眼を閉じ、暫く眠っていたようだったが、暫くして、直行の胸で眼を閉じたまま、はっきりとした声で言った。

「やはり明日、私は山へ行く。そして大伯父さんから兄貴に電話を掛けてもらう。帰るのを止めろ、それが親族代表会同の結論だって。盗聴されていたっていいから、はっきり言ってもらう。いま帰るのは危なすぎる。兄貴だって大伯父さんに代表会同議長として言ってもらえば、きっと考え直す。

——私は明日出掛けて、三日で帰ってくる。ナオはそれまで、いつも通りに仕事をしていて。私のこと聞かれたら、ママが病気で看病に行ったって答えて。それから、セルヴィチオ・セグルレットの連中には、よくよく用心して。ね」

「分かった。気をつける——。水曜だね、帰るのは。今晩は、もう寝よう」

「うん」

グレは最後に直行の首に手を掛けて自分に引き寄せると、短いがしっかりしたキスをその唇にして、すぐに眠り込んだ。

(c)

翌朝、グレはまだ夜の明けぬうちに起き出すと、堅い蕎麦ビスケットを数枚ポシェットに入れ、果実茶だけを飲んで、直行と三年を過ごした小さな家を後にした。グレは小広場の小さな聖マリア像の祠の前に跪き、両手を胸元に組んで短い無言の祈りを捧げると、十字を切って立ち上がり、足早に小広場を横切って裏道へ入った。

直行はそれを町外れまで送った。丘陵中腹の狭い家並みはそこで尽き、道はその先、茂みのなかを登る細く険しい山道になる。グレは直行の首に両腕を掛け、引き寄せた唇に一瞬、激しく接吻すると、「じゃあ、水曜に」と短く言って、忽ち茂みのなかへ姿を消した。

登って行くグレを見上げる直行の目には、いま一度、グレの下半身のしなやかで強靭な筋肉の印象が焼きついた。

グレが山へ行って三日目の水曜の午後、仕事を早めに切り上げた直行は、町であれこれの買い物を済ませながら、ゆっくり町外れへ向かって行った。

途中の小スーパーでは丘の上の町での近所の知り合いに出会って、奥さん、お元気？　と気軽な声を掛けられ、〈ええ、マリアさまと神様のご加護で〉と土地の挨拶を返した。また大通りでは、丘の上の聖少女像の小広場でいつも元気よく駆け回っているのを見かける少年が、向こう側の歩道からこちらへ向けて、笑顔で大きく手を振って、通り過ぎて行った。

夏ももう終わりだった。赤道に近い海辺の国の、早い夕暮れが近づいていた。直行は町外れの広場の隅の倒木に目立たぬよう、山へ通じる脇道を背にして座り、暮れて行く海を眺めながら、待っていた。

気がつくと、低い口笛の音が二度、三度、控えめに聞こえていた。ゆっくり振り向くと、山からの道の出口の辺りにさっきの少年が立っていた。そして直行が気づいたのを確認すると、ちょっと合図をして、町のほうへゆっくり歩き始めた。

直行が少年と並ぶと、少年は世間話のように言った。

「グレ姉ちゃんが、今日は帰れない、でも、あしたか、あさってに、帰るか、でなけりゃ、兄《あん》ちゃんに山へ来てもらうって。……連絡は俺。だいじょぶ、兄ちゃんのいるとこは俺がみつけるさ。ドナワリ！　チャオ、バ〜イ」少年はそれだけを陽気に言うと、手を振って、町のほうへ駆け去った。

直行は少年を見送り、ゆっくり歩いて事務所のある町の中心部へ向かった。耳の奥で少年が言った、ドナワリという励ましの言葉が響いていた。ドナワリ、Don't worry!　心配しないで。

自分も自分にドナワリと繰り返しながら歩くうちに、南の国の青い宵闇が足元に染みるように広がり始め、ところどころにある街灯が、一つまた一つと点き始めた。

事務所にはもう人影はなく、ミスタ・ディンガが代わりに受け取っておいたらしい名刺が一枚、デスクに置いてあった。

それは隣国駐在の日本領事の肩書のある名刺で、そこに走り書きのメモが付けられていた。

「卒爾《そつじ》ながら明朝七時、本事務所にて面晤《めんご》の栄に浴したく。緊要の一事なれば万障お繰り合わせのほどを。加見直行殿。某々――」

その名前にはおぼろげな記憶があって、机の奥を探ってみると同じ名刺が出てきた。

数年前この国に来て、ここでの長期滞在ヴィザや労働許可証が必要になったとき、隣国駐在で周辺の小国家数ヵ所を兼担する日本大使館領事部――と言っても領事一人に現地採用の補助要員一人だけだったが――まで出掛けて行って、日本側で必要な手続きをまず済ませたが、いまデスクの上に残されていた名刺は、その時に対応してくれた中年の領事の名刺と同じものだった。

(d)

翌朝きっかり七時に、まだ他には誰も出てきていない事務所のベルが鳴った。ドアを開けると、記憶の中にある中肉中背の中年の男が、少し老け、その分少し事務的な表情になって立っていた。

「愉快な話ではありません」簡単な会議用の机に向かい合って座った男は、まず言った。「こちらの国の当局が貴方に出国命令を出すと言ってきました。滞在許可条件に違反したから、だそうです」

「出国命令?」兄貴の問題にナオも巻き込まれるかも……日曜日午後の、グレの真剣な声が耳の奥に聞こえた。「許可条件に違反した?」

「ええ。当国の国内政治への不法・不当な干渉だそうです。貴方に心当たりがあるかどうかは、この際、問題ではありません。問題は、ここの当局がそう考えている、あるいは、そう考えることにしたということです」

「出国を拒否したら？」

「簡単です。逮捕され、何週間か拘束され、取り調べを受けた上で、強制送還になります。いや、元々、まず逮捕して、それを当国滞在中の自国民の保護に当たるべき職責を持つ私に通告し、それと同時並行的に取り調べを進めるのが、正規の手順です。でも、向こうもこのケースでそこまでやるのは面倒なので、まず私に連絡してきたのでしょう。で、どうします？　と言っても、選択肢はあまりありませんがね」

「…………」

「まあ、この近辺のちっぽけな国はみなそうで、ここもいろいろあるんでしょうな」領事は急に疲れた表情になった。「で、私もお国の外交官ですから、保護すべき自国民の貴方のために、もう多少は働いてきました……。

ことが〈国内政治への不法・不当な干渉〉ですからね、通常は即刻逮捕、強制退去のケースですが、まあ、失礼ながら、前回、何年か前に揉めた、本名を何と言いましたっけ、あいつほどの大物では、貴方はおいでにならない。それでも向こうには面子があって、最初は昨日の朝零時から四十八時間以内の出国命令としきりに言ってましたが、それでは荷物をまとめるひまもないでしょうからね、今朝七時から四十八時間以内の出国勧告に値切ってきました。但し、その間は日本国外交官の私が、日本国民加見直行の行動保証をすることになってますからね、変なところへ電話などなさらないように、これはよくお願いしておきますよ。向こうは貴方に常時監視をつけたようです。で、ね、早速ですが、これを」

彼は直行の前に、何枚かの航空券が重ねて束ねてあるクーポンを開いて置き、一枚目の土曜朝七時四〇分発の航空券を示した。

「勝手にこちらで用意しました。これを持ち、必ず土曜日の七時前にはパスコントロールを通って、出国エリアへ入って下さい。で、ほんとうならこれ一枚をお渡しするのでいいのですが、困ったことに、これの到着地も国は違えどまだ私の出張管轄範囲内でしてね。もし貴方がそこで立往生したら、あるいは心に迷いなどが生じたりしたら、またこの私が駆けつけなければならない。で、いっそ、と思いましてね、このクーポンに何枚か航空券を綴じて、それを一枚ずつ使っていけば、ぶじ日本に帰国できるようにしておきました」

「いや、少し考えさせて下さい」ことの成り行きに呆然としながらも、漸く立ち直った直行は、言葉を挟んだ。「私ももうここで数年、暮らしてきましたから、いろいろ事情もあって、突然、帰国せよと言われても」

「そうでしょうね」領事は頷いて、言った。「でも国家とは、そんなものですよ。私なんぞもあれやこれや、言えばそれなりの個人的事情もあったのに、あれはいくつだったか、専門学校を出るや否やでいきなりの召集令状、赤紙一枚で南の島でのトカゲ取り修業に……いや、いや、余計な繰り言は止めましょう。四年間、敵影一つ見ることもなく、飢えることもなく、トカゲ取りとヤマイモ掘りに専念できたのがわが身の仕合わせでした……。で、貴方の選択は簡単です。いま、この航空券のクーポンを受け取らず、どこかでじっくりと考えようと思って外へ出た途端、即座にここの警察に拘束されて、それこそじっくりと相手をしてもらった挙げ句、結局は同じ結果の国外追放、強制送還ということになるのか、あるいは、このクーポンを受け取られて、さきほどご説明した段取りの通りに四十八時間以内に……いや、もう四十七時間半ですが……自由意志によって出国し、わが母国に無事、帰国なさるのか。四十七時間も余裕があれば、人間けっこう人生についても自分についても、何でしたら国家についても、あれこれ考えることができると思いますよ……」

領事は立ち上がり、窓から向いの歩道に立つ人影へ視線を向けた。

「ほら、もう待ってます。私が外に出て、貴方との交渉が成立したかどうかを、ちょっとした身振りで知らせることになってます。私は国家を代表する外交官ですから、いくら自国民のためでも嘘をつく訳には行きません。噂では、ここの警察も格別上品ではないようですよ。……それから」と、領事はまだためらう直行を見て、付け加えた。「ご存じかどうか。このまま自分の意志で出国なさって、仮に将来この国の事情が変われば、また来られるようになるかも知れない。お会いになりたい方にお会いになれるかも知れない。でも一度海外から強制送還されたということになると、そのあと、行き先がどこであれ、日本からの出国自体がなかなか面倒になるもんでしてね」

「……よろしいですね。では、あとは航空券クーポンの受領証と、その代金の借用証書にサインして頂ければ、私は失礼します。まあ、それなりの金額で、貴方の日本国への借金になりますが、強制送還でもそこは同じです。でも、払えないものは払わなければ、いいんです。戦争と違って、命までは取られませんからね」

最後は笑ってそう言い残し、領事は去って行った。

(e)

領事が確実に去って行くのを見届けていたかのようにゆっくりした間合いを取って、ミスタ・ディンガが朝の事務所の扉を開いた。

ミスタ・ディンガは昨日名刺を残した訪客について、言葉では何も触れぬまま、その訪問が今朝、現実にあったことを確かめるように、目で頷いてみせた。直行も頷き返して、それを肯定し、「今日はちょっと予定外に外出するので、よろしく」と断った。

ミスタ・ディンガは「分かりました」と短く言い、「事務所のことはご心配なく。この前のときでも、どうにか切り抜けました」と低い声で付け加えた。

事務所を足早に出た直行は、どうしたらまずグレティーナに会えるか、ただそれだけを考えていた。そして昨日からの経緯と今朝の話をどうやって伝えるか。

そしてまた、一度は出国するとしても、たとえば途中から、グレが専門学校へ通った隣りの国へ戻って、そこで再入国の機会を窺いながら暫く暮らす手段はないものか――。

そうしたことをグレと相談することはできないか――。

ともかく、あの男の子を探そう。

さっき事務所を出たときから、誰かに付けられていることは分かっていた。直行は市内の途中からいきなり路地へ入り、そこから細い登り道へ曲がり込んで、丘の上の小広場へ急いだ。

男の子は聖マリア像のそばに立って、下から登ってくる坂道をいつに似合わず不安そうに注視していた。そして、直行の姿に気付くと、小さく手を上げ、素早く聖マリア像の先にある建物の陰へ姿を消した。

「グレ姉ちゃんは大丈夫。山の奥のけもの道へ逃げた」男の子は、近づいてきた直行に囁いた。「もうすぐ向こうの国だよ。ほとんど崖ばかりだから、ここのポリポが追いつくのは無理さ」そこまで言ったとき、市内からの登りの坂道に見慣れない姿が現れ、それに気付いた男の子は「来やがった」と呟いた。そして口早に言った。「グレ姉ちゃんからナオにいちゃんへの伝言。――あとはディンガ小父さんにみな任せて、ナオもこの国からすぐに脱出してってて！　じゃあ、オレは行くぜ。元気でな」

少年はそう言い残し、聖マリアの祠へ姿を消した。祠の奥には子ども一人が抜けられるくらいのちいさな穴が自然に空いていて、いつも隠れん坊や鬼ごっこで、そこを潜っては追い掛け、また逃げ回る子どもたちの歓声が絶えないのだった。

グレがともかくもその場を逃れたことを聞いて、直行にはもう恐れることがなかった。山で何が起きたのか、凡そは想像できたが、それは直行の関われることではなかった。下から登ってきた若い男が直行を認め、少し離れたベンチにこれ見よがしに腰を下ろしたが、直行はもうそれを無視して、祠の裏の、つい先日の日曜日まで何の翳りもない平和が漂っていたグレとの二人住まいへ戻った。土曜日の朝までの残りおおよそ四十時間は、賢明な日本国領事の言った通り、自分の人生について考えるべきを考え、決断すべきを決断するに十分な時間でありながら、およそ何を考えるべきか何を決断すべきか、直行には何一つ見極めることのできぬまま過ぎて行った。そしてやがて気づくとわが身は既に機内にあって、更に早くも機内アナウンスの滑らかな日本語が、お帰りなさいませ、ご搭乗機は間もなく日本・東京空港に着陸のため、降下を開始いたします、と伝えていた。

そのとき、機体と共に沈み始めた直行の心に、改めてあの少年が伝えたグレの言葉が甦った。

「ナオもこの国からすぐに脱出して！」

あれは、日本へ脱出せよ、という意味だったのか。それとも、険しい山道を越えて自分が待つ隣国の山岳地帯を目指せ、と言う意味だったのだろうか。

だが、今となっては、もう、それを確かめるすべはなかった。

XII　いつしか世代は

(a)

　久しぶりに戻ってきた自分の生まれ育った町で街角毎に思い出に心が高揚するヒコと、ヒコに関わることなら何でも見過ごせないヴァルレは、狭い子供部屋で三日ほど寝起きして周辺の街頭風景や、時には都心のあれこれも見て回っていたが、それでも朝や夜には直行と一緒のテーブルに座り、特にヴァルレはヒコや直行が語る少年の頃のヒコの挿話に飽きもせず耳を傾けた。

「驚いたよ、あの洋菓子屋の人形。まだ札幌オリンピックのスケート姿で店の入口に立ってた」

「あれは時々姿を消すけど、何故かな、ちゃんとまたきれいに修復されて復活するね。――忘れずにハグしてきたかい」

「子どもの頃ね」と、ヒコは苦笑いしながらヴァルレに説明した。「悪童たちは大抵、人形の頭をポンと叩いたりして通り過ぎたんだけど、オレは必ず立ち止まって、ハグしてたんだよ。そうすると、何か仕合わせでね」

「あら、今と同じ。いや、今はハグしてもらうほうが好きだったかな」

「おい、チチの前で、そういうこと言うなよ」

ヴァルレより数歳年下のヒコは、照れて笑った。

だが研究者でもある二人は、いつまでも東京でのんびりしている訳にはいかなかった。考古学と人類学で専門は少し別れるが、ともに世界各地のモンゴロイド系諸集団を対象にして、一人は各地のモンゴロイド系遺跡・遺物を通してそこに共通する文化上の特徴と各集団毎の特異性との関連を理解することを、他の一人は現在のモンゴロイド系身体の地域的差異を、各集団の自然史的経験のみならず、社会史的経験からも理解することを目指している同僚同士で、特にヴァルレにとって今度の日本訪問は、その成立過程についてまだ論争が決着していない原日本人の、今にも残る身体的特徴の地方的差異を、自身の目で直接に観察し、確認するための得難い機会だった。

成田に着いて五日目の朝、二人は日本探究とヒコの若き日々の追体験を兼ねて、東北から四国の風土・文化を味わい、ついでに京都、奈良も一瞥しようという、楽しくも実り豊かな旅に出た。

直行はヒコが大学の学部時代を過ごした東北の小都市まで同行して、その大学のチャペルでの二人の結婚式と、そのあとの、当時の知人友人を招待した小さな祝宴に出席した。

いまもこの町で生業を営む友人の一人が挨拶に立って、あの頃ヒコ君の世話にこの私たちの町を繰り返し訪ねて下さった、あの優しく、まるでお姉さんのように若々しかったお母上が、いまこの場に居られないことがほんとうに残念で……と言いさし、絶句した。

宴の最後に新郎の父として挨拶を求められた直行は通例の謝辞に加えて、早世した妻のことを今なお記憶に留めている人々への心からの感謝を付け加えずにはいられなかった。そして、かつてまだ十八歳だった未熟な息子をこの町にお預けしたことが決して間違いではなかったことを、今日もまた改めて知ったと述べ、深く頭を下げた。

ヒコがいま遠い国の小さな町で、地味ではあるが研究者としての自立したポジションを得ていることを、直行はいわば天と大地と運命に心から感謝していた。そこにはもちろんヒコのそれなりの専門的能力があり、また異土の人々にも受け入れられる、母に似て明るく穏やかな性格もあったに違いない。だが、とかく不安定に傾きがちな青春期にそういう能力とそういう性格をそのまま受け入れ、評価してくれた周囲の人々の存在がそこにはあったはずで、若い四年間にそれがあったからこそ能力も性格も自ずと素直に、そのままに伸びることができた――。

主賓の祝辞から友人知人の思い出、罪のない暴露話、そして父親の謝辞へと場が移って行く間、淡い褐色の肌を白く繊細な衣裳に包む花嫁と並んで、ひたすら幸福そうに人々の祝福に耳を傾けている息子を眺めながら、父親は、しかしまた、息子が育った世界と自分の育ってきた時代との違いをも思わずにはいられなかった。

どの時代であれどの土地であれ、薄明の闇のなかから定かならぬ無意識のなかへ生まれ落ち、暫しそこに漂う幼い子どもたちは、周囲の大人たち年寄りたちの、半ばは生を嘆き半ばは生をうべなう話し声の穏やかな響きに身を揺られて、半ばは生の恐怖に脅えつつも、半ば生の魅惑に心奪われ、やがて自分の生を受け入れて、未来を夢み始める。

だが、あの無謀な戦争――そのさなか日本をあらわに支配していたあの野蛮と暴力の時代、まだ神話的世界に幼くまどろむ男の子たちの行く手を突然、怒号と暴力と宿命の世界の影が遮り、立ちはだかり、幼い魂を恐怖させた。直行をそうした恐怖から奇蹟的に救ったのは自国の悲惨な敗北だったが、しかし十歳を越えたばかりの幼い子供の恐怖の記憶は消えなかった。

直行は遠い昔、晩秋の温泉でぬるい湯に深く身を沈めつつ、同宿の客の気楽な雑談に耳を傾けていたとき、突然、思いも掛けぬ自分自身の声を聞いて驚いたことを、今も忘れない。

だが驚くことなど何もなかった。翌春の就職を前に、戦中の直接的暴力を非合理と無論理へ転化して今も堂々と保守・保全している社会のなかで、自分がこの先どう生きていくのか――その成算もなく、ましてそれと対決する覚悟などありようもなく、ただ低い山並みの秋雨に濡れた紅葉の道を辿って、その憂鬱さを誤魔化していた……あれは、その曖昧さから自ずと発せられた声だった。

「では、行きますか？」

今まで粗末な湯船の中で気楽に与太話をしていたオキシンが、そのとき、急に鋭く問い返した――あの問いが、曖昧な自分を最後の一瞬に引き止め、見知らぬ空間への道を開いてくれたのだった。

若い自分が仕合わせにも迷い込んだあの海辺の小国で、未熟な自分をあるがままに受け入れてくれたグレティーナや他の誰彼――直行は若い彼らの面影をいままた改めて思い出した。

そしてその間には、若い異邦人であった彼自身の影もあった。

二人の結びつきを言祝《ことほ》ぐ祝宴が終わり、早い秋の日が暮れたころ、直行はヴァルレとヒコに別れて、ひとり帰京した。そして足早に日本各地を巡った若く仕合わせな二人は、最後に関西空港の出発ロビーから慌ただしく電話を掛けてきて、今度はチチがこっちに来る番だからね、と念を押し、自分たちの大学の在るアメリカ南端の小さな町へ戻って行った。

(b)

それからまた一ヵ月ほどして、ヴァルレ&ヒコから珍しく上等な封筒入りの手紙で、旅行関連の追加報告がもう一つあった。

――二人が古いモンゴロイドの土地を旅するうちに、その地の地霊に感応しての実りなのだろうか。モンゴロイドが他にさきがけて人類最初のフット・プリントを印したアメリカ大陸へ我々が帰着して間もなく、思いがけずも新しい生命の誕生が予告されたので、尊敬するジジ＝族長ナオにその由をお知らせする。予定される誉れ高き日は、今から凡そ二百二十二日後。もしジジ・ナオが喜びの日にわれわれを訪ね、その場に立ち会い、そして古き族長としてその新しき生を祝福して頂けるならば、それに優る喜びはない。

ヴァルレとヒコ両名の合作らしい心躍る招待の言葉を読みながら、直行は遠いむかしヒコが生まれたときの、まだ二十歳になるやならずだった晃子を思い出していた。

……ねえ、なんて可愛いの、ヒコは！　いくら見てても見飽きない。ほんと不思議！　ほんと可愛い。

ヒコが生まれて三日目、仕事に行く前に病院に寄ると、昨日は出産の疲れか、ひたすら眠り続けていた晃子がすっかり元気な顔になっていて、朝の授乳のあと、しばらく脇に寝かせてある新生児を早くもヒコ、ヒコと、実家の父親命名の〈彦人《ひこひと》〉を愛称に縮めて呼びながら、可愛い可愛いと繰り返した。

……ここでヒコをね、ずっと見ていたら、思わず泣き出しちゃった。もう何度も。

泣いた、何度も？　直行は笑った。

だって、そうなのよ――と若い晃子は声を強め、不満げに言った――だってね、すごい不思議だもん。……それは知ってたわよ、いくらあたしが子どもだって。男と女がどうして、どうなって、どう、って。でも、それが不思議だったのよ。お腹でヒコが動くようになってから、いつもいつも、ずっと不思議だなあって思ってたの。ヒコが生まれて、看護婦さんに抱かせてもらって、その顔を見てるうちに、あの日、ナオさんとあんなことしてね、そこからこんな素敵なことが起きたんだって――ヒコ見ながらそう思ったら不思議で、不思議で、嬉しくって。何か泣いちゃった……。

あたしね、やっぱりこの世に生まれてきてよかったなあって。ほんとうによかった、生まれてきて。ここでこうしてヒコを見ていられて、抱いていられてって——。そう思ったら、それでまた嬉しくて涙がまた出てきちゃって。

あたしって馬鹿ねえ……。若い晃子は枕カバーで涙を拭きながら、生まれたばかりのヒコを見ては笑っていた。

——そうだ、と、それから何十年かが経った夜、リビング・キッチンでひとりヴァルレ&ヒコからの手紙を読み、古い昔の記憶に心を揺さぶられた直行は、呟いた。駅へ続く商店街の脇の小道、そこの隠れた奥に、江戸以前の昔から土地の地霊を祀ってきた古い神社の名残が今も小さな祠《ほこら》になって残っていて、若い晃子もよくそこで幼いヒコを遊ばせていた。

明日の朝、事務所への出掛け、亡き晃子の代理ともなって、あそこに寄ろう。そして何百年、ことによったら文字も知らぬ何千年もの前からこの土地に生きてきた老若男女の人々と同じように、自分もまた、かつての晃子の喜びと願いも籠めて、晃子に繋がる、そしてわが身にも繋がる、やがて生まれるヴァルレとヒコの子のために祈ろう。

だが、そう思った直行の心にふと不安が兆した。あの低い鳥居と古い祠を自分が最後に見たのは……あれは何年前だろう。あのお社は今でもまだ、あるのだろうか？　日々の雑事に紛れ、時に思い出しても訪れることなしに、ただ商店街の表通りを通り過ぎるうちに、もう十年、二十年、いや四半世紀が過ぎたのかも知れない。いまはただ、荒れた土地と朽ちて崩れた社殿が残るばかりではあるまいか。

その夜、古く遠い記憶から朧な夢の中へ別の小さな祠が浮かび上がってきた。その異国の祠の庇の下には褐色の肌の可憐な聖少女が淡い光を身から放つ嬰児を抱いて立ち、土地の老人たち子どもたちの供える季節の草花がいつもそれを温かく囲んでいた……。

翌朝、直行は出掛けに商店街の裏へ回った。ひととき、時勢に驕って古い地霊との繋がりを忘れた神社が、やがて世の変転に広い境内を少しずつ失って行ったあと、辛うじて残った小さな土地に古社めいた祠だけが寂しく建っていた……その朧気な記憶を探して、狭い小路の奥を覗いて歩いた。

だが、暫く探して、見つけた時、祠とその周辺の様子は記憶の中のそれと大きく変わっていた。祠の建っていた土地の広さは最後に見たときとさほど変わったとは見えなかったが、そこにあった朽ちかけの建物や古い藪はすっかり取り払われて、その跡はやや傾斜のある美しい草地になっていた。そして古くは周囲の畑地を潤し、今では伏流になっているらしい細流がここで再び姿を現し、池めいた小さな窪みに流れ落ち、そこに生える水草の間からまた流れ出て草地の一角を横切り、やがて道端を流れる清流になって、ほど近い川へ向けて流れて行った。

そして草地には伸び伸びと枝を伸ばした数本の細い木々が疎林のように生い立ち、その木々の間を縫って一本の小道が流れと交錯する場所は小さな飛び石で繋がって、心穏やかな曲線を描いている。

　だがその中にあって、古い祠とその前の低い鳥居ばかりは昔のままの古色を残して保存され、草地全体から低い柵で隔てられていた。そしてただ短い参道が、祠と鳥居の一角を草地を循環する小道と結んでいた。

　草地にはまた、どこから移されたのだろうか、長年、風雨に晒されてきた地蔵尊が三体、村道を模した小道のそこここに別れて、穏やかな笑みを浮かべて立っている。その胸の赤い涎掛けは、最近に取り替えられたものに見えた。

　直行は草地に立つ小さな掲示板の図を見た。そこには、古い信仰の祠の場所と区立の小公園である緑地部分とが、目立って区分されて描かれ、地蔵の立つ場所も記されていたが、その由来についての格別の説明はなかった。

　直行の心に、今の住まいに引っ越してきた頃の素朴な商店街の様子が浮かんだ。古い店もあり新しい店もあり、まだ畑地も残っていて、そこここの別れ道の角にはお地蔵さまも立っていたのだろうか。今の緑地に立つ地蔵のどれが当時のどこに立っていた地蔵だと言うことは出来ないが、ただ三体の地蔵がみな、当時、周辺の道端に立っていた地蔵たちであって不思議はなかった。

　直行は古い祠と小さな鳥居の前に立って草地の全体を眺め、細流のせせらぎに耳を傾けながら小道を目で辿り、三体の地蔵尊に視線を送った。

　直行の心には深い安堵の思いが広がった。そして流れと草地を前にほとんど放心して立つ彼の唇から、思いがけない祈願の言葉が自ずと洩れた。

――わが幼きものがこの美しい地上のどこに生まれ、またどこの地でその健やかな風を受けて生い育ちましょうとも、往《い》にし方《へ》よりこの御社《みやしろ》の空《くう》なる極小の時空に姿なく気配なく坐《おは》します無辺無名の方《かた》よ、どうか彼の生を見守りつづけ、やがて彼の死をお見届け下さいますように。

晴れ渡る空の下、小雨降る寒気の中、いつも変わらず半眼に微笑み、道の辺にまどろむ慈悲深き地蔵菩薩さま方《がた》よ、幼きものたちの喜びと悩みと苦しみをお見守り下さり、地上の風のあまりに烈しく吹き募るときは、どうかこの現身《うつしみ》の世にても彼らを温かく抱きしめ、優しく慰め、慈しみ、言葉なくお護り下さいますように――。

あるいは暗い川辺に佇むお地蔵さま方、小さな命を受けながらこの世に生を享けることなく、無生無形の水へまた流れ行った幼きもののために、あえてもうひとつのお願いを致します。どうか彼ら彼女らを御身の傍らに暫しお留《とど》め下さり、暖かく抱き上げ優しく慰め、そしてこの世の内であれ外であれ、ふたたびの命の土地への道を、小さきものたちにお教え下さい。

(c)

かつて一度は荒れ果てて、ほとんど忘れられたまま放置されていた一角が、再び人々の希求を仮託するに足る美しい空間になっていたことは直行の心を深く喜ばせたが、しかし振り返ってみれば、おそらくここ二十年を越える歳月、日々商店街を通り過ぎながら、その一歩奥にあって土地の古い信仰の核であった一角を訪れることのないまま、心に、あるいはむしろ魂に、何の飢えを感じることもなく過ごしてきたことこそ、過去の無数のひとびとの生と死を思い起こしてみれば、むしろ不思議と言うべきことだったかも知れない。

世が日々年々変わりつつあることは、かつて敗戦後のある日、直前の悲惨な日々を忘れて華やかにスタートを切った駅ビルが、最近なお一段と華やかで大がかりな再々リニューアルを試みていることを見ても確かだが、では、そうした変化を重ねた末に、いまひとの心が果してどちらへ向かっているのか——目に見える慌ただしい変化の下に、いま何が動いているか？　それを言うのは難しく、例えば、古い信仰の跡を大切な文化遺産として残しつつも宗教的政治的不偏性の公的原則を守って、その土地をあまりにひたすら美しく公共的遺産として再生して見せた当地市役所の見事な手際——そこに認めるべきものは、個別宗教を越えてなお存在する〈信仰〉というひとの心の傾きへの深い共感なのか、それとも信仰だけに許されるはずの人間の思いを市民的快適さや非超越的・日常的美意識へ変換してしまう、今日の合理主義的公共共同体による許し難い信仰侮蔑なのか？

それもまた深く計り難い事柄だと思う直行は、長い人類の歴史の先に今も日々開いて行く未知の空洞の明暗を測りあぐね、老いた自分の心の傾きを探りつつ駅への道を日々辿り、日々なお迷っていた。

＊　　＊　　＊

ヴァルレ＆ヒコからの知らせに添えられた誘いに直行も心動かぬ訳ではなかった。だが出産はその時点が正確には予測し難いし、また先方はそろそろ高齢の初産であり直行自身も遠い旅には体調を用心するべき年齢になっていることを考えれば、出産前後は大事を取って、むしろ訪問を避けるべきだった。

無事に生まれてくれさえすれば、それでいいさ。逃げ出す訳じゃあるまいし、そのうち人見知りをし始める頃にでも行こう。変な年寄りが馴れ馴れしく手を出すと、はにかんで、後ずさりして、逃げ出す頃……それがいちばん可愛い時期じゃないか。

とは言え、そうしたもっともな理由も実は直行にとってはすぐの旅を避けるための、むしろ口実だったのかも知れない。直行には、孫との初対面の前に心を決めて、片づけておかねばならないことが一つあった。

その孫の祖母となる晃子の遺骨は、五年過ぎてなお直行の手元にあった。もし初孫の顔を見たさの旅先で直行の身に何かあったら、その骨はどうなるのか。

いや、遺骨のことを言えば、孫とは関係なしにもここ一、二年、今のままでいいのか、ということがしきりに気になっていた。

更にまた、他にももう一件、世俗的だが片付けなければならぬこともあった。

——老後がこんなにせわしいものだとは、ついぞ知らなかった。悠々自適なんて言った奴は誰だ？

直行は心に愚痴った。

XIII　骨の重さ

(a)

　あの冬の寒い日、温もりの残る重い骨壺を胸に抱え、ヒコとともに家へ帰るくるまに乗ったとき、その骨の重さと温もりに直行は深く当惑し、混乱していた。

　現身《うつしみ》の晃子ではなく、その魂の憑代《よりしろ》でもなく、ただ白く焼け落ちて物質となった骨の破片が、しかしただの物質であることを拒否して、それを載せた直行の太股《ふともも》へ残った温もりを伝えてくる。ナオの膝に載せてもらって、あたし嬉しい――くるまの動きでその重い温もりが揺れるたびに、晃子の若く幼い声が、三十年をともに過ごした晃子の最後の透明な声が、最初の夜のように最後の日々のように、直行の耳に聞こえてきた。

　重く嵩張る骨壺と直行、そして横に黙念と座るヒコを運ぶくるまが、やがて郊外の自宅に着いたとき、直行は更に深く当惑した。

　晃子であるともなく、ないともなく、白く焼け落ちて曖昧な破片となってしまった骨を収めた骨壺を、ともに三十年を暮らしたこの家の、いったいどこに置いたらいいのか。

だが自宅に帰りつき、深く当惑しつつも同時に疲れ果ててもいた直行は、晃子が家にいる日いつもいちばん長い時間を過ごしていたリビング・キッチン――その中央のダイニング・テーブルまで重い骨壺を運び、その中央にそれを置くと、ひとまず茶を入れようとしているヒコに「要らないよ」と短く言って、すぐに二階の寝室へ昇った。

二階の寝室には二台のベッドが並んでいたが、一台はもう不要品だった。直行は脱いだ上着をその上に投げ捨て、バンドを緩めて残りの一台に横になった。

階段を昇ってくるヒコの足音がした。

「チチ、大丈夫?」ヒコが扉から首を出して聞いた。

「疲れるものだな、あれこれ。最小限で済ませたつもりだったが」

「何か、俺のすることとある?」

「いや。今夜は、もう、寝る」

「うん、それがいいな。俺も寝るよ。何かあったら、何でも言って」

「ああ、そうする」

ヒコが向かいの子供部屋へ入り、扉が閉まる音がした。

その日の葬儀、と言うべきなのか、どうなのか。死が近づくにつれ次第に疲れ易くなってきていた晃子は、夜、直行が緩和ケア病棟の一室を訪れると、その顔を見て安心したように眠り込むことが多くなった。直行はベッド脇の椅子に座り、その少し窶《やつ》れた寝顔を見ながら、いつしか、妻の死が現実になったときの手順を、予め、繰り返し考えるようになっていた。

仏教徒でもクリスチャンでもなく、振り返って自分の宗教というべきものを持たないものは、死者をどうやって送ればいいのだろうか。

だが、それはそう難しいことではないはずだった。何か新しいことをするのではない。病院での死亡確認から火葬後の遺骨引取りまでの間の通常の手順から、曖昧模糊たる宗教的作為を引きさえすれば、生から死への純粋な道筋が現れる。

直行は晃子の眠る薄暗い病室にひとり座り、自分の知る限りでの慣習的手順を繰り返し思い起こし、そこから僧侶や牧師や祭壇、読経や説教、通夜、葬儀など、およそ生から死への端的な移行に不必要な要素を一つずつ消していき、最後に残った単純明瞭な姿に、これでいいと、繰り返し納得した。

一昨日夜の死から今日の火葬まで、ヒコの助力に支えられ晃子の葬儀は、いや晃子の死後の処理は、戒名も読経もなく牧師の説教もレクイエムの演奏もなく、死者の柩は死から火葬までの法的所定時間を過ごすためにケア病棟地下の冷えきった霊安室から葬儀業者の安置室へ移され、その時間の経過を確認したのち火葬場へ運ばれた。

晃子の死後の処理は、緩和ケア病棟の病室での静かな夜、予め直行の心に繰り返し繰り返し辿られた想定の通り、何の支障もなく進行して、焼かれ骨壺に収められた晃子の骨は自宅に戻った。

それなのに、と、いま、疲れ切って、ズボンも脱がず身体をベッドに投げ、見慣れた天井へ視線を向ける直行は、激しく悔やんだ。暗く灯を落とし、衰えた晃子が眠る病室にひとり座り、ひとり手順を心の中で、あれだけ繰り返し繰り返し確かめる夜を繰り返したのに、連れ戻った晃子の骨を自宅のどこに置くのか――俺はそれを考え忘れていた。

いや、墓を用意せぬのは晃子の骨と共に暮らすことだということが、知っていて、分かっていなかった。晃子が死に、死んだ晃子を他界へ送り出さぬとは、晃子の骨との日々の共生が始まることなのだった。

迂闊、胡乱《うろん》な自分を蔑《さげす》みながら、しかしここ数日の重なる疲れで突然、深い眠りへ彼は落ちた。

＊　＊　＊

翌朝、深い眠りから突然、唐突に浮かび上がった直行は、自分でもよく分からぬ爽快な気分で一階へ下りて行った。妻の不在はもうこの半年の習慣になっていて、リビング・キッチンのテーブルに夕べ置かれた大きな骨壺は、むしろ妻の存在を新しく告知しているかのようだった。

話は簡単だった。死者は存在し続ける。骨壺は、日々の生活の中にあるものがみなそうであるように、その存在感に値する場所に置けばいい――。

明け方、薄明の頃、ふと目覚めた直行はそれを確信し、安堵とともにまた深く眠り込んだ。そしていま再び目覚め、下へ降りてきたとき、直行は更に、その場所がどこなのかをすぐに知った。

直行はリビング・キッチンの壁面に造り付けられた飾り棚を見た。そしてその中央の、家の改築以来いつも変わらず置き時計が置かれてきた（家の改築とヒコ入学の記念に晃子が都心の高級時計店で大決心で買ってきた四匹の猫の鋳金で飾られた高価な置き時計がいつも変わらずそこに置かれてきた）飾り棚の中央の場所を見た。

そして直行はゆったりと寝る母猫とそれに寄り添う三匹の子猫（その子猫の一匹がヒコそっくりだといつも晃子が言っていた）、そしてさまざまな家族の思い出で飾られた置き時計をいつもそこに置かれてきた飾り棚の中央の場所から、直行はためらうことなく、その置き時計を左へ、大きな飾り棚の左半分へ、移した。

そしてその置き時計の置き場所と左右対称になる右側の場所に重い陶器の骨壺を、今や晃子であるとも晃子でないとも言えぬ骨をうちに収めて早くも冷えつつある重い陶器の骨壺を、左側の家族の記憶の込められた豪華な置き時計との均衡を正確に計って、置いた。

妻の存在をいま改めて告知している大きく重い骨壺を、家族の今や過去となった生の日々を日々刻んできた置き時計と左右均整に、正しく均衡を図って、リビング・キッチンの大きな飾り棚に置いた。

晃子の骨を黙念と収めた骨壺は、こうして一度置かれると、永遠の過去からそこに置かれ、永遠の未来まで決してそこから動かないように思えた。美しい高級な置き時計にどれほどの家族の思い出、どれほどの家族の喜び、どれほどの家族の生の昂揚が込められていようとも、晃子の骨を黙念と収めてただ存在する骨壺の、半分ほどの意味も半分ほどの実在も半分ほどの生の輝きも、骨壺と並べ置かれた記念の置き時計にはなかった。

死んだ晃子の骨壺が、直行が日々ひとり座るリビング・キッチンを支配した。

直行は晃子の死の処理を終えて暫く、仕事のほとんどを古くからの女性秘書に任せて、死者の骨壺が支配する家でひとり、ぼんやりと過ごした。そうした朝、ゆるゆる起き出し、リビング・キッチンの窓際に座り、コーヒーを飲み、視野の片側に骨壺を見ながら枯れた庭を眺め、新聞の見出しに意味なく目を通していると、次第に四半世紀刻みつづけた置き時計の秒針の音に引き込まれて、暗く果てしない宇宙の空間を浮遊し、流されて行った。気づくと斜め前から白く光る人工衛星が近づいてきて、すぐ脇をゆっくりとすれ違い、その小さな窓からライカ犬が一匹、丸い黒い目を見開いて、こちらを驚いたようにじっと見つめていた。

(b)

(逝くものの茶飲み話)

最後の半年、晃子は西の丘陵地帯の丘に建つケア病棟に移った。

晃子は弱い光の下で淡いクリーム色の壁に顔を向け、静かに眠っていた。直行は傍の椅子で、自分も少し眠ったらしい。目が覚めると、晃子がこちら向きに寝返って、直行の顔をじっと見ていた。

「わたし」と晃子は言った。「目が覚めたことに気付かないで、ナオさんを自分の夢の中で見ているような気がしていた」

「ふたりとも眠っていたから……」

直行の寝ぼけた返事に晃子は微笑んで言った。「ふたりとも眠っていれば、同じ世界にいる訳だものね」

「……夕方になると少し疲れるの」晃子は言った。「さっきはおばあちゃんに会ってた。田舎の家で」

「何、話したの？」

「変なこと。でも多分、ほんとうにあったこと」

夏の午後、母の実家の裏座敷に気だるく座っていると、祖母が横にいて、仏壇の辺りから古新聞に包んだ位牌を十《とお》ほど取り出した、と言う。

「私、お位牌って怖い。陰気な黒い色で、金色が混じってて、難しい字ばっかり。母の田舎では享年ではなく定命《じょうみょう》って書くの。でも、覚えているのはね——」祖母の膝の前に古新聞に包まれて無造作に転がっていた位牌のなかに一つだけ、黄色い布に包まれた位牌があった——それが忘れられない、と晃子は言った。

お婆ちゃんは、と晃子が言った、その黄色い布から取り出した位牌を、別の白い柔らかな布でゆっくり拭いていた。「これはあんたの母さんの父さんさ。兵隊になって寒い満州へ送られて、鉄砲も撃たずに肺から血を吐いて。除隊になってうちに帰ってきて、何年も寝た切りになって、お位牌になった。手間ばかりかかって、要領の悪い人だよ、軍人恩給も出やしない」

気性のきついお祖母ちゃんが要領の悪い夫が目の前にいるかのように言いながら、柔らかな布で位牌を拭き続けた、皺のよったその手が怖くて忘れられない、と晃子は言った。

でも、幼い晃子を驚愕させたのは、それに続いてのことなのだと、病床に横になったまま晃子は言った。

「お盆だから」と祖母は呟き、拭き上げた夫の位牌を仏壇の中央に置いて、形ばかり手を合わせた。そして、それを終えると畳の上に転がる他の位牌へ視線を向けた。

「お位牌なんか、いくらあったって何の役にも立ちゃしない。燃やしちまったほうが手間なしだけど、嫁のあたしが燃やしてご先祖に祟られるのなんぞ、真っ平だ」

憎々しげに言った祖母は、そこから二つ拾い上げて、「これはあたしの舅と姑さ」と説明すると、ざっと拭いて夫の位牌のうしろに並べ、言った。「ほら、あんたの好きな親御前《おやごぜ》お二人だよ。とっくに死んだけどね。何でこんなのが残っているのかねえ」

そう呟きながら、祖母は残りを仏壇の下へ押し込んだ。

私ね、と晃子は言った、そのとき初めて気付いて、とても驚いたの——お位牌って、どんどん増えて行く一方なんだ、って。とても驚いた。

……でも、いま話してて……と晃子は呟いた……分からなくなっちゃった。むかし見たことを夢で思い出してたのか、それともみんな、さっきの夢の中で見たことなのか。

あたし、おばあちゃんのこと好きじゃなかったから。もうお位牌になっちゃったけど。晃子は呟いた。

＊　＊　＊

あのね、と、ある秋の夜、窓からの弱い月の光の中で眠っていた晃子が、ふと目を覚まし、傍の直行に透明な声で言った。ヒコはもう中学生なのだから、と思ったの、母親から自由にしてやらなければならない——そう思ったの、その時。だから——と言いさして、晃子は暫く考えるように黙った。

うん……直行はゆっくり頷いて、待った。

だからね——晃子は言った——少し外へ出たほうがいいかなって。映画見たり、カルチャースクールへ行ってみたり——晃子は続けた——幼稚園のママ友や、その友だちとか、そんな人たちとお茶したり、たまにランチしたり。

たまにはウインドー・ショッピングしたり、少し変わった映画にも行ってみたり。たまには朝から遠出したりもして。泊まったこともあったな。でね、近づいてくる人がいてね……。ナオさんには正直に言うわね、と少し間を置いて、晃子は透明な声で続けた――でね、思ったの、チャンスかな、って。一度は、って。わたし、ほんとに子どものままナオさんの奥さんになって、何も知らないままだったから。

でも、どうしてもヒコのこと考えてしまうの。ナオさんのことじゃなかったけど。ヒコのことなの。

うん……。直行はゆっくり頷いた。

惜しかったなあ……晃子は冗談のように言った……でも、よかった。ヒコが見舞いにきても、恥ずかしがらなくても済むもの。

惜しかったね、と直行のなかで、自然と真面目に、おうむ返しに答えるものがあった。

晃子が事実を語っているのか、男の子のための汚れなき母という神話を語っているのか、それは直行には分からなかった。直行はただ、女である妻のために、死んでいく妻のために、近づいてきた相手が心に捩《ねじ》れのない、真っ直ぐな男であったことを願った。

もしそういう男なら、一度でも二度でも、試してみればよかったのに……。死んで行く妻に直行はそう言いたかった。

あれはもう、晃子の死より更に何年前になるのだろうか。死んで行った湯之村医師の通夜の晩の記憶が直行の心に揺れた。長年の愛人を失った湊子は、遠い郷里へ帰る前の最後の一夜を過ごすために取ったホテルの一室で、そこまで送り届けて窓際に立つ直行の前で、突然、今まで決して乱すことのなかった平静さを失い、ベッドの脇に膝を突き、こぶしでベッドを叩き、「嘘みたい、みんな、何もかも」と小さく叫んで、枕に顔を埋めた。

生の中には避けられないことがあって、それを避けることは時として生への裏切りに、その瞬間にだけ生きられ得る生への裏切りに、運命が自分に与えた一回限りの生への根源的な裏切りに、似る。

あのとき、いつも冷静な湊子は涙で濡れた顔を枕から上げ、別れを告げるべく窓際で待ち続ける直行を、黙って待ち続ける直行を、糾弾するかのように振り向いた。

運命が与えた生を、裏切るか、受け入れるか——それは一瞬に決まる。

晃子に近づいてきた相手が、心に捩れのない、真っ直ぐな男であったかどうか——それは分からない。それもまた運命の差配下にある。だが、それでも、それが分からないままでも、生の提供するものを一度は試してみてよかったのに……。

死んで行く妻に心からそう言いたいと、直行は思った。

あの東京オリンピック後の社会的ユーフォリアのなかで二十歳の若い短大生だった晃子は、直行が横浜へ誘ったとき、生の呼びかけを聞かずして、いったい何を予想して付いてきたのか。

そして子どもを産み、育て、そして人生の途上で生の呼びかけをいま一度聞いたとき、それに応えることをためらう必要は、少しもなかったのに……。

だが、病み、死んで行く晃子に、それを試す機会はもうこないのだった。

＊　＊　＊

やはり、ピンクのハナミズキが枯れたときだったな……ナオさんと一緒の三十年でいちばん悲しかったのは。……父さんや母さんも順々にいなくなったけど、でも、やはり。

体調が少しよかった土曜日の午後、晃子は窓際の椅子に掛け、遠い東の町並みを暫く眺め、傍に立つ直行に言った。

……御免ね、言わない約束だったのに。

――いいさ。

ヒコが生まれて十年ほど経った頃、晃子の身体に待ち望んだ二度目の兆しがありながら、半ばで流れた。ベテランの女医は女児であったことを母親に伝え、かぼそい骨の乾いた数片をそっと手渡した。

やがて退院した晃子は失われた子に、千帆と呼ぶはずだった子に、稚穂という名を与え、その骨をヒコが使っていた、そして妹もまた兄から受け継いで使うはずだった幼児用の小さな可憐なカップに収め、小さな皿を美しい紐で結んでその蓋にして、若いピンクのハナミズキの根元に埋め、そこに小さな石を数個、重ねて標《しるし》にした。

もう稚穂のことは言わない――。その夜更け、晃子は直行の胸に顔を伏せて泣いた。私たちがここに住んでいれば、稚穂はいつだって一緒なんだもの。

それから五、六年が経ち、暴風雨が東京の町に吹き荒れた秋、ピンクのハナミズキの若木の幹は強風に折られ、小さな庭は雨で一面、泥濘に化した。

嵐のあと、かつて晃子が稚穂のために手で結わえた小さな骨壺も、皿は外れ、カップは濡れた土がいっぱいに詰まった姿で見つかった。晃子は暫くそれを眺め、皿とカップをそのまま丁寧に拭ってまた紐で結び、前通りの場所に埋め、ハナミズキの代わりに自分の拳三つ分ほどの大きさの石をそこに立てた。

またハナミズキを植えようか、と直行が言ったとき、晃子は、でも、代わりのは前のじゃないから、と呟いた――。

直行は緩和ケア病室の窓から遠い東の町並みを眺める晃子の痩せた肩に手を掛け、晃子は手を肩へ回して直行の手を握った。

そのときの晃子の手のかぼそい感触は、その死の後も直行の手に永く残った。

＊　＊　＊

ほぼ予告されていた半年の時間の終わりが近づいて来た頃、ヒコがねと、うとうと眠っていた晃子が、ふと言った、うしろでママ、ママって言ってるの。振り返ったら縁側に座っていて、ママ、ニャンニャ。ママ、ニャンニャって、そとを指さして言ってて……見ると庭にいつもの猫が来てて、あっ、ヒコの初めてのお話だ、これはって。ママへのヒコの初めてのお話だ、これはって……そう思ったら、嬉しくて涙が出たの。

生まれてきてよかった、この世に。ヒコの初めてのお話が聞けて、ほんとによかったって……。今もまたそう思って。

晃子は、むかしヒコが生まれた時に病院で言ったことを、ほとんどなぞるかのように、そしてまた変奏するかのように、この世に生まれてきてよかったと、透明な声で繰り返した。

*　*　*

最後の半年、都下の丘陵地帯にある緩和ケア病室を足繁く訪ねる直行の前で、晃子の声は日々透明になって行った。

いいえ、お見舞いじゃなくて、と、医師に近い死を予告されたあの日、晃子は一緒に医師の話を聞いた直行に微笑み、そして言ったのだった。人生に何の事故もなく老いてきた老夫婦ふたりが、暖かい春の日、緑を帯びてきた庭を見ながら、穏やかな冬の午後、枯れて葉を落とした木々を見上げながら、ふたりで話すような――そんな茶飲み話をしに、そういう老夫婦がするような、そんな茶飲み話をしに、もしナオさんに時間があったら来てほしいのと、医師に死を予告された晃子は二人だけになったとき、蒼白い微笑みを頬に浮かべて直行に、死を予告された日、死を予告された晃子は透明な微笑みを見せて、遠い昔、横浜のホテルで恥じらいながら、照れながら、嬉しそうに見せた微笑みを見せながら、言ったのだった。

＊　＊　＊

ほぼ予見されていた時期が来て、ベッドに横たわる晃子が「ねえ、覚えている？　あのピンクのハナミズキの……」と静かな声で言いかけたまま昏睡へ沈んで行ったとき、直行はただ黙って前の椅子に座っていた。やがて当直の医師が蒼ざめ横たわる病者を診て、こちらへゆっくりと頷いたとき、直行は深く虚しい解放感へ引き込まれて行った。

(c)

現身《うつしみ》の晃子ではなく、その魂の憑代《よりしろ》でもなく、ただ白く焼け落ちて物質となった骨の破片が、骨壺のなかで異様な重さになって、直行が一人で住むその家の全域を支配していた。

だが、やがて、一日、二日、一週間、二週間と時間が経つにつれ、「ねえ、覚えてる？　あのピンクのハナミズキの……」と言いさした晃子の最後の声が、遠い宇宙の果てでこだまし、また果てしない距離を戻ってきて、自分の帰るべきところを探していた。

そして、改築の時に植えた庭木のうちでただ一つ枯れたピンクのハナミズキの、あの苗木が庭に植えられたあの秋の日、植え終わった晃子が立ち上がって大きく腰を伸ばし、空を見上げていた、その時の若い晃子の姿を、そして晃子が見上げたその空の蒼い輝きを、遠い遠い宇宙からこだましてきた晃子の声を迎え入れ、心に聞きながら、直行は繰り返し思い出していた。

淡い夢にまどろみつつ人工衛星の窓に見たライカ犬の黒い目は、帰るべき地球を探していた。

直行は古い記憶をさぐり、家のなかを探して、〈空《そら》〉と記された晃子遺愛の磁器の壺を見つけた。そして、その小振りな姿に自ずと収まるだけの遺骨をそこへ収め、今までの重い大きな骨壺に代えて、中央の棚の右側に置いた。

晃子遺愛の磁器壺に収められた遺骨は、もう死の力を殊更に誇示することなく、左隣に並ぶ遅れがちな古い電池式の置き時計の刻む音に懐かしげに耳を傾けているように見えた。

残りの骨を収めた重い陶器の骨壺は、二階の寝室に場所を移した。もはやうつせみの世では不要となったベッド一つを処分し、もう一つを壁に寄せて、隠れた書斎となるだけの空間をそこに造り、仕事用の机と椅子、それに大ぶりな木の書架を一つ入れた。そして書架の一番下の段を広く取って、そこに陶器の大きく重い骨壺を置いた。

夜、机に向かって急ぎの仕事をしたり、勝手な本を読んだりしながら、ふと視線を左下へそらすと、重い大きな骨壺が見えた。

夜半、本を読み疲れた直行がウイスキーなどを飲みながら、私がこんなところに座っていては外遊びもできなくて悪いね、と壺のなかの晃子をからかうと、いいの、という晃子の声が聞こえた。あたしがここで本棚を支えていなくては、何かのときナオさんが下敷きになってしまう。

その頃はまだ、一人暮らしになった父親を案じて二週間置き、あるいは月一ぐらいにヒコが四国からやってきていたが、リビング・キッチンに晃子遺愛の美しい壺と自分の小学校入学記念の置き時計とが並んだのを見て、これはいいね、と嬉しそうだった。ハハ、とても喜ぶよ。あの壺も置き時計もハハには特別に大切だったから――。

「……ついでに寝室も見てやってくれ」

「え、何？」

ヒコは父親の言葉に少し驚きながらも、素直に二階を覗きに行った。しばらくして戻ってきたヒコは、まあ、これでもう、息子が口を出す余地はないね、と笑った。

＊　　＊　　＊

だが晃子の死から数年が経ち、昔の同級生たちの訃報もときおり届くようになった頃から、直行は晃子の遺骨のことが、また気になり出した。

――やがて仕事のペンが、朝食の野菜を刻む包丁が、一人住まいの自分の手から落ちて戻らない日がきたとき――と直行はわざと劇的に考えてみた――残された晃子の骨は誰がどう始末するのか。骨の孤独を誰が癒すのか。

たとえ本人遺愛の器に収めてあろうとも、重い骨壺に保管されていようとも、それを当然のように次世代へ押しつけていいのだろうか……。

死者は魂なの、骨じゃないのよ……。

夜、リビング・キッチンのテーブルに向かい、海辺の国の懐かしい果実酒をひとり飲む直行の耳に、あれはヴァルレの声だったのだろうか、それとも別の声だったのだろうか、いつか、あのヒコとヴァルレが訪れた最初の晩、半ば眠りつつ聞いた声がまた静かに、繰り返し話しかけてきた。ナオも何時かは死ぬけど、死者は魂になって懐かしい人たちと会い、骨は自由になって自然へ帰るのよ……。

そうだな。直行はひとり呟いた。晃子の骨も自然へ帰すべき時だな。今度、孫を見にアメリカへ行けば、この歳だ、何が起きるか分からない。なあ、いいだろ、晃子?

ナオさんが自然とそう思うようでいいの――。晃子の骨が透明な声でそう答えるのが、酔いの中に聞こえた。

ナオさんの魂がね、私の魂と混じって行って、区別がよく分からなくなって行くと、私の骨は自然の中へ混じって行くの。

酔いから覚めたとき、直行は自分のなすべきことを悟っていた。

何しろ、器も骨も、自分では歩いて行くことができないからな。不便なものだ……。

直行はそう心に言って、ひとり笑った。

(d)

直行が渡米をためらううちに、ヴァルレ&ヒコから次世代無事誕生の短いメールが届いた。そしてすぐ、それを追いかけるように、出産前後の様子についてのヒコの詳細な報告の手紙も来た。

……健康な男の子が見事に誕生！　名前は二人で前々からの協議の結果、ブツカ・ニカヒト・カミと決定。

〈カミ〉は加見、つまりチチの血を引くことを示し、ミドル・ネーム、〈ニカヒト〉の下半分〈ヒト〉はわが彦人の下の一字を受け、上半分の〈ニカ〉はヴァルレの先祖の消失した母語から僅かに残る数語の一つで賢人の意、その〈ニカ〉と〈ヒト〉が合わさって、彼の親二人の出自と彼の持って生まれた賢明さについて証言しています。
そして最後のブッカ Booker は、もとよりこの国の伝統的なクリスチャン・ネームですが、またヴァルレの尊敬する偉大な黒人教育家で、かつネイティブ・アメリカンの学校教育を推進した先覚者の Washington, Booker Taliaferro 1856-1915. に因んだ名前でもあります。われらの最初の子は主にこの名前の下に、この様々な問題に満ちつつも、なお偉大なる国で、その人生を生きて行くことになるでしょう。

最初の子どもを持って、ヒコもなかなかのロマンティストになったじゃないか。結構なことだ。

その最初の孫に、俺もぜひ逢いに行って来なくてはな……。

最初の孫についての最初の報告に接した直行は、嬉しそうに呟いた。

XIV　午後の海

(a)

伊豆半島西岸の小さな港をゆっくりと離れた旧式の小型汽船は、穏やかな海を二時間ほども南へ進みながら次第に陸地から遠ざかって行った。大方の人たちは用意のものを手に甲板へ出て、うねり始めた午後の海を眺めながら連れと控えめに語り合っていたが、連れなしの直行は人影のない船室にひとり留まって、脇のリュックサックに手を掛けたまま波の飛沫《しぶき》の洗う曇ったガラスの丸窓へ目をやっていた。窓の向こうでは、海面が自身、命あるもののようにうねり続けている。

前の扉が開き、黒スーツの中年女性が船室に入ってきた。そして一人で座っている直行を見ると、手元の書類と見比べながら言った。

「加見さまでいらっしゃいますね」

「ええ」

「お一人でのご参加でいらっしゃいましたね」

XIV　午後の海

「ええ。子どもは外国暮らしですので」

「はい……」黒スーツの女性は直行の余計な言葉は聞き流して、ただ頷き、書類に何か簡単に書き込んでいたが、ふと思い付いたかのように付け加えた。

「最近はお子さまやお孫さまに先々までの墓地のお世話を期待することはなかなか難しゅうございまして……。それでいい、そういう時代だと思い切られても、やはり心には何か覚束なさが残って、ふと、一家の小さな墓が心に浮かび、ご自分のものらしいご戒名がそこに見え隠れしたり致します。ことの善し悪しは申しませんが、私どもの仕事はそういう時代の魂の不安を癒すためのお手伝いだと思っております。……いえ、余計なことを申し上げまして」

黒スーツの女性は深く頭を下げ、付け加えた。

「やすらぎの海まで、あと三十分ほどの航程でございます」

「遅くならぬよう、甲板へ出ますので」直行は応えた。

「よろしくお願いします」

女性は丁重に言い残して、甲板へ戻って行った。

——あと、三十分だそうだ。

直行は、これも老いの徴候だろうか、連れがいるかのように呟き、リュックを手元に引き寄せて一度は立ち上がったが、思い切り悪く、中途半端にまた腰を下ろした。

まだ急ぐことはない。もう暫くふたりでここにいよう。

直行は船室の丸窓から波の動きをまたしばらく眺めていたが、やがて、別に迷いも不安もないさ、と呟いた。するべきことはしなければならない、こっちが危なくなる前にな。それが今だということだ。

さあ、行くか――。

直行はリュックを持って一度は立ち上がったが、また迷うように座った。

やはり今日なのか。例えばの話、アメリカへ行って初孫の顔を見たあとではいけないのか。それを報告しながらのほうがいいのではないか……。直行は呟き、膝の上のリュックから晃子の骨を収めた美しい磁器の壺を取り出して、その半透明の肌をゆっくり撫ぜた。

――いや、俺はあまりに長い間、骨と馴れ合い、骨と同棲し過ぎたようだな。

直行は壺の中の晃子の遺骨を改めてゆっくりと覗き込んでいたが、いつしか指で小さな破片を二つ三つ摘み上げて掌の上に置き、感触を確かめるかのように指先で挟み、揉み、そっと砕き、ゆっくり擦《こす》り合わせていた。

上で合図の汽笛が短く二回鳴り、船は次第に速度を落とし始め、間もなく甲板で説明が始まる様子だった。

直行は慌てて、半ば粉になった骨の細片を壺へ戻し、その壺をリュックに入れ、そして自分に、さあ、と声を掛けて、立ち上がった。

ひとは永遠には生きない——。直行は、むかしから思うことをまた思った。葬儀や墓地と馴染まぬ気持ちから五年あまり自分の許に止めて置いた晃子の骨も、自身の限られた定命《じょうみょう》を越えてなお手元に置きたいと思う思い上がりは捨てて、自分の意志と身体の機能するうちに自然の循環へ返すべきときだろう。

もとよりすべては人間の意志に関係なく、いつか無数の微細な粒子となって無限宇宙の自然循環の中へ解放されて行く。だが、この広大な地上で仮初めに出会い、暫し生活を共にし、子をも生《な》した仲であってみれば、永遠の循環の中から暫し形を得て地上に存在した晃子がいま再び永遠の循環へ戻って行くとき、せめてわが手をそっと添えて送り出し、その最初の一歩を見送りたい……。

直行は秘書に頼み、自然葬関係のリストを作ってもらった。依頼を聞いて若く利発な秘書の目が一瞬、好奇心に輝いたが、何も口に出すことはなく、ただ直行の条件を一つずつ確かめながら数件の候補の並ぶリストを作った。そして直行はそのリストをゆっくりと眺め、伊豆半島の西岸から出る海洋葬を選んだ。

若い学生の頃、伊豆にある大学の寮に泊まって半島中央の低い山並みを辿り歩いたことがあって、今も辺りの穏やかな山と海が目に浮かんだ。あそこでの海洋葬なら懐かしい地上の森や林、樹木、草地とも遠くはない、と思ったのだった。

海洋葬の当日までに二泊三日ほどの余裕を見て、直行は昔のルートを辿る伊豆越えの山行へ出た。

出発前、直行は散骨のための布の肩掛け鞄を用意し、重い骨壺から取り出した骨をみな細かく砕いてそこへ移した。故人遺愛の小さな磁器の壺は、骨の一部を取り分けたあと、そのままリュックに入れた。

この美しい壺も海へ返そう――。そう思うと、小さな壺が光り、揺れ、流れて行く、青い輝く海が見えるような気がした。

最後に直行は、磁器の壺から更に取り分けておいた少量の骨を細かく砕いて、郵便封筒ほどの大きさの四角いしっかりしたプラスチックの封筒へ入れ、封を閉じ、書斎机の引出しに入れて、鍵を掛けた。

これでいい。伊豆への旅から帰ったら、この遺骨をその在るべきところへ収め、あとは事務所の始末をして、アメリカで初孫の顔でも見れば、わが生の大方のことは終わる――。

知らぬ間に背負っていた重い荷物を下ろすかのように、直行はそう思った。

秋も深まってきていた。ときおり霧のような雨が附近の山並み一帯に広がったが、国道を外れて、ゆるい昇り降りを繰り返しながら国有林に覆われた山の中へ紛れ込むように登って行くうちに、雲が次第に薄れ、行く手に明るい自然が開いて行った。

久しぶりの山行に直行は疲れ、ときおり立ち止まって周囲を見回した。いま見る辺りの風景はみな見覚えのある懐かしい風景であるかのように思え、しかしまた、すべていま初めて目にする、まったく見知らぬ風景であるようにも見えた。

細い山道は少しずつ草に覆われ始め、時折くるまの音が遠く聞こえた。斜面の疎林を透して下を見ると、むかしはなかったはずの道路が白く蛇行していて、そこを時折くるまが走り抜けて行った。

登りながら、直行は時折、左右の明るい疎林や丈の高い草地へ四歩、五歩と踏み込んで、布の肩掛け鞄から細かく砕いた晃子の骨を少しずつ手で掬い、草の間や木の根元に撒いて行った。

それを咎める人影はなく、白灰色の細かい粉は濡れた葉に落ちて水と一緒に地に流れ、あるいは雨に湿った土と出会って溶け合い、すぐに見えなくなって行った。

ゆっくりゆっくりと思いながら歩き、少しずつ少しずつと思いながら撒いて行き、半日ほども山を歩くうちに、山へ帰そうと予定した晃子の骨の半ばが布鞄から消えた。

ゆるやかな山地であっても、老い始めた身体にはそれが一日の限度だった。直行はその日、山の道から崖をジグザグに降りる細道を辿って小さな谷間《たにあい》の温泉宿に泊まった。

森の香が微かに匂うぬるい湯に身を沈めて半ばまどろむうちに、夢とも錯覚ともつかぬ幻や記憶が直行の中で揺れていた。

あれはどういう時代だったのだろうか。むかし泊まった大学の寮もこの辺だった。バラックのような木造宿舎で一人が学生証を見せさえすれば、連れは所属大学も問わず性別も問わずそのまま泊めてくれた。大部屋で見知らぬ相客と一緒になることもあり、小部屋に二人で泊まることもあった。

夜は押入れから自分たちで布団を出して泊まり、朝は自分たちで布団を上げ、畳を箒で掃き、管理人に格安の料金を払い、お礼を言って出発した。

廊下に細長く付いた洗面台で、朝、家族連れの教師に出会うこともあった。大きな階段教室の講義で見掛ける左翼の若手歴史学者に挨拶すると、子どもたちの相手に忙しい夫に代わって、若々しい浴衣姿の夫人が気軽に明るい挨拶を返してくれた。同じ講義を受けていた連れもそれで安心したかのように、自分も幼い子どもたちと一緒になってはしゃいだ。

その一日、ふたりで秋の山や海岸で遊び、夕方、寮の部屋へ戻ると、相部屋になった一人旅の先輩が、暗い電灯の下で口数少なく、人生の憂鬱を後輩たちにこぼした……。

遠い昔の夢に揺られ眠った翌朝、直行は中身の灰の半ば近くを失った布の鞄をリュックに収め、温泉宿から細い道を小一時間ほども登って、海への眺望の開けるところへ出た。むかし泊まった大学の寮はその辺りに建っていたはずだったが、見回してもただ平らで荒れた草地が少しあるばかりだった。

直行はその日、古い記憶に別れを告げ、海洋葬の出発港のある小さな町へ降りて、指定の温泉ホテルへ入った。

(c)

上の船橋の辺りで汽笛が短く二回鳴って、船は次第に速度を落とし、甲板で説明が始まる様子だった。

船室の扉が開かれ、黒スーツの女性が姿を見せ、控えめに「加見さま、そろそろ」と声を掛けた。直行はリュックを片肩に掛け、前甲板へ向かった。

薄く明るい曇り空の下、やがて船は汽笛の音を長く静かに響かせながら、穏やかな海に大きな輪を描き始めた。前甲板では十数組の人々が忘れられぬひとの骨の細片や粉を壺や袋から手に取って、あるいは指と指の間から午後の空間へそっと零し、あるいは掌に握りしめ、別れを叫び大きく腕を振って、青く広く深い海へ撒いて行った。撒かれた細かい骨の粉はゆるやかに輪を描き続ける船の縁《へり》から高く風に舞い、暫く秋の空に浮かび、またひとびとの上へ降りかかった。

それはひたすら美しい情景だった。

しばらくそれを見ていた直行は、やがてまわりの人々から離れて下甲板へ降り、一人で船尾の甲板に立った。そして手に持ったリュックから布の鞄を取り出し、そこに残っている晃子の骨と灰を海へ撒いて行った。

だが〈空《そら》〉と記された磁器の壺を取り出すことはなかった。

いいのよ、ナオさん、それでいいの。

耳元で囁く声が聞こえた。

ナオさんの思う通りで、いいの。その壺とそのなかの骨は、ナオさんがもういいと思うまで持っていて。急ぐことはないの。骨を見て面影が浮かべば、それがひとの思いだもの。

いずれ人類が絶え、生き物も絶え、すべての記憶が消えて行くけど、そのあとも宇宙は続いて、私たちも微塵の粒子になって浮遊し、飛翔し続けるんだから……。

人類が地上に存在している間なんて短いの。だから急ぐ必要はないの。

――そろそろ終了の時間でございますが。

気がつくと黒スーツの女性が少し離れたところから、人けのない後甲板に布の鞄を持って立つ直行をじっと見ていた。海水を切って進む船の水音が、にわかにはっきりと聞こえてきた。

――お手伝い致しましょうか？

女性は少しこちらへ近づいたように見えた。

お骨の容れものはこちらでお預かり致しましょう……。

言いながら黒スーツの女性はなおも少しずつ迫ってくるかのようだった。直行は先ほどの晃子の透明な声を思い出して呟いた。

……死者の心に残るよき思いも悪しき思いも、すべて失うと淋しい。

直行は船縁で布鞄を海へ向けて傾けた。なかに残っていた骨と遺灰は細い流れになって落ちながら、空気に舞って広がって行った。そしてあらかた中身が尽きたとき、布鞄は直行の手を自ずと離れ、空中をゆるやかにまわりながら落ちて行き、やがて海面に達して、意外に荒い波の動きに二度、三度、翻弄されるうちに波の間へ引き込まれて、見えなくなった。

背に秋の西日を受けて立った黒スーツの女性の姿は、その光の中で次第に薄れ、消えて行った。

気が付くと船尾の甲板に立つのは直行ばかりだった。やがて船は静かな汽笛の音を今一度、長く静かに響かせながら、今まで描き続けていた航跡の輪から次第に離脱し、ゆっくりとやすらぎの海域から離れて行った。

早い夕暮れが次第にあたりを覆い始めていた。低い山並みの暗いシルエットを背に、船橋や客室の窓々に明かりを灯した大型の客船が直行の乗る汽船に近づき、沖を目指してゆっくりとすれ違って行った。

多くの灯で美しく飾られた船影は、港へ戻る古く小さな汽船との別れを惜しむかのように、汽笛を低く長く、いつまでも響かせて、暗い秋の海へ消えて行った。

(d)

重い骨壺に収められていた骨の半ばを山に撒き、半ばを海へ戻して三日ぶりに自宅へ戻った直行は、骨を収めたまま持ち帰った晃子遺愛の磁器壺〈空〉を、リビング・キッチンの棚の上の置き時計と対称の位置へ戻して、漸く今度の旅の間ずっと続いていた緊張感から解放された。

直行は二階の寝室兼書斎に一台だけ残るベッドに身を横たえ、そのまま深い眠りの海へ漂って行った。無数の灯火に飾られた大型客船の美しい船影が暗い夢の遠いひと隅をまた通り過ぎ、晃子の骨を失って空になった重い骨壺は寝室兼書斎の本棚の片隅で静かに沈黙して、もう何も語りかけなかった。

翌朝、眠りからゆっくりと浮かび上がったときは、もう昼に近かった。寝室の窓の外は明るく澄んだ晩秋の空だった。狭い庭に散在する何本かの樹々も、近づく冬を前に紅葉した葉を空の光に輝かせていた。

「……秋を焼くというのはね」どこかから遠い日の懐かしい声が聞こえていた。「例えば今頃かな、秋の山をひとり歩いていて、紅葉の色があまりに、燃え立つように鮮やかなので、思わずそう呟いた。では、焼いているのは誰で、焼かれているのは誰なのか……？　それは難問だけど、秋が秋を焼いているんだろうね、やはり。そして自分もその焼く秋であり、焼かれる秋であり、それを呟く秋でもあって、呟くうちに焼きつつ焼かれて行く……」

年が明けての退職を前にした老国語教師はそう言って、自分が教える最後の生徒たちを明るい笑顔で見回した。

(e)

直行には、もう一つやっておくことがあった。

――この様子なら、今日はどうにか、夕方まで天気がもちそうだ。

窓を開けて、空をもう一度、確認した直行は、伊豆の海へ行く前に晃子の骨を取り分けておいたプラスチックの封筒を改めて机から取り出し、ベランダから庭を眺め渡した。

――あの辺だったな、ピンクのハナミズキがあったのは。

ハナミズキの若木が嵐で折れたとき、晃子はその跡に、未生の稚穂の小さな骨片を入れた幼児用カップを埋め直した。そして自分の拳三つほどの大きさの石をそこに置いて、目印にした。直行は梅雨で丈高く伸びた雑草を踏み分けて、そこへの道を付けた。目印の石は土に半ば埋もれてそこにあった。幼児用のカップと晃子がその蓋に使った小さな皿も、二つが丈夫な紐でしっかりと結ばれたままそこに見つかった。

直行はそれを持って部屋へ戻り、皿を外し、カップのなかの湿った土を大きな紙に空け、薄く広げて、テーブルの片隅でコーヒーを飲みながら、土の乾くのを待った。

あの嵐のあと、晃子はただ黙って、湿った土がいっぱいに詰まったカップに蓋をもう一度しっかりと結び付け、それをもとの場所に戻し、印の石を置いた。

あれからまた長い年月が経ち、直行も今、この世の生を享けずして逝った幼いものの骨片がカップの中の黒い土にそのまま見つかるとは思っていなかった。ただ、あの緩和ケア病棟の一室で、自分もあまりに早い死の予告を受けた身でありながら、逝った子に寄り添う樹となるべきハナミズキが若木のうちに折れた日を生の悲しみの頂点として挙げた妻のために——生を享けずに逝った子とその若い母のために、せめて何ほどかのことはしたいと——老いた直行はいつしか、そう願うようになっていた。

ガラス越しに届く秋の日差しに、湿った土も大分乾いた。直行はそれを軽いプラスチックの匙でそっと薄く広げた。細かい土の粒の間には時折、木の根の細いヒゲや腐った木の葉の筋が混じっていた。

直行は手を止めた。乾いた土の間に、何か白っぽい破片のようなものが見えた——そういう気がしたのだった。匙で土をそっと分けると、確かに、いくつか似たものが混じっていた。

その大抵は丸い粒ではなく、少し薄かったり、少し大きかったり、角が見えたり、不揃いであって、匙で潰せばみな同じような粒になり粉になる土とは、違って見えた。

直行は薄く小さいプラスチック匙でそれをそっと脇へよけ、集めていった。

小さなカップに重く湿って詰まっていた黒い土は、乾いて白っぽい土になって紙の上に広がると、もうさほどの量ではなかった。それをみな調べ終わったとき、直行の親指の頭ほどの量のものが、脇で小さな山になっていた。

直行は手を休めた。

自分の集めたものがすべて生まれずして逝った幼子の骨片だと、直行がそのまま信じた訳ではなかった。だが、逝った妻のために逝った子の骨片を求める自分の思いの中で、それが見出され、集められた以上、それは既にして、逝った子の骨片に違いなかった。

棚からプラスチックの封筒を手に取った直行は、そのなかの晃子の骨を砕いた白い粉を、稚穂のやや灰色を帯びた骨片の小さな山の隣に空けていった。白い粉の山は、灰色の山の凡そ二倍くらいの山になった。

直行は両者を薄く小さなプラスチックの匙でゆっくり混ぜた。それはすぐに見分けが付かなくなったが、それでも所々で色の違い、大きさの違い、形の違いが見えて、二種類の粉が混じっていることが分かった。

骨壺用の幼児カップは、改めて内側と外側とを柔らかい紙で拭き上げ、用意してあった。直行はそこへ母と未生で逝った子――その二人の混ぜられた、かぼそい骨片を、プラスチックの匙で少しずつ入れて行った。そして最後に、蓋に代わる小さな皿を太く強い化繊の紐でしっかりカップに固定した。

その作業を終えたとき、直行は思わず肩で大きく息をした。しかし自分をなお励まして、庭へ降りた。

庭には早い秋の夕暮れが、冷たい水のように広がり始めていた。直行はかつてハナミズキの若木が生えていた場所、晃子が目印に自分の拳の三倍ほどのささやかな石を置いたその小さな場所に、母と子の骨が寄り添い納められた、小さな仮の骨壺を、深く埋めた。

あの西の丘陵地帯の緩和ケア病棟の一室で予期された死期を迎えた晃子が、最後に「あのピンクのハナミズキの……」と言いさして、だが終わりまで言わず、途中でふっと息が止まった、そのときの願いを、これで果たした——。

そう直行は思った。

XV 誘う声

(a)

それは長い病いのあとの恢復期のようだった。もう健康なのだが、身体と気持ちがまだどこか心許ない。

伊豆の山行と〈やすらぎの海〉への航海、そして週末の庭での仕事を果たしたあと、直行は事務所での日常業務へ戻った。だが、いつもと同じようなことを同じようにこなしながらも、自分の気持ちがいつものようには日々の仕事に寄り添っていないことを否定できなかった。

夜、自宅に戻って食事をしていても、どこかにまだ旅のよそよそしさが残っていて、ほんとうには寛がず、いっそ外食で済ませて帰ることも多かった。

季節は秋から冬へ移って行った。

ある夜、寝る前に夕刊を開くと、訃報欄にむかし伊豆の山をふたりで歩き、ふたりで伊豆の海で遊んだ同級生の名前があった。県立高校の黒いスクール水着を着ていた彼女は、中央官庁の幹部官僚を目指し、国家公務員上級職試験の準備に専念するようになって、道は自ずと別れた。世に生まれたからには市井の人に終わらず、自らの思想信条を懸けて天下国家に関わりたいという、あの時代らしいその志がやがて満たされたのかどうか――それは訃報欄の短い記事では分からなかった。

事務所の仕事のほうは、所長の気分の浮き沈みに関係なく順調だった。海辺の国やその近辺の特産品の交易が主な業務で、もともと大した規模にならない穴場仕事なので、そこへ脇から参入してくる物好きはいないまま、いつも決まった取引先と同じような産物の、まずは安定した取引が続いていた。

その日もミスタ・ディンガから仕事の連絡の電話が入ったが、半ばは世間話のようなもので、当地の政治的事情もここ数年で変わって、もう後戻りということもなさそうだと、すべて政治的なことにはひどく慎重な彼らしからぬ感想もあった。

しかもそこには更に、この何十年間、彼が決して口にしなかった一言が添えられて、直行を驚かせた。

……どうです、ミスタ・カミ。この辺で、もう一度、と言うか、まあ今のうちに、と言うか、昔なじみの国を見にきませんか。このごろ私も、自分がずいぶん歳を取ったのに気づいて、びっくりするのですよ。

ミスタ・ディンガは更に、以前の入国禁止命令も先日すべて一括廃棄されて、短期訪問ヴィザなら誰にでも出るようになった、と付け加えた。


夕方、早々に仕事を切り上げた直行は、いつか若い秘書が推薦していた〈ナカノ食堂〉の片隅に席を取り、〈昭和洋食〉を注文して、ビールを飲んだ。

……もうすべてが四十年ほど前のことだ。仮に事件の影がまだ残っていたにしても、慎重なミスタ・ディンガのことだから、裏ですべてを確かめ、もし必要ならそれなりの始末もした上で誘ったのだろう。

ビールの軽い酔いに身を任せる彼の中で、郷愁めいた感情がゆるやかに揺れた。

何も分からぬまま放り出されるように戻ってきた日本は、わずか数年が過ぎた間に、もう彼が迷い出た日本ではなかった。敗戦直後の貧窮や混乱、あるいは昭和初期の影絵のようなモダンの残照――そのすべてを早くも無造作に振り捨てて、日本は雑駁で下品で活気に満ちた高度成長期へ入っていた。そして時代の安手で手軽な華麗さの中で、直行も遠い国で自分の受けた痛手はなし崩しに忘れて行き、やがてその片隅に小さな家庭を持った。

そして四十年を越す歳月が過ぎ、遠い国での遠い日々は、すべてが物語めいたものになって行った。

そうか、あれからもう人生が一つ入るのに充分な時間が過ぎた訳だ……。

郷愁を売る食堂の片隅で〈昭和洋食〉を前にして、一人、軽いビールの酔いに身を任せていると、過ぎてきた人生はみな半ば透明な記憶になり、その向こうにあの遠い海辺の国、その丘の中腹の住まい、あどけない聖マリアの祠、その前の広場で遊ぶ幼い子どもたちの声などが見え、聞こえてきた。

古い知人のミスタ・ディンガの穏やかな声の響きがビールを飲む直行の耳にまた聞こえ、自分の人生の過ぎ去った部分、もう訪れることはないだろうと思っていたあの古い馴染みの土地の風景、そこでのさまざまな情景が、俄にまた現実となって立ち戻ってきた。

……なるほど、そうか。〈じゃあ行くよ〉とひと言、自分が書きさえすれば、いや、電話で言いさえすれば、それでもう、あとはすべてが自動的に進行して、気がつけば、あの高翼双発の中型旅客艇に乗った俺は、海辺の国の小さな静かな湾に水しぶきを上げて着水して、さざ波の光る海面をフェリーで空港ビルへ運ばれている——。

それで、グレはいま、どこで、どうしているのだろう？

とつぜん、今まで気づかないことにしていた疑問が心に浮かんだ。

いや、それは行けば分かる。直行は呟いた。賢明なミスタ・ディンガがそれに触れないのは、消息を知らないのか、あるいは、触れないほうがいいと判断したのだ。

まあ、何も急ぐことはない。いい知らせであれ悪い情報であれ、それを知れば俺の人生もある決着点に辿りつくという訳だ……。

あれ、所長もここでお食事ですか。

声を掛けられ、見ると、この店を直行に教えてくれた女性秘書がテーブルの横に立っていた。脇には、なかなかお似合いに見える青年が立っていて、彼女にしては珍しく、そこで直行と出会ってちょっと戸惑っているような感じが見えた。

――いや、〈昭和洋食〉を食べて、もう帰るところだよ。私の育った昭和の食事よりかなり上等だったな。

直行が伝票を持って立ち上がると、脇の青年が軽い笑みを浮かべ、礼儀正しく会釈した。

急に冷えた空気のなか、背広の襟を立てて家に帰り着くと、ヴァルレ&ヒコ連名の動画付きメールが待っていた。

「ほら、ほら、見て！　もうニカは駆け出したんだぞ！　早く来ないとナオ・ジジなんかには捕まらないから！　ニカヒト。――という訳で、家族三人、ご訪問を心から待ち望んでいます！　ヴァルレ。――孫が学校へ行く前には来てくれるのだろうね。こっちはそろそろ秋の終わり。今が最高の季節！　ヒコ」

訪ねよう、訪ねようと思いながら、あれこれ、もたついているうちに、ニカヒトはもう直ぐ二歳になる。熱帯風の樹々の見える広場を孫が元気よく駆け回る動画を、直行は飽きることなく再生した。

……やはり、まずはヒコたちの住む大学町だな。そこでニカヒトと駆けっこをして、それから大西洋の端を掠め、小一時間で海辺の国へ行く。地図で見れば隣みたいなものだ。そうすれば、あの海辺の国で始まった俺の人生は、よかれ悪しかれそこで生涯の答えを聞くことになる。

もっとも出掛ける前には、あと一つ、この国で手早く片づけておかなければならないことがまだあるが……。

(b)

次の土曜日、シャワーを浴びブランチを済ませたところに、予定通り玄関のブザーが鳴って、事務所の若い女性秘書が姿を見せた。

「……伊豆からお帰りになった後、少しお疲れのようでしたが。船に乗られる前に山を歩かれたんでしょう？」

「おや、流石ご明察だね」

言われて秘書は照れた。「いえ、ご日程やなんかから、母と話していて、そんなことかな、なんて考えて……。これ、母からのご挨拶、いえ、奥さまの海洋葬へのご献花です。ずいぶん遅ればせですが」秘書は持ってきた小振りな花束を差し出した。

「どうも有り難う」直行はそれを、棚の小さな磁器の壺の前に置いた。「季節がよくて、山も海も気持ちよかった。……まあ、座って下さい。今日は遠くまで来てもらって、申し訳ない。事務所で話すのとは、ちょっと違った話だから」

「はい」リビング・キッチンに座った秘書の答えは急に緊張して、短くなった。

「母上はお元気ですか？」直行は本題へ入る前に聞いた。

「はい、元気でやってます。……旅行はもう飽きたとか言って、押入れの片付けや古い書類の整理をしています」

「あの人らしいね。……ところで」直行は今度はいきなり今日の本題へ入った。「私はそろそろ引退したいと思っていてね。もうそういう歳だ。で、そのあとの交易事務所を貴女に引き受けてもらいたい。唐突だけど、それが今日の話です」

「はい」秘書は短く答えたが、それ以上は何も言わない。

「どうですか。貴女はその気になれば今の事務所をやがては倍にも、三倍にもできる人だと、私は思っています。でも、いますぐ貴女ひとりで、とは言わない。暫くは」と直行は言葉を続けた。「事務所の仕事を知り抜いておられるお母上を共同パートナーにして、二人で引き受けて欲しい。幸いお母上も元気で、暇を持て余しておいでのようだ。まあ、もともと旅行なんかで満足できる人ではないから」

「はい」

「しかし、実際に身体を動かして仕事をするのは主に貴女になる」

「はい」

「で、まず貴女に話しました」

「はい」

「引き受けてくれますね？」

相手は暫く黙っていた。

「……あの」と、急に相手が言った。「ひとつだけ、聞いていいですか？」

「一つでも二つでも、納得が行くまで、いくつでも」

「いえ、一つです」

「どうぞ」

「所長と母とは、どういう関係なのですか？」

思わぬ質問に、直行は一瞬たじろいだ。

「関係？」

「はい」

いつもは外向的な笑顔を絶やさぬ若い秘書が、緊張した、神経質な表情に変わって、こちらを見つめている。直行は、とっさの対応に迷い、思わず答えをずらした。

「私は長年、秘書として、いや事実上の支配人として勤めて下さった母上に、能力の点でも誠実さの点でも、いつも留保なしの信頼を置いてきて、裏切られたことがない――母上との関係は、と聞かれれば、そういうことです」

「それは分かっています。あの人はそういう人です。家族としては時に鬱陶しくなりますが、仕事上のパートナーなら理想的です」

「では、そういう母上と共同ということで、事務所を引き受けてくれますね……」

「所長は狡い！」秘書は日頃の明るさ、礼儀ただしさ、慎重さを振り捨てて、小さく叫んだ。「お聞きしたのが別のことだと、よくお分かりの癖に！」

「いや、母上との関係はと聞かれれば、いま言った通りです。でも、もっと知りたいことがあったら、遠慮なく聞いて下さい、何でも」

「では、お聞きします。――お聞きしたのは、充分お分かりだと思いますが、所長と母との男女の関係です。それがあったのか、なかったのか――」秘書は辛うじて冷静に戻って、重ねて尋ねてきた。

「そういう質問かな、とも思いはしたけどね」直行は相手をなだめるように言った。「こちらが先走って、勝手にそうだと思い込んで答えて、もしそれが的外れだったら、これは母と娘の双方に申し訳ないことになる……」

「で、母とはどういう……」

いつになく単刀直入だな。何故だろう。いや、今日の主題をしくじってはならないと、直行は気を引き締め、穏やかに慎重に反問した。

「なぜ、今、仕事の話で、そういうことが問題になるのか――私にはそこがよく分からないから」

秘書は一瞬たじろいだが、立ち直って反撃した。

「まず、こちらの問いに答えて下さい。それが先です。なぜ聞いたかは、あとで申します」

「なるほど。……では、答えましょう」

聞く秘書の表情が緊張した。直行はそのとき、ほとんど自動的に「何もなかった」と答えようとした。それはこうした場面での、いわば常識、あるいは礼儀であるし、しかもそれは決して嘘ではなかった。

だが、じっと黙って答えを待っている秘書を見たとき、直行はこの若い、怜悧な、だが最近、時として表情に年齢の影が掠めるようになった女には、ほんとうのことを、そのまま言いたい誘惑に駆られた。

が、直行は危うく立ち止まり、改めて慎重に言葉を選び、言った。

「母上とは一度だけ、そういうことがありかけた。だが、そういうことにはならなかった。それがすべてです」

「そうですか」秘書の強ばっていた肩が、少しゆるんだ。

暫くして、若い秘書は自分のなかの何かを押し切るようにして、たずねた。

「どちらから？」

「男である私から。そして、母上に断られた。……それがすべてです」

「有り難うございました」

秘書は深く頭を下げた。

暫く待って、直行は言った。

「で、そちらの答えも、聞かせて頂けますか」

「え？」

「なぜ私と母上とのことが、今度の事務所継承の案件と？」

「はい、それは……。申し訳ありません。今は、やはり言えません。ほんとうに申し訳ありません」

いつもは気の強い秘書が、深く頭を下げた。

何なのだろう、と直行は思った。母親と娘の間に、何があったのか、あるのか？

だが、判らぬ問題に好奇心で深入りして、肝心の今日の主題を逃してはならない。

直行は言った。

「分かりました。では、それはもう棚上げにします。以後も、決して触れません。それを前提にして、改めて伺いますが、事務所の将来を引き受けて頂けますね？」

秘書は暫く黙っていたが、それは迷っているというより、事柄をもう一度、細部まで、心のなかでしっかりと再確認しているように見えた。

秘書はやがてゆっくりと答えた。

「はい。もし私にできると、所長が思って下さるのなら」

「暫くは母上と共同で、という、そこのところも、よろしいですね」

「はい。そうでなければ、お引受けする勇気はありません」

「ありがとう」

直行は大きく息をついて立ち上がり、冷蔵庫から薄く透明な赤ワインを出してグラスに注いだ。

「はい」漸く少しゆとりを回復した秘書も、グラスを手に、立ち上がった。

「引き受けてくれて、ありがとう」

「………」

秘書は無言で深く頭を下げた。直行はグラスを上げ、秘書は無言のままそれに合わせた。

「……それで、母上のことなのだけどね」ソファに席を移し、直行は改めて言った。

「私としては長年の感謝も兼ねて、母上にもぜひ私の口から、直接にお願いしたいと思っていますが、でも、これから貴女が帰れば、今日は何の話だったのか、きっと聞かれるだろうね」

「はい、聞かれると思います」秘書は答え、考えながらその先を言った。「でも、所長は母に直接に話したいご意向だと——母にはただ、それだけ、言うことにしようかと……。ただ、差し出がましいことを申しますが」と秘書は言葉を続けた。「もし所長にそのお気持ちがおありでしたら、事務所の近くででも、母に簡単に一席設けてやって頂けないでしょうか。店は私が探します。そこで所長が昔話でもなさりながらゆっくり話をしてやって下されば、母はそれを一生忘れないと思います」

「わかりました。是非そうしましょう」

直行は即座に答えた。それは秘書あるいは娘としては、やや行き届き過ぎの感もある提案だったが、しかしまた、それ以上に状況にふさわしい手順はなかった。

「ほんの一案ですが」と、所長の賛同に頭を下げて感謝しながら、秘書は秘書としての本来的業務へ戻ってもう一言つけ加えた。「ご存じの〈ナカノ食堂〉の二階には少人数用の〈掘炬燵の間〉というのがあって、季節的にもそろそろ、といったところかも知れません」

「みな任せるから、よろしく頼みます」と応えながら、直行はふと心が揺れて、「で、その席の人数は何人にしよう？」と余計な一言をつけ加えた。

「邪魔者は消えろ、ですよ」

秘書はようやくいつもの歯切れよさに戻って、笑った。

(c)

事務所の世代交代は、信頼する旧知の専門家にその具体策を任せて順調に進み、冬を越して新年度が見えてきた頃には、元女性秘書を所長とし、形式は株式会社になった新交易事務所が、同じ古ビル内で新しく借り換えた部屋をオフィスにして誕生した。

若手秘書のほうは、そこでは若き所長代行という立場となり、新所長の下、日々の仕事を執行する。考えてみれば彼女は、直行がむかし帰国してこの仕事を始めた時より、もう年上なのだった。

他方、直行は〈名誉顧問〉とかいう気恥ずかしい肩書に加えて、新事務所の気持ちのいい窓際に衝立で遮られた一角を得て、仕事としては所長代行が仕切る月一の戦略会議に臨席し、それに加えて毎月曜午前、これも所長代行主宰の短く手っとり早いスタンディング・ミーティング〈現況情報交換〉に顔だけ出せばいい身分になって、そろそろ、ヴァルレ&ヒコ夫妻のところへ孫のブツカ・ニカヒト・カミに会いに行くための準備に本気かつ具体的に取りかかれる態勢になった。

ある午後、たまたま事務所で他のスタッフは全員外出して、元若手秘書＝現事務所長代行と直行が二人だけになることがあった。

「今更ですが」急に閑散とした事務所で元若手秘書は、どこか懐かしげな口調で言った。

「継承のことでは、あれこれ勝手なことを言って申し訳ありませんでした」

「いや、いいさ」直行は言った。「こうして、すべてを無事、次世代へ引き渡せたのだから」

「実はあの頃……」と元若手秘書は言いかけて、珍しく言い淀んだ。「年甲斐もなく、ちょっと動揺してましたして」

「貴女から年甲斐もなくなんて言葉を聞くと、こっちが少しぎくっとするね」直行は笑った。「しかも、あなたが動揺とは、聞いても、そうそう信じられない」

「いえ、そのせいで、あんな失礼な質問を」

「あれは、もういいさ。理由は聞かない約束だ」

「ええ。でも、所長に聞いて頂きたい気もして」

「うっかり言うと、あとで後悔するよ」

「そうですね。そうかも知れない……。甘えですね。では、別のことにしますけど、所長は」と、元若手秘書は旧い肩書で直行に言った。「いつか〈ナカノ食堂〉で、連れと一緒の私にお会いになったことを覚えてお出でですか？」

「覚えているよ。なかなか印象的な人だったからね」

「ええ、できる人でした。お会いした日は、彼の外国赴任に一緒に行くかどうか、答えを言う日で……。行ったって、よかったんでしょうけど」

「でも、断った？」

「まあ。で、それでよかったのかどうか、あとで迷ったりして……。母は一人で仕事をしてきた人だけど、その強さを自分が持っているのかどうか……」

「でもね、私は母上のお役には立てなかったけど、母上は一人じゃなかったのかもね」

「所長じゃない別の人が？　そんなこと……」

「いや、子どもがいたろ、いつも一人で生きている気になっている強気の女の子が。母上にはつまらぬ男なんかより、ずっと存在感があって、孤独になる閑など、なかったのかも知れない」

「……それは考えませんでした」元若手秘書は、真面目な声で短く答えた。

その日、二人は淡い春雨の中を近くの地下鉄の駅まで歩いた。そしてそこで別れようとしたとき、元若手秘書がためらうように立ち止まって、言った。

「……ちなみにですが、事務所への転社は母が私に強く勧めてくれたんです。所長もお会いになったあの人――彼と一緒になるのなら止めはしない。彼の人生を自分の人生にして、海外へも自分の仕事を止めて付いて行くのを悪いとは言わない。でも――と母は言いました――もしその気がないのなら、いくら大会社でも、いまいるところにあなたの未来はない。私が辞めるから、そのあとに来なさい。あの所長のところなら、あとはあなたの力次第だ。母にそう言われたんです……」

「そして例の〈直観〉が来たんだろ」直行は軽く口を挿んだ。「あの、すべてを決定する……」

「ええ。今回も結局は〈直観〉の勝ちでした」若き所長代行は笑って答え、付け加えた。

「〈迷い〉って奴も、結構しぶといって分かりましたけど」

「人生の幅が広がったかな？」直行は軽くからかった。

「はい、そう思いますね。悔しいけど」

「あのう、照れくさいですが、こうやってお話することも、もう余りないと思いますので、一度だけ言わせて下さい。二度は言いません」地下鉄の駅で最後に別れるとき、所長代行は急に若若しい昔の調子に戻って言った。

「今回の所長の気まぐれには、心から感謝しています。私の能力を過大評価して下さり、ほんとうに有り難うございました。但し、将来、私がへまをして事務所を潰しても、恨まないで下さい。以上。終わり」

(d)

その雨の夜、直行は夕食をどうするか少し迷ったが、結局、自宅最寄りの駅ビルで三割引きの〈特製惣菜・組み合わせ〉を買ってタクシーで帰り、久しぶりにひとり冷酒を飲んだ。

実は直行も元若手秘書に、本当のことを、すべてそのまま言った訳ではなかった。

あのとき、と言うべきなのだろうか？　娘の父親との間に長い確執と愛憎の続いていた先代の女性秘書、現所長は、娘の中学進学を前にして、すべてを最終的に整理する決心をし、一夜、そのいきさつを彼に打ち明けた。そして、その決心を実現するための個人的な相談、助言を——事務所勤めの長い年月にあってただ一度だけ——彼に求めたのだった。

その話を聞いたその一晩の記憶、真面目で手堅い生を送ってきた彼女の語った長い経緯《いきさつ》、そしてそれを語る真摯な姿は、それもまた人間の生の一局面として、あの湯之村歯科医師の通夜の晩の湊子の姿とともに、彼の心から生涯、消えないものとなった。

若手秘書に問い詰められて、ふと心に浮かぶままに言った架空の答えは、その意味で必ずしも嘘ではなかった。ことによったら、それは直行にとって、内心のひそかな願望であったかも知れない。その晩、話が終わったあと、小料理屋の小さな玄関で靴を履こうとした時、少しよろめいた女性秘書の肩が彼の腕に触れた。その感触を彼は今でも覚えている。

だがすべては、生に隠れ潜む無限の可能性であるままに残された。

XVI　再会の時（上）

(a)

事務所運営の新体制の定着を確認して、遠い国への旅に出るための手筈はすべて終わった。

アメリカ南端の小さな大学町では、ヴァルレ&ヒコ夫妻が孫のブツカ・ニカヒト・カミの成長を祖父のナオに見せる日のくることをもう待ち切れないでいたし、南米大陸の北端に近い海辺の小国では古い同僚の老ミスタ・ディンガが、痛い脚を引きずりながら若い日の記憶を共有する老ナオとの再会を楽しみにしていて、その両方から、いったい何時になったら来るのだという催促メールが繰り返し届いていていた。

もうこれ以上、出発を延ばす理由は何もなかった。

五月の前半にまずアメリカの大学町を訪ね、そこに暫く滞在して、そのあと赤道に近い海辺の小国に移る——。直行はそう計画を立て、双方に知らせた。いざ行くとなれば孫の顔を早く見たくもあるし、また海辺の小国へ行くには、いずれアメリカのどこかでの乗り継ぎになるので、その順番のほうが都合がよいということもあった。

だが、ヴァルレ&ヒコからすぐに、申し訳ないが、という返事があった。ちょうどその時期に自分たちの研究室が世話する国際的研究集会があるので、折角来て頂いても、ひさしぶりの再会をゆっくり楽しむ時間がほとんど取れない。できれば、いや、是非のお願いだが、海辺の小国での旧友訪問を先にして、そのあとこちらで初孫にゆっくり初見参ということにして頂けないだろうか——。

また、訪問を心から歓迎するというミスタ・ディンガからの返事を追いかけるように、息子のミスタ・ディンドルからの短い追信も来て、当方やや事情あって、もし当地訪問を先に、ということにして頂ければ、息子として深く感謝する、とも記されていた。

話はある意味、簡単だった。双方の都合がそうであってみれば、訪問の順番を逆にさえすれば、ミスタ・ディンドルからの追信の内容は気になるにせよ、差し当たりは万事解決となる。

そして直行も早速その線で双方に予定変更の返事を書いた。だがそれを書きながら直行は、実は初めに決めた順番が、自分にとって単に技術的便宜的なものではなかったことを悟らない訳には行かなかった。

一口に言えば、彼の心にはあの海辺の小国の土を四十数年ぶりに踏むことへの不安が深く巣くっていて、それを一寸延ばしにしたがっているのだった。

ミスタ・ディンガが来いという以上、実際的な危険を恐れる必要はない。彼が恐れていたのは、自分がその海辺の小さな国で、かつての若かった自分の影に出くわすことだった。

その影は数十年ののちの今もなお、あの国の中心街や裏通り、またあの丘の上の町を徘徊しているかも知れない。

まずヒコたちを訪ね、しばらく彼らの町で過ごそうという当初の計画は、異国に彷徨う若き自分と出会うための心の準備を、その間の数十年を暮らし馴染んだ日本ではない、いわば緩衝地帯となるだろうアメリカの小さな大学町でしておきたいということだった。

一年前、二年前にも、是非と思えば実行できたはずの今度の旅をさした意味なく引き延ばしてきたほんとうの理由も、実はその恐れにあった。そのことを彼は今にして、やっと悟った。

(b)

旅立ちの日がきた。アメリカ西海岸行きの出発は夜なので、午後早くに空港へ向かうのはいかにも早過ぎたが、しかし必要な準備はみな昨日までに済ませてあったので、出掛ける前にすることはもう何もない。にもかかわらず自宅で出掛けるまでの時間を過ごすのは、何か奇妙に中途半端だった。

その中途半端さは、仕事を事実上引退して一人暮らしの老人の、人生の現況とよく似ていた。

直行はいっそ、まだひときわ早過ぎるくらいの時間に自宅を出ることにした。時間が余れば、国際便の再開は最近、何十年ぶりかだという空港の、いまの様子でも見物していればいい。どうせ何処で何をしていても、人生から中途半端な時間を完全に排除することはできない。いや、中途半端な時間の中で思いがけず、時としては不本意に出会うことこそが、人間の生の核心なのかも知れない――。

引退した老人はそう思った。

＊　＊　＊

新しく改装された空港ビルは光に輝いていた。到着フロアーと出発フロアーを中心に、全体では何階になるのだろうか。両者の間に位置する、全面ガラスの窓の向こうに広々とした空港の全景が見渡せる中央フロアーには有名レストランの数々がゆったりと並び、内側通路のあちこちに高級喫茶店やコーヒースタンドも配置され、そこここに各種の豪華本や美しいカラー雑誌、また話題の文庫本なども置かれていて、搭乗までの暫くの時間を読書や瞑想、写真や絵画の鑑賞に過ごすよう、ひとびとを誘っていた。

また別の階、別のコーナーに行けば、装飾品、服飾品、さまざまな土産物の数々に飾られた美しい店々が、それ自体が新しい空港ビルの装飾であるかのように明るく輝いてもいた。

空港ビルが飛行機の発着、そして乗客の出発と到着のための機能に特化していた、あの合理化と能率の時代は、とっくに終わっていた。

直行は見物がてら漫然と歩くうちに、華やかなレストラン・フロアーの中央に伸びる南北通路を、その南端にまで来ていた。先を遮る突き当たりのガラス壁には、大きく非常口と表示されたガラス・ドアがあって、その表示の脇に〈屋上〉とも記されている。見ると、そこには広い空間がただ無愛想に広がるばかりだったが、それでもあちこちに空港見物の人々の姿が見えた。美しく飾られた空港ビルの見物に飽きていた直行も、誘われるように屋上へ出た。


巨大な空港ビルの南端にある広い屋上の、人けのない一角に立った直行は、間もなく自分が海を越えて飛び立つだろう東の方向を見渡した。そこには遙かに遠く、ほとんど海際に滑走路が二本、南北に走っているのが見え、更にその先、滑走路と海との間には何か倉庫のような建物が小さく散在していた。視線を戻して足元に目を移すと、大きなブリッジから搭乗口が星形に配置され、間を各種作業車が走りまわっている。その先で幾つかに分岐して行く誘導路では形も塗装もさまざまな飛行機が生命《いのち》あるものであるかのように、時に緩やかに動き、時に停止し、やがてまたゆるゆると動き始めた。

ぬるく淀む昼の大気にすべてが霞む中に空港はただ茫漠と広がり、それを越えた更に彼方に遠く小さく、初夏の午後の海が光っていた。

やがて薄く曇った空の左手から大型の旅客機が低く近づいてきて着地し、暫く滑走路をそのまま滑走して行ったが、そのエンジン音さえもが空港の広大な空間を越えると、聞き逃してしまうほどの遠いかすかな音になっていた。

いま目の前にひろがるこの巨大な空港が、四十年以上前、直行が初めて目にし、初めて利用したあの空港と同じ空港だとは信じられなかった。あのときも彼は今日と同じく南米大陸の大西洋岸、その北端に近い海辺の小国へ行くために、今日と同じこの空港から今日と同じ乗り継ぎ地、アメリカ西海岸を目指す四発旅客機に――但し途中の島へ一度、給油に降りる四発旅客機に――特別の不安もなく、感激も期待もなく、ただ運命の指示するままに乗り込んだのだった。

四十年以上前のそのとき、若い彼が国際線待合室の地上出口から他の乗客たちと一緒に飛行場の暗い敷地に出ると、そこには見たこともない巨大な飛行機が既に横腹の扉を開き、そこに地上から昇るための移動式階段を取り付けて、乗客の搭乗を待っていた。

夜で、水銀灯に照らし出された移動階段ばかりが闇の中に眩しく浮かび上がっていた。遙か遠い異国の土地へ向けて旅立つ乗客たちは、地面から移動階段を昇る途中でみなそれぞれに立ち止まり、国際線待合室の暗い屋上に集まっている大勢の見送り人たちへ向けて手を振った。階段を昇る人々の列は暫く渋滞したが、誰もそれに不満を示すことなく、誰もが自分もまた立ち止まって、暗い屋上へ向かって何度でも手を振るのだった。

待合室の屋上には暗い街灯のような光があるだけで、自分を送る誰彼がどこにいるのか、ほとんど見えなかったが、それでもみな暗い屋上へ向かって手を振り続けていた。

老いた今日と同じように、そのときも見送り人のない若者だった直行は、辺りを圧するエンジン起動の騒音のなか、移動階段の途中で他の乗客たちに挟まれて立ち止まり、屋上の見送り人たちの暗い群れがいま旅立って行く縁故の人々へ向けて無事と奮闘を祈る言葉を叫び続け、手を振り続ける様子を眺め、やがてその上に広がる暗い星空を眺めた——。

*　*　*

あれから四十数年が経っていた。

気がつくと、朝から明るかった初夏の空に雲が広がって、あたりが急に暗くなっていた。さっきまでは連れ立って空港の風景を楽しんでいた人々も今はわずかに二、三組を残すばかりになっていて、その残された人たちもそろそろ引き上げる様子に見えた。

「あっ、降り出した！」と叫んで駆け出す子どもの声が聞こえ、直行の足元に大粒の雨が落ち始めた。

広い屋上の向こうの端にはさっき自分が出てきたガラスの壁が見え、そこへの途中に、何のためにあるものなのか、ぽつんと建つ小さな仮小屋があって、その庇の下に雨を逃れて避難している人影も見えた。

雨の勢いは増し、さっき出てきた向こうのガラス壁まで一気に駆け通せるだけの自信がない直行は、まずその仮小屋を目標に駆け出し、息を切らせながらその庇の下へ小走りに駆け込んだ。そして、濡れた頭や肩を拭きながら、男女二人連れの先客に軽く会釈した。

だが、二人のどちらもそれに応えなかった。

いや、おそらく二人は、直行が駆け込んだことに気付いていなかった。雨が降り出したことにも気付かなかったのかも知れない。

三十を過ぎる頃かと見える大柄な女は大きく見開いた美しい目に涙を浮かべて立ち、その前に立った男は優しく微笑みながら手を伸ばして、その涙がこぼれ落ちないように指で拭っていた。女が男の指を握って自分の胸元に強く引き寄せると、男の身体が揺れて、その横顔がこちらに見えた。

その瞬間、驚愕が直行の心を走った。男は直行とさして違わぬ年格好に見えた。が、それだけではなく、男が自分にひどく似て見えた。いや、ほとんど自分自身に見えたのだった。

それは一瞬の錯覚だった。似たような仕事を同じような環境でしてきたのだろう、雰囲気は確かに似ていたが、改めて見直せば背も直行よりやや低く、肩がなだらかに流れて、さっきの錯覚がもう信じられなかった。

ふたりは年齢のひどく離れた男と女とも見えたが、しかしまた、何か事情を抱える父親と娘とも見えた。いずれにせよ、女の目の真剣さと男の表情の穏やかさは、何か浮いた色恋沙汰とは違う関係を思わせた。

直行は互いに見つめ合う二人の邪魔をせぬよう、仮小屋の庇をそっと離れ、勢いを増した雨の中を小走りに駆け抜けて、ガラス・ドアから空港ビルの中へ入った。

雨から逃れて一息ついたとき、直行は自分の鼓動が俄に早くなっていて、すぐには元へ戻らないでいるのに気づいた。いや、別に身体的異常というほどのことではない――と直行は自分に言って聞かせた。これくらいは体調によって、時折あることだった。

掃除道具と書いた脇の木箱に腰を掛け、大きくゆっくりと息をしていると、鼓動は次第に平常へ戻って行った。

そとでは、激しいが断続的だった雨の音が、本格的に降り続ける気配に変わっていた。直行はふと気になって、ガラス越しに、仮小屋の庇の下で向かい合っていた二人のほうを見てみた。だが、そこに二人の姿はもう見えなかった。

この雨だから、あの二人も流石にそれを避けて、空港ビルの建物の中へ入ったのだろう――。

直行はとっさにそう考えて、次の瞬間、その考えの可笑しさに気づいた。

空港ビルから屋上へ出るには、ここのガラス・ドアを通るしかない。とすれば、屋上から建物の中へ入るにも、ここのガラス・ドアを通るしかない。

それでは自分は掃除道具箱に腰を掛けたまま、暫くの間なぜか放心していて、空港ビルへ駆け込み、自分の目の前を通って行った二人に気付かなかったのだろうか。

いくら息を切らせていたと言っても、そんなことがあり得るだろうか。あの二人はどこへ消えたのだろうか？　いや、あの二人はほんとうにいたのか？　そもそも、あんな場所に仮小屋などが、ほんとうにあったのか？

出発時間が近づいていた。直行は仮小屋の存在をもう一度確かめようと思いながら、時間に気持ちを急かされ、つい振り向くことなく出発フロアーに戻った。そして出国手続きを始めながらそれに気づき、何か割り切れぬ感じが気持ちに残った。

(c)

アメリカ西海岸で乗り継いだ飛行機は、幾つかの都市に立ち寄りつつ、メキシコ湾を掠め、カリブ海を越えて、次第に南米大陸へ近づいて行った。

航空事情は昔とすっかり変わっていた。数十年前、ほとんど平地を持たぬ海辺の小国へ行くには、カリブ海のどこかで旅客用の中型飛行艇へ乗り換えて、その小国の首都の明るく静かな内海にある、小さな海上空港を目指さなければならなかった。だが今は隣国の飛行場から海辺の小国まで、険しい断崖をくねり辿る自動車道路が開通したので、訪れる人のほとんどがまずそちらの飛行場に降り、そこから直通の専用バスで海辺の小国へ向かった。

入国手続きもバスに同乗する出入国管理官相手に、バス車内で済ますのが普通になっていた。

夜更け、隣国の飛行場に着いた直行も、エンジンの音をひときわ上げて険しい山の夜道を辿って行くバスの中で手続きを済ませた。制服姿の若い女性管理官はヴァルレ、そしてグレとも同じような、浅い茶褐色の肌と濃い色の目を持っていた。直行は英語で手続きを済ませたあと、その肌と目の色の懐かしさに思わずもうひと言ふた言しゃべりたくなって、ふと思いついたことを聞いてみた。

「もう今は、海上空港は使ってないのですか？」

聞かれた管理官は驚いて、目を見張って訊ねた。

「えっ、いったい何で？」

直行はその質問の意味がよく分からず、つけ足した。「いや、むかし、夏の夕方など、知り合いと一緒にいつも海上空港へ散歩に行ったりしたものだから……」

「住んでいたのですか？」

「ええ、四年ほど」

思わずそう答えながら直行は、拙かった、と思った。状況は変わったらしいとは言え、一度はこの国から国外退去を命じられた身だった。

だが、直行の答えに、若い女性管理官は微笑んだ。

「ああ、だからですね。アジアの人が世界でここでしか使ってない言葉を話すから、ほんとうにびっくりしました」

言われて直行もはじめて気付いた。入国手続きは英語で済ませながら、雑談に入った途端、無意識で土地の言葉の古いイタリア語系方言になっていた。

直行の問いに答える女性管理官も、自然に土地の言葉になった。

「……いえ、いえ、廃止になど、なっていません。貴方が若い頃お友達と夕方の散歩を楽しんだ時と同じように、今でももちろん大活躍ですよ。但し観光用ですけど」

若い女性管理官は、祖父のようなアジア人相手に嬉しそうに言って、更に付け加えた。

「夕方、水しぶきを上げて着水したり離水したりする飛行艇を見ながら、彼と岸壁を散歩するのは、ジュニア・カレッジ女子の最高の憧れなんですよ。ちなみに私も、そのジュニア・カレッジの出身ですけど。最近はアメリカからのお客さんがふえていて、湾内観光用の航空艇がフロートから水滴を振り落としながら離水したり、わざと水しぶきを上げて着水したりすると、大喜びしてくれます。アメリカの人はお年寄りのカップルでも若くとも、いつもハグハグ、キスキス大好きだから、見てて、こっちが照れちゃいますけど」

女性管理官は喋りすぎた自分に気付いたのか、眼顔で笑って、仕事に戻った。

直行は久しぶりに聞くその古い方言の豊かな響きに心を揺さぶられ、そこに弾む生の喜びに引き込まれた。

自分もまたその言葉で日々暮らしていた数年があったのだ……。

遠く遠い、はるか昔の記憶が胸に震えた。

空港バスが直行をミスタ・ディンガが予約したホテルに送り届けてくれたときには、もう日付が替わっていた。長旅に疲れた直行は、チェックインを済ませたあと漸く風呂に入っただけで、そのままベッドでほとんど瞬間的に眠りに落ちた。

早朝、ホテルの部屋の窓の下の石畳の坂を喘ぎながら登って行くトラックの音に、直行は目を覚ました。朝の配達用ミルクを運んで行くのだろうか、それは確かに遠い昔、初めて泊まった外国のホテルの明け方のベッドで聞いた音なのだった。

部屋はまだ暗かった。何時間眠ったのだろう、時計を見るとホテルの朝食時間にはまだかなりあったが、短い時間を深く眠ったせいか、もう眠れそうになかった。

カーテンを細く引いて覗くと、そこは確かに何十年ぶりかに見る町だった。直行は手早く着替えて、一階に下りた。人影のない玄関脇では茶褐色の肌の初老の女が大きな掃除機を床にゆっくり掛けていて、混血らしいフロントの若い男は、それを眠そうにぼんやりと見ていたが、降りてきた客に気づくと慌てて姿勢を直し、明るく挨拶した。

直行は挨拶を返しながら、自分がいま、昔この町での最初の夜を過ごしたあのホテルと、同じホテルにいることに気付いた。

別に不思議ではなかった。むかし彼がそこで働き、今はミスタ・ディンガと息子のミスタ・ディンドルが引き受けているささやかな交易事務所には、場所的にも格から言っても、このホテルがちょうど似合いだった。

ほとんど半世紀前、直行がこの土地に来た最初の日に、不在のオキシンこと沖神介に代わって、グレティーナが彼をこのホテルへ案内してくれたのだった。

それがグレと初めて会った日だった。

直行はホテルの旧式の重いドアを押し、まだ薄暗い早朝の町へ出た。赤道に近い町は朝の薄い光にゆっくりと浸されて行き、昔とさして変わらぬ姿を現した。

見廻すと、辺りには長い年月の間に建て替えられたのだろう、まったく見覚えのない銀行の建物もあり、しかしまた時折立ち寄っていた食料品店が、最近に改修されたのだろうか、遠い記憶とは少しだけ違う姿で浮き上がってきた。

そして角を曲がり、狭い裏道へ入って行くと、小商いの店々が今もあの頃の姿のまま立ち並ぶ一角があった。

気が付くと、もう交易事務所の近くだった。昔とほとんど変わらぬ早朝の事務所は、まだ窓を閉め、暗く静まっている。事務所前の小さな広場から海を背にして、朝日を受ける山岳地帯のほうを見上げると、途中の丘陵に昔と変わらぬ小さな町や村、集落が点在しているのが見え、そこから降りる近道の坂の出口が事務所の向かいあたりにあって、ふと見ると、そこを半ば駆け降りるように過ぎて行く若いグレと自分の影が見えた。

その瞬間、間の数十年が消えた。

いま自分はいつものようにグレと手をつないで、この坂を駆け降りてきたのだ。そしてこれから事務所での、昨日と同じような一日が始まり、昨日と同じようにそれが過ぎる。そして夕方、グレと一緒に辺りで小さな買い物を済ませ、またこの坂道を、今度はふたり手を繋いでゆるゆる登り、丘の中腹の小さな聖マリアの祠の裏にあるうちへ帰る。

そして買ってきた材料で、二人で簡単な晩の食事を作り、小さなテーブルに向かい合って食べるだろう。

そして、やがてグレと同じように明るい茶褐色の肌と濃い褐色の眼を持つ子どもたちが生まれ、育ち、生い立ち、そうして数十年が過ぎて、老いた夫婦となった二人はいまも、近づく死の気配を感じつつ、初めて会ったあの午後と同じように仕合わせだろう……。

「お早うございます、ミスタ・カミ」

流暢で折り目正しい英語で声を掛けられ、直行は我に返った。

「昨夜はお出迎えに出向かず、失礼致しました。……朝のお散歩ですか」

ミスタ・ディンドルが事務所の鍵を開けながら、こちらを見ていた。

「いや、そちらこそ、こんなに早くから……」

「いやいや、世界に時差というものがないと、この仕事も楽なのですが」早い出勤に驚く彼に、ミスタ・ディンドルは笑った。「朝の仕事を済ませ、十時に父と一緒にホテルへ参ります。またその時に」

ミスタ・ディンガの勤勉な息子は、礼儀正しくそう言い残し、事務所へ消えた。

(d)

ミスタ・ディンガの古い友情と温かい歓待、そしてミスタ・ディンドルの老人への敬意と実際的な配慮に包まれて過ごしたそれからの凡そ三週間ほどの日々は、おおかたは穏やかに過ぎてきたと言うべき直行の人生の中でも、とりわけ心の和む日々だった。

海際に張られた布屋根の下を海風が明るく吹き抜けて行く半野外食堂で、観光用飛行艇が飛翔と着水を繰り返しているのを眺めながら、ミスタ・ディンガがむかし若い直行の入国直前に突発したオキシン脱出事件やその後の錯綜した成り行きなどを、半ば危機の時代の報告として、しかし半ばはもはや昔話として懐かしげに語るのに耳を傾けていると、東京で過ごしてきた自分の人生の上に、透明な絵の具でもう一つ、別の美しい絵が描かれて行くのを見るようだった。

情勢が大きく変わり、こうやって直接に話もできるようになった今、直行もミスタ・ディンガ相手に、あとになって知った若き過激派オキシンの華々しい経歴や珈琲店《異端門衆》で聞いたその従姉の思い出話、また今も、いわゆるその関係筋、消息筋に流れる真偽定かならぬ噂などを、みな気楽に話すことができた。世界を流れ歩くオキシンが若き日に愛人であったらしき従姉に〈貧乏、暇なしなだけさ〉と笑って言った話をして、ついでに〈貧乏、暇なし〉という日本の言い回しを説明すると、ミスタ・ディンガは、それはいかにも昔馴染みのミスタ・オキらしい話だと言って、大いに嬉しがった。

あの頃は世界中、政治の季節でしたから、中国の文化大革命とかパリのサンジェルマンでの騒ぎ――五月革命って言いましたっけ――そういう噂が伝わってくると、ここでもみな密かに囁き合い、心をときめかしたり、していましてね――。日も落ちた夕暮れの海岸でキャンバス椅子に、少し重くなった身体でゆったり掛けた老ミスタ・ディンガは言った。――ちょうどそこへミスタ・オキが、没落日本貴族の御曹司だとかいう触れ込みで現れましてね。魅力的な人でした。そのころ評判の日本製電気器具を売り込むとか言って小さな商社を作って、実業学校を出たばかりの私などは、百パーセントそれを信じて雇われた訳ですよ。でも、物事を隠すのは下手というより嫌いな人で、そのうち何となく本筋が分かってきて。でも、ああいう人だから、それが分かった時はこちらが手遅れと言いますか、どこか心を奪われていましてね、縁を切る気になれなかったんですよ、私みたいな慎重居士、臆病者でもね。

ミスタ・オキはどんな年寄りになっているのだろうかって、考えますね、今でも、寝そびれた夜なんか……。懐かしいっていうだけじゃなくて。人間にはいろいろな一生があるなっていうか……。

気になっていたミスタ・ディンドルからの短い追信も、本人に聞けば心配するほどのことではなかった。治らぬ父親の脚の痛みを気づかう孝行息子が、伝統治療で名声の高い、山岳地帯に住む達人の予約を、来月に漸く一週間連続で押さえることができたので、直行の訪問がそれと重ならぬようにするための取り急ぎの連絡だった――そうミスタ・ディンガは説明した。短い手紙の文面が正確で、それゆえ事柄が曖昧になったのは、いかにもあいつらしい、あいつは時折、秀才すぎましてね、と父親は笑った。ついでながら、予約が近頃、特に混むのは、国交回復したアメリカで達人の名声がひときわ高まり、バカンスがてらの施術希望が急増したせいで、治療は診療所そばの山の小ホテルに泊まって通うのが普通だが、アメリカの富豪のなかには海辺のヴァカンス用超豪華ホテルに泊まって、日々その屋上からヘリコプターで山へ通う患者もいるという……。

――わが国の国際収支の慢性赤字も、それで多少は改善を見たようでしてね。アメリカ帝国主義に収奪された人民の富を、平和的闘争の中で幾分なりとも取り返しつつあるという訳です。

ミスタ・ディンガはそう言って、また笑った。

だが、旧友同士で日々顔を合わせ、そうした閑話を日々楽しんでいても、二人はだからと言って、自分たちがある重要な話題を、日々ひそかに先延ばしにしていることを忘れている訳ではなかった。

――グレはいま、何処で、何をしているのか？

若いグレと直行が丘の町の幼い聖マリア像を祭る祠の裏の小さな家で、日々をともに暮らしていた時、事件は起きた。グレは兄貴の無謀な帰国計画を止めるために一族の住む山岳地帯へ急いだが、その留守に直行は国外追放になって、ふたりの連絡は切れ、それから半世紀近い時間が過ぎたのだった。

慎重なミスタ・ディンガは当時、事情を凡そ推察していながら、直接それに触れることはなく、また手紙にそれを書くことも決してなかった。友情に厚いミスタ・ディンガは追放された直行の暮らしが故国に帰っても成り立つように、密かに東南アジア経由の商用ルートを開いてくれたが、それを別の目的に流用する危険は決して冒さなかった。

しかし状況の変わった今、グレは、どこでどう生きているのだろうか。状況が変わったのに、なぜその消息が漏れてこないのか。

そもそもグレは、今も生きているのか。

数十年振りに再会した旧友二人の心の奥では、そのことこそがいちばん大事な、忘れることのできない主題だった。

だが直行はその問いを自分から持ち出すことはしなかった。ミスタ・ディンガがそれを忘れているはずはない。賢明で慎重な彼は何かの理由があって、それを話すべき時期を待っているのに違いない。すべてを彼に任せ、それを待とう……。

あと三日でこの美しい海辺の小国を離れるという日の午後、直行は海に面したミスタ・ディンガの自宅へ招待された。昔そこは貧しい漁村で、浜に網が干され、引き上げられた小さな漁船がその間に並ぶばかりだったが、今、辺り一帯は海沿いの小さな住宅地になっていた。

見慣れぬ粗い木肌の灌木が並び、その屈曲した枝は濃い紅色の花を咲かせて小さな庭を囲い、繁みの隙間から海のきらめきが見えていた。家の軒先から庭木の太い枝へロープで張られた簡単な天幕の下に木の椅子やテーブルが置かれ、昼の暑さも去った夏の夕暮れ、直行はそこで家の主人と一緒に、地元の透明な赤ワインや果実茶、乾した木の実や果物を楽しんだ。

「私も十年ほど前に漸くこういう小隠居所を手に入れましてね」ミスタ・ディンガはほの黒い顔をほころばせて、言った。「市内は便利ですが、老人には気が休まらない。ディンドルは事務所近くの小さなマンション住まいで、今日はデートなのですかな、こちらは失礼すると言ってました。さっきご挨拶した女房は、サシミで名高い日本からのお客様に土地の魚料理の美味しさも分かって頂こうと、当分は台所で大奮闘でしょう。で、ここは暫く我々だけですが、まあ、まず乾杯でもしてからということで……」と葡萄酒の杯を挙げたあと、ミスタ・ディンガは二人だけの庭の片隅で「まあ、ことの凡そはミスタ・カミもご存じだったのでしょうが」と語り始めた。

グレは山岳地帯の有力な一族の末娘で、秀才で知られた長兄とは子どもの頃から取り分け仲がよかった、という。だが両親が早くに死んで、若くして由緒ある家系を継いだ長兄は、自負と責任感からか、地元政府の人種主義を公然と非難する言動が目立ち、心配した長老たちは奨学金を探して、彼をアメリカ留学へ送った。だが彼は、そこで優秀な成績で学業を終え、ネイティブ同様の専門職ポストも得ながら、国と種族の出自をともにする仲間を集め、〈キューバで出来たことが何故我々に出来ないのか！〉と公言して、その影響力を警戒する自国政府から事実上、帰国を拒否されていた。そして、それに苛立った彼が、ついに帰国強行を企てたのが、あの事件だった――。

直行はミスタ・ディンガの話を聞きながら、日々の生活を穏やかに楽しんで、社会的不満などは口にしなかったグレが、ただ一度だけ、兄貴の思いを代弁するかのように、海辺の小国の歴史的成り立ちとそこでの人種主義をホテルでの職種と人種との関係を例に取って、説明してくれたことを思い出した。

「ミス・グレティーナはあのとき、ただ三日、四日、事務所を休むと言っただけでしたが、一族の住む山へ行かれたことは凡そ推察がついていました。兄上の強行帰国は秘かなる大ニュースで、私たち穏健派にも伝わってきてましてね……。いや、いたって臆病な私でしたけど、まあ、やはり若かったんでしょう、あの頃はそんなグループにね。穏健派じゃなくて臆病派だとか言われて馬鹿にされてましたが」

ミスタ・ディンガは遠い昔を思い出し、照れて笑った。

それから数十年経ち、直行が今回、また泊まっている昔と同じホテルでも、グレが説明したときに比べれば職種と人種の相関関係はかなり崩れていた。そしてまた何よりも、あのバスで出会った出入国管理官がグレ兄妹と同じモンゴロイド系混血の若い女性だったことを思い出すと、直行は容貌や肌色はネグロイド系に近く、かつては秘かに〈臆病派〉の活動家でもあったらしいミスタ・ディンガにも、心から、よかったですね、と言いたかった。

そしてその同じ言葉を、彼だけではなく、いま改めてグレにも、心から真情を込めて——この異国での彼の生活を何の偏見もなく、文字通り彼が事務所に足を踏み入れたその最初の瞬間から、その笑顔で支えてくれたグレにも——いや、まず、誰よりもあのグレにこそ、よかったねと言いたい！

そう思ったとき、数十年の別離を飛び越えて、この国に戻って来てから初めて、グレがほんとうに現実的になった。

そのときグレは彼にとって、かつての若い女でもなく、いま生きていればそうであるだろう老いた女でもなかった。それはただ彼の知るグレ、知らぬ国での生活に戸惑う異国の青年に何の成心もなく助けの手を差し伸べたグレ、やがて青年を自分の住む祠裏の住まいに疑うことなく招き入れたグレ、暴発する兄貴を案じて山を走るグレ、そして、帰ってきたら二人で子をつくり、育てようと、言い残して、一族の住む山へ行ったグレだった。

直行は、齢《よわい》は若くあっても老いてあっても、ただグレと会って、この国の変化について心から、よかったね、本当によかったね、とせめてその一言を言いたかった。

「……で、グレは今、どこで、何を？」

直行は突然、心急いてたずねた。だがその直截な質問に、ミスタ・ディンガは済まなそうにゆっくりと首を振った。

「それが、分からない。申し訳ないが分からない。状況が変わったとき、これでミスタ・カミもきっと御出《おい》でるだろうと思って、すぐに調べたんですが、これが分からない。あの当時は、知っていても誰も口を開かず、状況の変わった今になると、調べるにはあまりに古いことになっていて……。古い書類は今度の状況変化で、変わり身の早い連中がすぐにみな燃やしたらしいのですよ。ただ、それでも、推察混じりだけど分かったことがまったくない訳でもないので、せめて……」とミスタ・ディンガは迷いつつも、どうやら辿ってみたという話を直行に語った。

——あのとき、海上空港経由の強行帰国を図った兄貴は、当局の側に国際的支援団体への気弱な配慮もあって、空港での一揉めのあと、逮捕されることはなく、出発地のアメリカ東海岸の空港へ追い返されただけで済んだ。そこまでは当時の土地の新聞にも出た。また一族の山の本拠も、種族自治の建前や、事実上干渉困難な地形への躊躇から、手つかずに終わった。ただグレは、町へ戻ると逮捕の危険があって、暫く山に留まっていたが、やがてそこから姿が消えた。

では、どこへ行ったのか。

山を越えて隣の国へ行き、そこから東海岸の大都市へ送還された兄貴の所へ行った……のではないか。

これは昔の噂ですが——とミスタ・ディンガがちょっと言いにくそうに言った——ミス・グレ

ティーナは妊娠していることが分かって、山で産むのは危険だし、町へ降りれば妊娠中の身で逮捕されて、どういう扱いを受けるか分からない。それを救ったのが国際的支援団体だ——というのは確からしくて、団体の仲間のなかから山登りたちが動員されて、険しい山越しに隣国へ担ぎ出され、そこで身二つになるのを待った。

その辺から、話がまた別の話と混じったみたいでもあって、ちょっと不確かになるのですが——とミスタ・ディンガは断った上で続けた——同じ国際的支援団体がグレティーナを自国での政治的被迫害者として、生まれた子どもともどもアメリカの移民枠へうまく滑り込ませた……とか。

「——まあ、ああいう国際派の人たちはみな弁が立ちますからね、それもないとは言えない」ミスタ・ディンガは呟いた。

「そして？」と直行は昂る心を抑え、尋ねた。あの最後の晩、二人はベッドをともにしながら、今度の事件さえ終わったら、ふたりの子どもをつくって、いっしょに育てようと約束したのだった。

「ええ、そして」と、ミスタ・ディンガは話に戻った。「そういう形で合法的に入国できた母子は、東海岸へ戻った兄貴の元へぶじ送り届けられた、というのですが」

「で、兄貴は？」

「それが、強行入国の失敗の後、急に誰とも連絡が切れました。あるいは、自分から切ったのかも知れない。若くて一族の長という立場はなかなか大変なのだろうな、と私などは考えましたね。

その大変さを考えれば、妹とその子を養うくらいは困らぬ身分だし、向こうでもそれなりの大学を出て、それなりの職はあるんだし、連絡が切れたのならむしろそれもいいかもと、臆病派としては、個人的には思ったところもありました。まあ、いずれにせよ、すべては、噂と伝言と曖昧な証言の順列組み合わせみたいなものでしてね」

ミスタ・ディンガは苦笑して、また付け加えた。「もっとも、あの当時、まったく別の話もありましてね」

「別の話……?」

「ええ。これは今までの話とはぜんぜん筋の違う話、というか、あまり宛にならない世間の噂、というか、まあ、外国への出稼ぎ仲間の間での伝承、ほとんど説話みたいなものなのですが」

ミスタ・ディンガはテーブルの上の赤く透明な葡萄酒で口を潤し、薄く黒い、むしろ蒼みがかった顔に時折ふと遠くを見るような表情を浮かべ、地元の言葉でその話を語った。

……お山のお仲間に支えられなさって、険しい山道をようよう越えていらした、そりゃア綺麗で清げなお嬢さんが御出《おいで》でね……、と言うんですよ。……辿り着いたるあちらの町の施療院で、これも母似の、そりゃあ可愛い女児《おなご》のアカを産みなさったが悪熱《おねつ》下がらず、ああ、おいたわしや、思いはこれで果たせりと、笑み浮かべつつ亡くなられ、遺されたアカを守るは女ども、わが乳飲んで健やかに、育て肥立てと朝夕に、祈り、いとしみ、願えども、おいたわしや、おいたわしや、アカも程なくそのあとを……。

「あの時代、隣国の病院へ下働きで出稼ぎに行っていた連中が沢山いましてね、その連中のなかに、そんな歌みたいな、物語みたいなものを繰り返す年寄りがいたようでしてね」と、ミスタ・ディンガは話を続けた。

「いえ、よくは分からないんですが、今度の状況変化で、そんな、もう忘れていたような話も思い出しましてね。もう一度、問い合わせてみて、返事がきたら、ミスタ・カミを夕食にでもご招待して、それも含めてミス・グレティーナのことで分かること分からぬことをみな聞いて頂きたいと思っていたんですが、昨日になって、漸く返事が来ました。――確かにそういう昔話を繰り返す年寄りがいて、まったく根のない話とも思えなかったのだが、昨年、神からのお召しを受けて魂の故郷へ戻った、と言うのですよ。向こうからの返事によっては、何か、もう少し、現実的、具体的にお話しできることもあるかも知れないと思ってましてね、この庭でゆっくり二人で話をするのも、延ばし延ばしにして待っていたのですが。何分もう、すべてが古いこと過ぎましてねえ……」

多分その通りなのだ、すべてがもう昔のことなのだ――。だが老女の口を借りて数十年の間、この国の町から町へ漂い続けたというその風聞は、古い伝説のように直行の心に木魂《こだま》し、ともに子を産み育てようと語り合ったグレとその育てるはずの子と、その両者をともに失ったことをいま悟った直行の心を、深く慰めた。

夕暮れの薄い闇の中で直行はただ沈黙し、ミスタ・ディンガはもう何も語らず、熱帯樹の暗い葉陰にただ低い波の音だけが聞こえていた。

「……そろそろ魚が焼けますけど、庭がいいですか、お部屋にしましょうか？」

家の中からミセス・ディンガが、頃合いを見計らったように声を掛けてきた。

(e)

観光用に転身した海上空港からも週に二度だけは、空から西インド諸島の島影を楽しみつつ旅したい人々のためにフロリダ半島南端の小さな港町を目指す定期便が飛んでいて、その海際の港町から更にヴァルレ&ヒコの住む、これも小さな大学町までは、高速バスで一時間ほどあれば行けた。

「今度はぜひ日本を見にきて下さい。気に入るかどうかは分からないけど、これはこれで、また別の世界だから」

送りにきたミスタ・ディンガに言うと、ミスタ・ディンガは笑って、軽く自分の脚を叩いた。

「ありがとう。でも、こいつがね」そして付け加えた。「それに最近は、知らぬ世界より知っている世界のほうが気楽になりましてね。どうせ遠からず、神様のご招待で何も知らない世界へ行く訳ですから。そうすれば、あの伝承を歌で届けてくれた婆さんにも会って、ゆっくり話を聞くことができるかも知れない」古い知り合い二人は、顔を見合せて穏やかに笑った。

「息子さんにもお世話になりました。どうかよろしくお伝え下さい」

「近いうちにあいつは香港からの帰りにでも、またそちらの事務所に寄るようなことを言ってました。どうも、今度昇格なさった魅力的な若い所長代理に直接にご挨拶したいらしい」

「それは羨ましいことですね」

「あいつが奥手だもんで、うちの婆さんは待ちくたびれてますよ」

出発の時間が近づき、海上空港の桟橋近くにある小さな建物の扉が開いた。

「そろそろのようですね」

「ええ。折角お出で下さったのに、肝心のことが曖昧なままで……」

「いいえ」直行はミスタ・ディンガの手を握った。その手は黒く、ただ手のひらだけが薄く赤かった。「お話のお陰で、〈人生の暁〉に知り合ったグレにお年寄りの歌の中でまた出会うことができて、ほんとうに仕合わせでした」と言ううちに、とつぜん、直行の心が震えた。「長い間、遠い土地で暮らしてきた私が、神様からのご招待も遠くはない今、土地の方々の記憶の中に生きるグレにまた会えた。それに値する〈勲《いさお》し〉など、この世に何ひとつ遺して行かない自分が、と思うと、ただ感謝に心が震えます。グレに会えなかったことは残念ですが、いろいろと聞かせて頂くことができたのですから、あとは向こうでの再会のときに取っておきたい気持ちもあるのです」

「そうですね。……あの歌のどこまでが事実で、どこからが人々の胸に潜む古くて深い悲しみから生まれた幻想なのか――それは分からずとも」ミスタ・ディンガは言いながら、直行の手を強く、温かく握り返した。「人間は世と人の定めを知って、初めて仕合わせになれる。――私も最近、少しは暇になって、古い物語などを読み返すうちに、そう思うようになりました」

向こうの建物の入口に担当者らしい二、三人の人影が見え、手を挙げて、飛行艇を待つ人々に出国手続き開始の合図をした。

「では」

「では」

ミスタ・ディンガと直行は、もう一度、互いの手を握りしめ、短い挨拶を交わした。

二人が簡単な改札口のような検査ゲートに近づくと、そこで待つ検査官の一人が直行に声を掛けた。

「あら、もうお帰りですか」

見ると、来たときにバスの中で入国手続きをしてくれた女性管理官だった。

「ええ、残念ですが。でも、お国で古い昔の友人、知人と過ごせて、とても仕合わせな三週間でした」

「そう聞くと、私もとても嬉しいです」

若い女性管理官は古いイタリア方言の明るいリズムでそう言うと、彼のパスポートの朱色の入国スタンプの隣に、美しい水色のインキで、鮮明に出国スタンプを押した。

「いい旅を！」

女性管理官の声とミスタ・ディンガの声が、旅の行く手を祈願する同じ挨拶の言葉を、同時に、弾むように言って、美しく重なった。

やがて乗客たちを乗せた中型飛行艇は海上空港の小さな海を波立たせて離水し、遠い国からこの国を訪ねて、いま去って行く客人たちへのサービスなのだろうか、季節が移って少し波立つ海面の上を、なおも二度、三度、別れを惜しむかのようにゆっくり旋回して、やがて北アメリカ最南端の半島を目指して北上し始めた。

XVII　再会の時（下）

(a)

そろそろ行かないとな――。

まるで行きたくないかのようにそう呟いて滞在中のヴァルレ&ヒコの住まいを出ると、直行は緑豊かな大学キャンパスを横切って学内保育所へ向かった。近づくに連れ、低い講義棟や高層の研究室棟の向こうから幼い子どもたちの歓声が聞こえてくる。

保育所の庭で遊んでいたニカは近づいてくるジジ・ナオに目敏く気付くと、すぐに仲間たちに手を振って別れ、ママ・ヴァルレ手作りの布カバンを肩に掛け、出口目指して駆けてきた。

直行は〈途中引取〉のサインを済ませ、ニカと手をつないで外へ出た。引取サインの確認をした黒人の主任保母が手を振って二人を見送ると、ニカも振り向いて、ぴょんぴょん飛び跳ね、大きく手を振って、それに応えた。

何年遅れかで漸く孫の顔を見ることができて、これで二週間ほどになる。二人は最初の日からすぐ大の仲好しになった。両親は終日、大学で仕事があったから、ニカは若いスタッフのための保育所で同じような立場の仲間たちと過ごすのが昼間の日課になっていたが、最近では自分から保育スタッフに早退を申し出て、迎えにくるジジ・ナオを町外れの町立動物園へ連れて行きたがる。

　もちろん町立の小さな動物園に大した動物がいる訳はないのだが、ニカの好きなのは小柄なニホンリスの群れだった。あれは小さな疎林に大きな籠をすっぽり被せてあるとでも言えばいいのだろうか、そのなかで枝から枝へ、木から木へ、勝手に飛び跳ねているリスの一群がいて、人間はその疎林の小径をこれも勝手に散歩できる仕組みになっている。ニカは彼らを見せたくて、いやむしろ紹介したくて、ジジ・ナオをいつもそこへ連れ出すのだった。

　リスは数十匹、ことによったら百匹以上もいて、直行にはそのどれもがみなリスにしか見えない。だがニカには少なくとも十匹、二十匹は個別に分かるリスがいるようで、しかもその中に特別仲好しの数匹がいた。

　そして向こうも、ニカが分かっているようだった。

　リスの籠を訪ねる人間はまず入口から、リスの入らぬトンネルのような小さな籠に入って後ろの扉を締め、そこからトンネルの前の扉まで進んで、そこを明けて全体の籠へ移る。だがニカが出入り用トンネルへ入ると、もうすぐにも数匹がトンネル出口の扉の辺りに待ちかねたように集まってきて、ニカがそこを明けて全体の籠へ移ろうとすると、その肩や頭に競って飛び移ってきた。

ニカはそういうとき、いつも騒ぎが落ちつくまで静かに待っていて、直行はその間にそっとトンネルを通って籠へ入った。やがてニカはリスたちを一匹ずつ改めて自分の手のひらに乗せると、誰か人間に人間を紹介するかのように、まず自分の丸い目を相手の目に合わせ軽く挨拶し、次に隣の祖父を目で示して、その名前をリスに〈ジジ・ナオ〉と囁くように伝えた。

直行は囁くニカの丸い目を見るといつも栗の実を思い出して、懐かしさに心が和んだ。幼いころ疎開先で山道を歩いていると道端に弾けた野生のイガが落ちていて、中から栗の実が顔を見せていた。いまニカの眼は、それとそっくりなのだった。

直行はニカに紹介されたリス一匹一匹と目を合わせ、心を籠めて挨拶した。そしてその一匹一匹にニカの生涯の友となってくれるよう、やがてニカが老人となって浅い夢のなかを彷徨《さまよ》うときも、幼い日に会ったままの姿で彼を出迎えてくれるよう、頼んだ。

ニカは、リスたちがジジ・ナオと挨拶し終わるのを待って、ポケットから木の実を出して配った。そして中を暫く散歩し、やがて別れを告げてリスの籠から出ると、あとはジジと手をつないで小さな動物園を回った。

奇声を上げながら美しい羽を広げる孔雀。柵のなかを軽やかに駆けつつ、ときおり苛立って地を蹴るポニー――。ニカはお気に入りたちに一々声を掛けて挨拶し、更に動物園を出ての帰り道、小さな町の歴史ホールや教会、小学校などを、まだ半ば片言でジジに紹介しながら、二人で家へ戻った。

直行はそういう日の夜更け、天井が斜めになっている二階の屋根裏部屋で客用キャンバス・ベッドに横になると、いつもニカの栗の実のような茶色い目が心に漂い、あれと同じような目を遙かに遠いいつか、遙かに遠いどこかで見たという、漠然とした仕合わせな思いに心を揺られながら、眠り込むのだった。

(b)

ヴァルレもヒコも、小さな町の小さな大学の教師としての義務と研究者としての仕事に、日々忙しくも充実した時間を過ごしている様子だったが、それでも晩や週末には努めて仕事を忘れ、ニカを中心に楽しい家族団欒の時間を作ろうと、意識して努めているように見えた。

それはもちろん古き良きアメリカの社会習慣の反映であり、また先日まで小さな国際シンポの若手世話役で忙しい日々を送っていた反動でもあるのだろうが、しかしまた、家庭の中心であるヴァルレが自分の出自も家族もほとんど知らぬまま育ったこととも関連していると、直行には思えた。

ヴァルレの母親は赤ん坊のヴァルレを胸に抱いてアメリカへ亡命し、ヴァルレがまだ幼い時に亡くなったという。あるいは母親は途上で亡くなって、暫くは隣り国で母方の祖母に世話されていたともいうのだが、物心がついた頃にはニューヨークの下町の一角で伯父と二人で暮らしていて、周辺に集まったいろいろな国からの亡命者仲間たち老若男女に囲まれて賑やかに育った。その意味でヴァルレの少女時代は決して不幸だった訳ではないが、ただ頑な伯父が何故か何も語らぬまま急死したので、ヴァルレは自分の出自について知らぬままになった。

まだ壮年で、引き籠もってはいたが別に病むこともなく、ごく普通に暮らしていた伯父の急死は、その影響力をなお恐れていた、何処かは誰もよく知らぬ本国政府による毒物死だという噂を残した。

いや、あれはただの自殺さという話もあり、そういう無責任な断定がことさら真実であるかのように流されること自体が、その死が暗殺だった何よりの証拠だという主張も残った。

中学生だったヴァルレはそのあと、何かと心配してくれる隣部屋の親切な家族に助けられながら、自ずと形成されている亡命者共同体の中で一人暮らしを続けた。

ヴァルレは成長するにつれ自分がモンゴロイドだと知り、自分が見失った出自をより大きな形で見つけ直したいと願って、伯父の多少の遺産と行き届いた奨学金を頼りにその方面の専門家になったが、それでも自分の直接の出自を知らぬ寂しさは、どこか消せなかった。

その週末も、親切だった隣部屋の家族の長女で、同時に昔の亡命者コロニーで女の子仲間の長《ちょう》姉格《しかく》だった先輩が久しぶりに、しかも最近一緒に住み始めた男性同伴で立ち寄ってくれるというので、ヴァルレは大喜びだった。

——初めて歩き始めた頃、ちょっとした傾斜、坂とも言えないような坂にもすぐ転んでしまう自分に、ブリッギー姉さんだけは何時だって、自分は何をしていたって、必ずすぐに駆け寄ってきて、抱き起こしてくれた。

抱き起こされ、その手で埃を払ってもらったことを、自分はまだよちよち歩きだったけど、今でもよく覚えている……。ヴァルレはむきになって、そう言い張った。

そのブリッギー姉さんが来る！

ヴァルレはそのときの料理担当も自分から買って出て、土曜日の昼過ぎ、研究室での仕事は早々に切上げ、近くの海岸で採れ立ての魚や貝、それに新鮮な野菜などをあれこれ盛り沢山に買い込んだ。

予定の料理に欠かせない特殊な香辛料は、もう週のうちに市内の食料品店まで足を伸ばし、買い揃えてあった。

「すごい！」

午前中、町の周辺をニカと一緒に探索しての帰り、ちょうど家の入口でヴァルレと出会った直行は、その抱える荷物の多彩さを見て思わず感嘆し、ニカも「ママ、すっごーい！」と声を合わせた。

「これ、みーんな、今日の晩ごはん」ヴァルレは仲のいい義父と息子を見て、声を弾ませて答えた。「やっぱり雑穀サラダにしたの。いつかジジ・ナオもお手製をご馳走して下さったでしょう、トウキョオで。何でこれが、ここでって、とてもびっくりしたけど。ブリッギー姉さんも昔から大好き！」

「オレも、だーい好き!!」

ニカがまた声を揃えた。


その夜のブリッギー歓迎の食事は、静かに盛り上がった。ブリッギーは南米出身だが、南米では大抵、数百年の土地の歴史の中でヨーロッパ由来の移民と先住インディオが幾重にも混血を重ねてきて、さて、コーカソイドかモンゴロイドか、と聞かれると、どちらが濃いのでしょうね、途中でネグロイドもけっこう加わっているかも知れませんし、とブリッギーは言って、これは純粋の北方系コーカソイドに見える連れの男のほうを見て、静かに笑った。

久しぶりに再会した人々は、美味しいソーセージ、ハム類や新鮮な魚介類、野菜などを穀物の中へふんだんに切り込んだ雑穀サラダとドイツ系パン屋の黒パン、それに透明で鮮やかな地元スーパーの目玉商品の赤ワインで、簡単だが美味しい夕食を賑やかに楽しんだあと、部屋の片隅のソファへ場所を移した。

ミス・ブリッギーは今は市民権も得て、公立高校で生物学を教える立派なアメリカ市民なのですが――と同伴の中年の男が嬉しそうに口を挟んだ――これが変な人でしてね。生真面目なたちなのに、何処かでラテン系の気まぐれの血も混じっているのでしょうか、最近は土地々々の〈地勢的環境と植生の現況記録〉とかを作ると言って、暇さえあれば、どこか近くの山地目指して出掛けましてね。お陰で私は荷物持ちなのか護衛なのか、久しぶりにカメラ担いで山を歩いて、日々健康増進中ですわ。

あら、そんな趣味ができたの？　知らなかった！　とヴァルレが口を挟んだ。

——趣味とも少し違うの。ブリッギーは苦笑した。

生物学やってるとね、いつも思うんだけど、動物って、人間もそうだけど、結局、最後は植物に頼って生きてる訳だから、とブリッギーは昔の妹分相手に説明し始めた——植物にはけっこう迷惑な存在でしょ。でも、それが神のご意志というか——まあ純粋科学主義的には、〈存在の動的構造〉の一部分と言ってもいい訳だから、それはそれでいいんだけどね。ただ、若い頃って言うかな、そろそろもう若くはなくなりかけていた頃って言うかな、その頃に、あまりよく知らない高い山並みの稜線をあまりよく知らないまま、でも本人ばかりはよく知っているつもり、隣りの国への秘密の侵入路を探索しているつもりで、単独行の登山家というスタイルでたまたま歩いていてね、ふと向こうをみると、向こう側の中腹は私の故郷の村で、下には国境の川が流れていて、そしてとても驚いたの。

そこが故郷だって分かって？　と妹分が口を挟んだ。

——故郷とは知らなかったけど、驚いたのは、でも、そうじゃないの。そうではなくて、とブリッギーは静かに言った。その向こうとこちらの間の、とうてい歩いて越すことなんかできない険しい斜面に、とてもきれいに草花が咲いていて、それに驚いたのね。そして、思ったの。

自分という動物がたまたま生きていた時、地球と植物はこんな具合でした、という報告くらいは、こちらの都合で植物にいろいろご迷惑掛けている動物側の一員としては——その報告くらいは残してもいいんじゃないかって。

人間って動物は変なこと思いつくな、とも思ったんだけど……。

ブリッギーはそう言って、穏やかな笑みを浮かべた。

「その報告は」とヒコが、少し日本なまりの残ることばで口を挟んだ。「今の人間宛なのでしょうか、それとも未来の？」

「人間というより」ブリッギーは少し考え、真面目な顔になって答えた。「地球宛のような気がしますね。あるいは地球の日記を代わりに書く、みたいな」

「まあ、何宛に書くにしても」とブリッギーの友人がひとり言のように口を挟んだ。「宇宙はいずれ地球も人間も、絶対零度直前まで冷え切って、隅々まで真っ暗になるらしい……」

「そうだから……」とブリッギーは彼のほうを向いて、穏やかに言った。「今のうちに現況報告を書いておきたくなるのかも知れない、こんなにきれいでしたって」

「正直言って、私なんか」とヴァルレが生真面目な顔で言った。「人間がどう生きてきて、どう生きて行くか——その自然と人間の関わりの歴史の、今を中心に前後一万年ぐらいのところで、もう手一杯。それが少し見えてくれば、百年足らずの自分の一生も少しずつは見えてくる気がして……」

「過去ならば五千年くらいは、どうやら手探りできるけど」とヒコが呟いた。「先のほうは百年先でも無理みたいだな、俺には」

「あら、ヴァルレ。ヒコには今現在も無理みたいよ」とブリッキーが気がついて、注意した。「ニカがおねむ」

見るとヒコの隣りでたった今まで、茶色い栗のような眼を瞠《みは》って大人たちの話を聞いていたニカが、ソファの端で深く眠り込んでいた。ヴァルレはニカを抱き上げると、本棚の陰の大きな段ボールの箱に寝かせた。その箱には子ども用の簡単な布団が用意されていた。

その様子を見ながらブリッキーがひとり言のように言った。

「私なんかと違って、ニカはきっと〈いま・ここ〉だけに集中して、瞬時に眠り、瞬時に目覚めるのね。羨ましいな」

「……我々がここで話しているると、邪魔で眠れないってことはないんでしょうか？」ブリッキーの連れが遠慮勝ちに、几帳面に、言葉をはさむと、ヴァルレは嬉しそうに笑って首を振った。

「いえ、ニカは反対。回りに声やひとの気配がないと寝つけない子。お客のいない普段の日でも私たちがこの辺であれこれやっていると、いつも大抵、その本棚の陰で勝手に寝てるの。

ニカの部屋は二階で、私たちの寝室と小さな〈潜《くぐ》り〉でつながっているから、私たちが寝室へ引き上げるときにはいつも寝込んだニカをそこまで担いで行くんだけど、それがもう、最近は重くなって……」

ヴァルレは嬉しそうに、こぼした。

「ニカの目の辺りって、ほんとうにヴァルレそっくりなのよね」さっき、ニカを抱き上げて運ぶヴァルレをじっと見ていたブリッギーが呟いた。「ニカを見ていると、自分が人生で一つだけ、しくじった気がしてくる」

栗のような眼を柔らかく閉じ、人々の話し声を聞きながらソファの端で眠り込んだニカの表情を見たとき、直行はようやくすべてを悟った。ニカの茶色い栗のような眼を見るたびに直行は何かを思い出し、しかしそれが何であるかを思い出せずにいたのだが、直行が思い出して思い出せずにいたのは、茶色い栗のような眼そのものではなかった。直行が心に、夢に、繰り返し見ていたのは、そうではなくて、ニカの茶色い栗のように開かれていた眼が、やがて眠さで閉じようとするときの、そのときの柔らかな表情なのだった。それは直行が遠い昔、明け染めてきた人生の朝の光のなかで、深夜に、夜更けに、一度はベッドに横たえたわが身をまた半ば起こして、何度となく見直し、何度となく覗き込んだあの表情——隣に眠るグレの半ば眠り込んだ寝顔、そしてそこにくりかえし浮かぶ表情、あの柔らかな表情そのものなのだった。

だが、それにしても——と直行は、久しぶりに会した人々の宴も漸く尽き、それぞれがそれぞれのベッドやら仮の寝袋やらに引き上げたあと、二階の屋根裏部屋のベッドに身を横たえ、半ば眠りの中を漂いながら改めて思った――なぜニカの茶色の栗のような眼が、その眠気で柔らかく閉じられて行く眼が、なぜ、あの数十年まえの夜更け、直行が繰り返し覗き込んだ、あのグレの、柔らかく閉じられた、あのグレの、あの美しく柔らかい眼を思い出させるのだろう？

産んだ子を残して世を去ったと、老婆が半ば語り半ば謡ったという、あのグレの目を？

その子も不幸な母を追ったと、老婆が半ば語り半ば謡ったというその母グレの目を？

ニカとグレ――その遠く離れた二人の目の表情を、いま繋いでいるものは何なのだろうか？

そのとき、その問いに応えるように、ゆるやかな発見とその歓びが半ば眠り込んだ直行の身体を浸して行った。

そうなのだ。ニカもヴァルレもグレも三人みな、数多いインディオの種族のうちの、同じ種族の血を引いているのだ……。

むかし一度だけ、焦る兄貴を案じたグレが直行に語った自分たちの種族の歴史が心に甦った。

何万年か前に凍りついた海峡を渡ってこの大陸の北端に到着したモンゴロイドのひと群れが、次第に南下して狭い南北の地峡をいつしか辿り抜け、更に南を目指しながら山に囲まれた海沿いの土地へ迷い込んでそこに定着し、海の向こうの別大陸の、明るく豊かな内海から漂着した南方系コーカソイドと混血し、時には別の地方から迷い込んできたニグロイドとも混血を重ねながら、やがて一つの種族となって行ったという、神話のような、お伽話のような歴史……。

ニカとその母ヴァルレ、そして遠い日、直行を愛し、共に暮らし、そして若くしてまた種族の歴史の謎の中へ姿を没したグレは、世代こそ三つに大きく分かれても、みなそのお伽話のような歴史から生まれた一つの種族に属する、遠くつながれた親戚同士なのだ。

そして幼いニカは今、はるか東の列島に止まって一万年を越える時間を過ごした別のモンゴロイド種族とも、その父ヒコを通じて結ばれながら、これから更に広い世界へ旅立とうとしている——。


その半ば夢のような物語とそこから滲み出る深い仕合わせの感覚が、いま眠り込もうとしている直行の心を浸して行った。


お早うございます……。うしろから遠慮がちに声を掛けられて振り向くと、ブリッギーの連れの男が立っていた。

「お早うございます。よくお休みになりましたか？」

大学町郊外の小住宅の、灌木が茂る庭先でひとり夏の朝空を眺めていた直行は応えた。

「ええ、有り難うございます」男は穏やかに言った。夕べは私もブリッギーも久しぶりに寝袋で寝ましてね。幼稚園のころ、毎週末いつも誰かの家で、子ども用の寝袋に潜り込んでいたのを思い出しました。さっき、明け方に、床の寝袋でふと目が覚めて、そんなことやら夕べのことやらを思い出したりしてましてね。正直、子どもさんがあんな所で寝込むなんてとも、ちょっと思いましたけど、でも、やはり、見てると可愛いものですね――と男の話は次第にひとり言めいて行った――われわれも〈現況記録〉旅行に連れて行くような子どもを、作るのはもう遅いのでしょうけど、どこかで探して育てるのも、そうだな、そろそろ最後のチャンスなのかも知れないな、コーカソイドでもモンゴロイドでも、何でもいいから――なんて、考え始めて、ソファの上の寝袋で寝ているブリッギーを下から起こして話そうか、なんて思ったり……。でも、そんなこと、男が女を明け方に起こして話すことじゃないですよね」

彼が苦笑したとき、後ろで玄関の扉が開いてコーヒーの香りが漂い、当のブリッギーがそとの二人に声を掛けた。

「朝ごはんが出来たって、ヴァルレが張り切って、待ってますよ」

(c)

老人にとって孫と一緒の生活の楽しさには格別のものがあって、しばしばそれが永遠に続くかのような錯覚に襲われる。だが、それは元より、ひと時の夢に過ぎない。

直行にとってニカを保育時間終了より前倒しで迎えに行くことは、いつか日課になっていた。ここの学内保育所はたいへん行き届いていていて、理系の徹夜実験にさえ対応可能だったから、ヒコとヴァルレの仕事が忙しくともジジ・ナオの出迎えなどまったく不要だったのだが、「幼児にとって祖父母世代との触れ合い（と別れ）は、主の造った〈時間〉と〈人間〉の関係性の真実を、幼くして知る本質的契機となりうる」という一文を〈幼児教育研究叢書〉の一冊に記したこともある、この保育所の運営責任者兼主任保母・ニグロイド系老女ミズ・オタフォールの信仰的確信もあって、日々保育所を早退したニカの手を引いて散歩する直行の喜びを妨げるものはなく、老いた直行とその孫の姿は三百年ほど前にユグノー系の人々が開いたこの小さな伝統的な町で老若男女の住民の好意ある視線を日々引きつけ、日々楽しませもしていた。

だがある午後、ジジ・ナオがいつものように迎えに行くと、朝には〈迎えに来てよ、きっと。今日は猫の集会場へ行くんだから〉と念を押していたニカが、少し無理して威張っているような、しかし何処か困ったような感じも少し見せつつ、ジジに向かって宣言した。

「ニカは約束したんだ！　今日はテオテオと遊ぶって」

気が付くと、背の高い、たぶんニカより十月齢ほどは年上のモンゴロイドの痩せた少女がニカの後ろに立っていて、ニカとジジ・ナオとの話し合いの推移を見張っている。

「……うむ、そうか。ニカは約束したのだな。よし、よし、分かった——と老人は頷《うなず》いた——もちろん約束は守らなければならないからな。えらいぞ」

ジジの言葉にニカはほっとしたように身体を緩め、うしろのテオテオの緊張した表情がさっとほどけて笑顔になった。

「では、途中引取から正規時間保育への変更手続きを取っておきます」傍に立って事の経緯を見ていたミズ・オタフォールが迫力のある低音で念を押し、講義のように付け加えた。「幼児にとっては、例えば朝から昼までの短い時間の間にも、生まれて初めての新鮮な経験がいっぱい詰まっています。幼児にとっての朝の約束は時として、成人にとっての一年前の約束のように遠いものであることを理解しなければなりません。……ですが」と幼児教育者ミズ・オタフォールは声を緩めた。「先程のミスタ・ニカ・ジジのご対応には感服致しました。私どもでも約束の大切さを、生活すべての出発点に致しております。もしかして、ミスタ・ニカ・ジジも幼児教育のご専門家で？」

「いえ、いえ」

直行が思わず後ずさりしたときには、テオテオとニカは手をつないで、もうとっくに何処かに姿を消していた。

(d)

もっとも、それがニカ出迎えの最後になった訳ではなく、朝の約束通りに出迎えて、またリスを訪問したり、そしてまた、今日はテオテオと約束があると言うので迎えに行かないと、夕方、テオテオが遊んでくれなかったと気落ちして帰ってきたり、それはそれなり変化のある日々だった。

そして、もともと学内保育所は原則として休みの、ある日曜日、ヒコには学会の用務、ヴァルレには所属する教会の奉仕活動が重なって、ジジ・ナオがまるまる一日、ニカとのお付き合いを引き受けることになった。

直行は内心、自分が帰るべき時間が近づいていることを感じていた。事務所のほうは所長と所長代行に任せておけば、名誉顧問のするべき仕事は何もない。だが、ここの家族はヴァルレとヒコ、そしてニカの三人で成り立っていて、そこへ自分がこれ以上、居候を続けて、その在りように影響を与えることは避けるべきだった。

ニカは可愛かった。だがニカは両親からの影響、また時には両親との葛藤の中で成長するべきであって、ジジ・ナオはニカの記憶の中で、幼時に出会った一人の老人として、懐かしくも次第にフェード・アウトして行くべき存在なのだった。

そろそろヒコの気持ちを聞く頃合いだな、と直行は思った。事務所の継承はぶじに済んだ。グレとの再会は叶わなかったが、もし彼女の生と死が老婆の謡う語りに溶け込んで、まだ暫く、それに耳を傾けた人々の想いの中に浮き沈みつつ漂うなら、それはひと時グレと生をともにした自分にとっても、わが身の遠くそれに値しない深い喜びだと言えよう。あとは、一つだけ、ヒコの考えを確かめれば、ここでやるべきすべてが終わる。

今日の散歩は、たぶん幼いニカと二人で過ごす最後の一日になるな――。直行は呟いた。

その朝、ヴァルレとヒコが出掛けたあと、直行はニカと一緒にゆっくり家を出て、近くのドイツ・パン屋で昼食用のサンドイッチと飲み物を買い、バスで三十分ほど離れた郊外の町の海辺にある町立公園を目指した。

直行は、この季節その公園の沖の岩場に集まるという巨大な海獣たちの群れをニカに見せたいと思っていた。いや、正確に言うなら、ニカと一緒に過ごした夏の日の記憶のために、最後にそれをニカと一緒に見たい——そう思ったのだった。

町立公園にはまた、古い伝統ある町立水族館があって、最近そこに海中生物生態センターが新設され、運がよければそこで海獣たちと対面できるかも知れないという。それも是非ニカに見せたかった。

その朝、早朝から秋を予告する爽やかな海風が町を吹き抜けて行き、祖父が孫とお別れの散歩をするのにこれ以上はない初秋の日だった。

＊　　＊　　＊

……何が起きたのだろうか。気がつくと直行は町立公園のベンチに寝かされていて、何人かの顔が心配そうに覗き込んでいた。ニカは大柄な中年の婦人のたくましい腕に抱き上げられ、やはり心配そうにジジを見下ろしていた。

「分かりますか？　私は医者の Dr.……です」

脇にしゃがんで、こちらを覗き込んでいる明るい夏シャツの青年が言った。手には聴診器があった。

「大丈夫ですか。お楽になさって下さい。私は医者です。さいわい、居合わせましたので、先ほどから、ご様子を拝見してます」青年はゆっくりと、一つずつ言葉を切って説明し、また尋ねた。

「お分かりですか。頭がひどく痛むとか、胸が苦しい、息が入らないとか、そういうことは、ありませんか」

青年医師の言葉を聞きながら、直行は次第に意識がはっきりしてきた。

「ええ、もう大丈夫だと思います」直行はゆっくり答え、もう一度、今度は少しずつ深く、二、三回、息をしてみたが、特に異常はないようだった。

知らぬ間に胸元が大きくはだけてあって、秋めいた今日の冷気に肌寒かった。

「前に似たようなことは？」

若い医者が尋ねた。

「……いえ、特に思い出すようなことは。……ええ、特に問題になるようなことは、これまでなかったように思います」

そう答えたとき、ふと、出発の日に東京の空港の屋上で突然の豪雨に襲われたことが心に浮かんだ。あのとき、何か、気になることがあったような気もするのだが、だが何があったのか、とっさにはよく思い出せないのだった。

「……ええ、やはりそれほど特別なことは、今までなかったと思います」直行は、もう一度、自分に念を押すように答えた。

「なるほど」青年医師は頷き、付け加えた。「お加減が悪くなられたところに私が通り掛かって、診せて頂きました。すぐに意識も戻り、いま拝見した限りでは私も特別の心配はないと思っていますが、でもご高齢でもありますから、ご用心が肝要です。

第一に、今日は真っ直ぐにお宅へお帰り下さい。そして第二に、決して放置なさらずに、遅くならぬうち、明日にでも家庭医に必ずご相談なさって下さい」

青年医師は立ち上がった。直行もゆっくりと起き上がり、ベンチに座った。周囲を取り巻いていた人たちの間に、ほっとした空気が流れた。青年医師の肩もゆるんだ。

「私の先生だった方が、少し古風な方でしてね——と若い医師は聴診器を外しながら、周囲を取り巻く誰にともなく言った——私たちが資格を得て卒業するとき、小さなパーティをしたのですが、そこで短い挨拶をなさったんです」

——君たちはこれで医者になった、ということは、いつなんどきでも人を助けることができるようになったということだ、と老教授は新米の医者たちの顔を一人ずつ見て行きながら言った。ついては近々隠棲する老人からのお願いだが、今後、君たちが何をしに何処へ行く時でも、もし出先で病者に出会ったらすぐ診察できるよう、持ち物の片隅に聴診器を入れて置くことを習慣にしてほしい。

それが役立つ場面に君たちが出会うかどうか――それは神のみ計《はか》らいに任せよう。だが君たちは、それを鞄に入れるたび、そこから出すたびに、自分が若いとき何を願ってその仕事の習練を始めたか、そしてその修業を終えたとき何を心に刻んだかを思い出すだろう……。

「私の場合」と若い医師は直行に言った。「聴診器が実際に役立ったのは今日が初めてでしたが、老先生の面影とその教訓を久しぶりに思い出すことができて、とても仕合わせに思っています。どうも有り難うございました……。さて、もしお具合がよろしければ、そろそろタクシーに来てもらおうかと思いますが」

「こちらのお子さんもご一緒ですので」脇でニカを抱き、医師の話を頷きながら聞いていた婦人が、口を挟んだ。「私が付き添って、お二人をお宅までお送り致します。このお子さんのお母様は私と同じ教会のメンバーで、お宅の場所も分かっています」

「私も同じ教会のメンバーです」脇から若い女性が申し出た。「私は自分のくるまで来ていますから、必要ならお宅までお送りします」

十数分後、ニカと直行は若い女性の運転するくるまで、自宅へ送り届けられた。

ニカはくるまから降りると、幼い顔に健気な緊張を走らせて、玄関ドアから大きな声で両親を呼んだ。さいわいヒコが既に帰宅していた。

驚くヒコに二人の女性は事情を簡単に説明して、その教会独自の挨拶の言葉を残し、去って行った。

「神のもと　我ら常に共に！」

直行は、自分で思っていた以上に疲れていたらしい。ヒコが感謝の再会を願って教会の二人を送り出し、ニカを抱き上げたのを見届けて、居間のソファでひとまず横になったのだが、次の瞬間、何を考える暇もなく眠りに落ちた。

その深い眠りの中でいま聞いた別れの挨拶の言葉が、いつまでも遠いこだまのように聞こえていた。

(e)

その日、海沿いの町立公園で直行にいったい何があったのか。

それは直行自身にも、それほどよく分かっていた訳ではなかった。

町立公園の小さな町立水族館に新設された海中生物生態センターは、専門家の賞讃の的だった。その頑丈に造られた建物の半地下部分には、分厚い耐圧ガラスの壁の向こうに自然の海につながる海水が、いやむしろ自然の海そのものが引き込んであって、階段を降り薄暗い廊下を行く入場者たちは、気がつくと耐圧ガラスの壁を通して海中を、そして海底を見ている仕組みになっていた。そして彼らが見ている海中・海底の上には明るい南の自然の空がそのままひらけていて、定時にはそこからさまざまな餌が撒かれ、その餌に引き寄せられて海に住むさまざまな生物たちが沖からその餌場を目指してやってくる。

それは魚が水槽の中に閉じ込められている水族館ではなく、暗い廊下を辿り巡る人々に、分厚いガラス壁越しに海中生物たちの自然の生態をそのまま見せることを目指す、自然の海につながる〈海中生物生態センター〉なのだった。

直行は町の広報誌でそれを読み、動物好きの孫との最後の遠出には、ぜひそこを訪ねたい、そして、そこでの第一の人気者、海に棲む哺乳類マナティをぜひ一緒に見たいと思ったのだった。

広報誌によればマナティは、時には体重一・五トンを越える巨大な海獣だが、草食性で温和な性質らしい。そして、あれは家族なのだろうか、時間になると、はるか大西洋の沖のほうから数頭の群れになって、あるいは上になりあるいは下になり、互いに戯れ合いながら、また時によっては子どもとおぼしき二、三頭を内側に入れて、それをしっかり護りながら、センターを目指してやってくる。

彼らの近づく気配は水面の波が立ち騒ぐ様子で、町立公園を飾る岸沿いの並木道からも見える——と広報誌はグラビアの写真も添えて、説明していた。

「あっ、来た！　急がなくちゃ！」

その日もバスから降りた孫と祖父の二人がセンターの近くまで来たとき、沖を見たニカが目敏く叫んだ。そして、老いた直行の目にも、遠くの白い水しぶきの群れが次第に近づいてくるのが分かった。

二人は建物の地下へと急ぎ、センターの巨大で分厚いガラス壁の前に立った。

待つほどもなく、分厚いガラス壁の向こうの海水が次第に大きく揺れ始め、渦を巻き始め、その辺りの人工岩場に集まっていた魚たちがいっせいに散った。そして突然、決して美しいとは言えない、ほとんど海の怪物とも見える海獣が数頭、見る人たちから厚いガラスで隔てられた巨大な水の空間の中へ躍り込み、互いに馴染み合い、慈しみ合い、互いに先を譲り合う様子をありありと見せながら、ガラス窓の視野いっぱいに迫ってきた。

ガラス窓の前に立つ来館者たちは大人も子どもも、その迫力に思わずみな後ずさりした。

だがニカ一人は厚いガラス窓の前から一歩も動かず、ただマナティの家族たちの動きを一瞬も逃すまいと、その柔らかな茶色い目で懸命に追い続けていた。

マナティたちはその間も、ガラス壁にぎりぎりまで迫って来ては、そこに巨体がぶつかる寸前で腹を見せて反転し、湧き立つ海水の泡の中へ姿を消して行くが、気がつくと次のマナティが白濁する泡のなかからすぐに姿を現し、そこに立つニカを見つけて、その姿を見極めるかのようにガラス壁すれすれまで近づいてきては、また反転して行った。

だがニカは決してそれに怯えることなく、たじろぐことなく、その茶色の栗のような目を丸く見張って、次第次第に親しげな眼差しでマナティの動きを追い続け、その小さな展開、転換も決して見逃すまいと、そこに立ち続けた。

来てよかった――。ガラス壁の前に立つニカの小さな両肩にそっと手を置き、直行は心から思った。

ニカが将来、動物学者になるかどうか、そんなことはどうでもいい。だがニカは生きている限り、今日見たこのマナティたちを、彼らの動きを、この命に溢れる動きを、その命の歓びを忘れないだろう。それを自分の幼い命が受け止めた日を忘れないだろう。

そして、やがて成長したニカがマナティを見た幼い日のことをふと思い出すとき、その日、自分の傍にいた一人の老人の淡い影も彼の心の片隅をよぎるかも知れない。

もしそういうことが、仮にいつか——いま遙か彼方の宇宙の暗黒からこの地球へ向かって、順を追って一つずつ近づきつつある無数の日々の列——そのうちのどれかがここを通り過ぎて行くとき、もし彼の心に起きるとすれば、それはいま去り行く老人にとって何という祝福だろう。

そう思った瞬間、彼の視野の片隅にふと見えるものがあった。それは出発の日、あの東京の空港の屋上で突然の豪雨のなか、若い女の涙を指で拭き、微笑んでいた、あの老いた男だった。いま彼はマナティたちの動きに渦巻く海の片隅に、ひとり、水の動きに揺れることもなく、ゆっくりと立ち、直行を見ていた。どこか直行に似たその男は、今は直行より少し大きく、少し老いて見えた。

男はやがて直行と目を合わせ、直行を見ながらゆっくりと頷くと、次第に薄らぎ、消えて行った。

「……マナティたちのお家って、きっと庭に大きな海草が生えていて、ゆらゆら揺れているんだろうな」

ニカの声に気づくと、直行はいつか海中生物生態センターの建物を出て、ニカの手を引き、町立公園の並木道を歩いていた。

「そうだね、きっと。庭には小さな魚も泳いでいて……」と言いかけたとき、前触れもなく、ふわっと力が抜け、身体が地面に吸い寄せられた。

どこか遠くから中年の婦人の「どうなさいました？」という声が聞え、それに重なって若い青年の「私は医者ですが」という声が近づいてきた。

(f)

「せめてもうあと二、三週間は、ゆっくり休養してからにしない？　マナティに驚いて気を失って、そのあとすぐに帰国しての一人暮しじゃ、こっちはやはり心配になるよ。ニカだって寂しがるだろうし。そもそもここはニューヨーカーたちの憧れの保養地だよ。みな健康回復を願って、わざわざやって来るんだから」

「別にマナティに驚いた訳じゃないさ。町立病院での精密検査も、まず問題なしだったし」

町立公園での小アクシデントから回復して翌週の日曜日、ニカが教会の遠足で朝から出掛けたあと、直行はヒコやヴァルレと遅いブランチを食べながら、そろそろ東京へ帰る予定を話題にした。

だがヒコには強く引き止められ、またヴァルレもほとんど実の娘のような打ち解けた口調で言葉を添えた。

「わたしも、もう暫くは用心してほしいな。トウキョオは遠いもの。もう少しここにいれば、ミスタ・ディンガのお見舞いにだって簡単に行けるし。わたしも休んで、その海上空港を見に、付いて行きたい。ともかく、即時帰国はご無理ですよ。絶対反対です、わたしも！」

「だがね、もう二ヵ月近く、うちを留守にしているしね……」

東京郊外の家、その庭の、かつてピンクのハナミズキの若木が嵐に倒れて枯れた場所では、晃子の骨片と未生で往った稚穂の砕けた骨片が身を寄せ合っている……。

海中生物生態センターの巨大水槽の奥にまた見た影、そして町立公園の並木道での遊魂めいた経験のあと、東京の家への、いやむしろその庭への、郷愁にも似た感情が直行を強く捉えていた。

ニカもヒコも、そしてヴァルレも、みなここで生きて行く。だから自分はやはり、あの庭へ帰らなければならない――。

直行の帰国の意志、あるいはむしろ帰国への欲望は、一連のアクシデントのあと、にわかに高まり、動かぬものになっていた。

だが、いま強く引き止められたのも一つの機会かも知れない――と直行は思い返した。いつかはヒコと話して、決めておかねばならないと思っている実際的な事柄が一つ、残っていた。

〈憩いの海〉から持ち帰った、あの小さな磁器壺とその中の晃子の骨――それは今も食堂の棚にヒコ入学記念の置き時計と並んで静かに息づいているが、自分の死後は、それをどうすればいいか。もしヒコが同居していれば、あるいは国内で暮らしていれば、それはその時のこととしておけばいい。だがヒコが国外暮らしなので、母親っ子だったヒコにはよく考えを聞いて、思わぬ手違いが起きないようにして置きたい。それを考え、実はこの旅の荷物の隅に加えてあった。

自分のことで迷いはなかった。晃子と稚穂の骨の脇へ自分の骨の一片を添え、そしてやがてはその跡も、またそれ以外の残りの骨も、すべてはひと任せ、雨任せ、土任せ、風任せ……で、いつか宇宙のどこかへ散って行くだろう。

だがヒコは異郷に暮らし、おそらく異郷で生き終え、そして土地の風俗に従う墓地をそこに望むかも知れない。

そのヒコは、父の許にあって今も墓地を持たぬ母の骨を、どうしたいと思っているのだろうか……。

そしてヴァルレは？

ヒコの問題へヴァルレを引き込む必要はなかった。だがこの町で一緒に暮らすうちに、何故なのだろうか、生と死の交錯するこの事柄についてヴァルレの考えも聞いておきたいと、直行は次第に思うようになった。

そしていま、日曜日の昼前、自分の前のヴァルレとヒコを見たとき、直行はその問題についてふたりの考えを聞く機会は、今を措いてはもう二度と来ないと悟った。

直行は自分の帰国問題は先送りにして、切り出した。

「――まあ、いつ帰るかは、また改めての相談にするよ。で、それとは別に、意見を聞いておきたいことがあって、今日これから少し時間を取ってもらってても大丈夫かな」

軽く言ったつもりだったが、直行の言葉は意外に真剣に響いたらしい。二人は少し驚いた様子で、ヒコはすぐに「いや、別に問題ないよ」と応じ、ヴァルレも「ええ、わたしも大丈夫」と答えた。

直行は立ち上がり、二階の旅行鞄から晃子の小さな磁器壺を取り出し、持ってきた。

――別に重大事という訳じゃないがね、と直行は言った。ただ考古学とも無縁ではない事柄だから、二人が揃ったところで専門家の意見も聞いておきたくなった。

――あら、これ、ヒコの家の棚に飾ってあった壺だ、とヴァルレが呟いた。空《そら》よね、この字？空《くう》ではなくて。

……ハハは庭仕事をすると、いつも手の甲で額の汗を拭きながら空《そら》を見上げていたんだ、いつも。ヒコが独り言のように言った。

ヴァルレも知ってると思うけど、この壺には晃子の遺骨が少し収めてあってね――と直行は言った。お骨の大方は海へ返し、残した少しをこの壺に収めて、さてどこに居てもらうか、いざとなったら迷ってね、書斎兼寝室の本棚に安置してみたけど、またリビング・キッチンの棚へ戻ってもらった。

あそこなら記念の時計と一緒だし、それに、結局のところ、晃子は人生の大半を、うちの台所や居間で過ごした訳だからね。

あれから何年になるのかな。朝と晩、起きたときと寝るとき、忘れてなければ、何となく挨拶するけど、そうすると部屋のどこかで何か軽い返事の気配がする。

こちらは、ああ、やはりいたんだなあ、と思って何か安心する――。

だが、それもそろそろ終わりに近づいていてね。いずれ私も、遠からず、いなくなる。さて、そのとき、これをどうするか？　あるいは今日が、私の手から離れるべき日かも知れないと思ってね。そこの意見を聞きたくて。

――考える必要があるとも思わなかった。ヒコは微笑んだ。チチがそんなに苦労性だとは思わなかったな。その時が来れば、ハハはとうぜんオレのところにくるさ、チチともども。急ぐことはないよ。オレがいなくなれば、ニカのところへ行く、チチ、ハハ、オレ一緒に。いつかはヴァルレも一緒になる……。何も考えずにそう思っていたし、これからもそう思うと、思う。

だが、そう思ってはいても、どこかで、それが途絶えることもあるかも知れないな。直行は迷いつつ、独り言のように言った。

いや、とヒコは言った、それはそれでいいんだと思う。何も考えずに、昔の人と同じようにやって行けばいい。そして自然に途絶えるときがきたら自然に途絶えるのがいいんだと思う。

仕事で昔のことを考えているとね、形や風俗は変わっても、ひとの大本は、どうにも変わり映えしないな、でもそれでいいんだって、そう思うようになるのかな。ヒコは言った。例えば祖先崇拝も、少なくともその幾分かは死者に守られたい生者の、まあ言えば虫のいい願望に発しているけど、でも、そこから、過去や目には見えない世界へ向けての、あれこれ人間のいろいろな営みや思考も生まれてきて、それで人間もどうやら人間らしくなって行くからね。

そう考えを辿るのも分かるけど——とヴァルレが初めて、遠慮勝ちに口を挟んだ。私はいつも、それは逆だと思う。そのとき働いているのは、生者の願望じゃなくて、死者たちの願望なの。どの文化集団を観察しても、大本には懐かしい生者たちを手助けしたい死者たちの秘かな願いがあって、生者がその願いを感じ取り、それに応えようとするとき、その心に祖先への尊敬と親愛と報恩の思いが生まれ、未来への希望も生まれ、次第に歴史と文化が始まるの。

あのう、とヴァルレは、直行のほうを向いて、突然、涙ぐんだ。私は母も父も知らない子だから、いつも懐かしさの中で、いえ、懐かしさの予感の中で、もしも死者である母や父から、何か秘かな、何か懐かしい信号が送られてきたら、そのときは決してそれを見逃すまいと、いつもそればかりを思って育ってきたんです。だから……。

だから……？

ええ。だから人間の歴史も、先行した死者たちとそれを慕う生者たちとの信号のやりとりから生まれてくる——そう信じているのです。だって……。

ヴァルレは口ごもったが、直行にはその言いたいことが分かった。

だって、亡くなったご両親から信号が来たのだから……そうですね、信号が届いたのですね。

ええ、一度だけ。母から。でも間違いなく信号が――。ええ、ただ一度だけ。でもそれで充分でした。

ヴァルレは口ごもりつつ言った。その信号を受け取ったとき、これで一生、自分の出生に与えられた星の配置を恨むことなく、それを誇らしく思いながら生きていける……。

そう思って心から嬉しかったのを覚えています。

(g)

お話していいでしょうか、とヴァルレは言った。ヒコにも話す折のないままになっていたのですが。まだニューヨークの亡命者コロニーにいた、まだまだ子どもの頃でした。あのブリッギーがそっと囁いてくれたのです、あんたの伯父さんは海辺の国に知り合いがいるみたい……。

伯父は頑な人で、何故か私たちの出自について触れることは決してなかったのです。

海辺の国へ行こう。そうすれば何か手掛かりがあるかも知れない。でも私の、旅券代わりの滞在証明書では、海辺の国への旅は無理でした。そのとき、たまたま、若い支援者たちによる亡命者の子どものための夏期キャンプが、海辺の国の隣国の山岳地帯で行われることになりました。

そこへ参加した小学生の私は毎日、夏のキャンプをそれはそれで楽しみながらも、折りさえあれば、私たちの小さなテントが立ち並ぶ高原の端から、山並み越しに隣の海辺の国の平野を眺め、自分についての手がかりがあそこにあるのかも知れない、と思わずにはいられませんでした。

私は丈夫な子でしたが、そういう感情の強い動きが心と身体の未分離な子どもの心身バランスを壊したのかも知れません。明後日でキャンプも終わりという日、私は突然、高い熱を出し、そしてそれが生涯の好運でした。支援者のお兄さんの若々しい背に負われ、ブリッギーに付き添われて、私は町の病院へ担ぎ込まれました。

熱が高く、うつらうつらしていると、枕元で誰か、年配の女たちの話し声が聞こえました。

ほら、この変な名前。あんた何か、覚え、ないかね――。

ある、あるわよ。何か覚えあるわよ……そうだ、ほら、ウルザ婆さんの、あの変なチョッキ。

あら、そうだ。何かいつも言ってたわよね。

ウルザ婆さん、ここで子ども生んだ患者さんの大切な忘れ物だから、いつかは、きっと、返さなきゃいけないって。

いつだっけ、ウルザ婆さんの辞めたの?

いつだっけ、あれ?

馬鹿みたいに大事にしててさ、あたしらにも、しきりに見せてたでしょ、あの変なチョッキ。

何か名前かしら、字みたいなものが背中に刺繍してあったけど、この子の名札のこれ、ほら、ここ。よく見ると、やっぱりあの刺繍と同じよ、絶対。

あら、思い出した。あのチョッキ、こないだ、古戸棚の隅で見たよ。この子、むかしウルザ婆さんが世話したって言う患者さんの親戚かしら。ひょっとして、そのとき生まれた子どもだったりして……。あれ、そう言ったら、ほんとにそんな気がしてきた。

そうです、そうなんですと、熱に浮かされながら、私は叫びたかったのです。そのとき、ここで生まれたのが私です。そのチョッキはウルザ婆さんにずっとずっと、大事に大事に仕舞われて、この私をここで待っていたのです！

いや、ほんとうに、うわ言のように、そう叫んだのかも知れません。三日目の退院のとき、親切な雑役のおばさんたちが、ほらお土産だよ、あんたの名前が書いてあるだろ、って、わざわざチョッキを持ってきてくれたんです。

その瞬間、まだまだ幼い子どもだった私は何の疑いもなく、あっ、ママからの信号だ、って思いました。そして、お礼を言って、おばさんたちからその信号を受け取った私は、それ以来、それまでいつも心の何処かにあった寂しさが消え、どこにいても、どんなときでも、どこか幸せな心で暮らすようになりました。

亡命者コロニーに帰ったとき、チョッキの変わったデザインと独特の色使いを見て、あれ、これ海辺の国のだ、と片言の英語で言った、年寄りの女亡命者がいました。あそこの土地の言葉は変な外国語でねえ、別の国から潜り込んだ私には見当もつかなくて困ったもんだ。これはそもそも、字かね、模様かね。でも懐かしいねえ、とも呟いて、それが描いてある小さな幼児用のチョッキの背中を、何度も何度も撫ぜていました。

病院の掃除の小母さんたちは、賑やかにおしゃべりしているうちに何か間違ったのか、それともそれを私に呉れようと思ってわざとそう言ったのか、あるいはただ邪魔な古チョッキを始末したかっただけなのか。

いずれにせよ、小母さんたちのお喋りのように小さなチョッキの背の模様を字だと思って読み、そしてそれをそのまま私の名前だとするには、少し無理がありました。

でも秘密の信号というものは、いつだってそういうものではないでしょうか。私は、そのチョッキが母からの信号であるのを疑ったことはないのです。

XVIII 楽しい滞在は飛ぶ矢のごとく

(a)

「こないだは余計なおしゃべりをしてしまって。あとでけっこう恥ずかしくて」

忙しい大学の仕事を抜け出し、見送りも兼ねて五十キロほど離れた中都市の空港まで自分のくるまで送ってくれたヴァルレが、昼近くのがらんとした待合ロビーでガラス越しに遠くの山並みを見ながら呟いた。

「いや、そんなことはないさ」

ヴァルレの照れたような淡褐色の横顔を眺めながら、直行は打ち消した。もう荷物を預け、搭乗の手続きも済ませたが、実際の搭乗時間までにはまだ小一時間、余裕があった。

いい旅だった――と直行は思った。

数十年ぶりに訪ねた海辺の小国では、ミスタ・ディンガと再会して、当時の事情をいろいろ聞くことができた。またアメリカ南端の大学町ではヒコとヴァルレの結婚が日常的で安定した流れに乗っていることを改めて実感したし、孫のニカとも親交を結んだ。ヴァルレの人柄に深く触れえたのも嬉しいことだった。

晃子の骨を収めた磁器壺「空《そら》」をヒコに引き渡して、この世で果たすべきことのすべてを終えたという思いには届かなかった。だがそれは、次の機会を待てという運命の示唆かも知れない。

そしてもちろん、海辺の国でも、数十年前に起きたことのすべてが分かった訳ではない。だが分かるべきことは、分かるべき範囲で、結局すべて分かったのだ。ミスタ・ディンガから聞いた一人の老女のおぼつかない語りこそが、たとえ事実ではないにせよ、ことの真実を語ったのだと、直行は信じた。

直行はグレと再会することは出来なかった。

だが、死んだ母からその母を知らぬ子ヴァルレへ送られてきたという秘かな信号は、同時に若いグレから時空を越えて、老いた、死を前にした直行へ送られた信号でなくして何だろう？　老直行の心には数十年のむかし早朝の戸口に立って見送った、山へ向かう若いグレの面影が今もあった。

メールの着信があったらしく、ヴァルレは手元で画面を見て、簡単に返信を送り、こちらを向いた。

「ヒコはやはり無理みたいです。学生相手に何か話し始めると、勝手に深みへ入ってしまうんですよ。今日はジジ・ナオが遠くへ帰っちゃう日なのに——」

「いいさ。今度はゆっくり会えた。ニカとも仲良しになったし。ニカはいい子だね、動物が好きで、好きなものに気持ちを集中して。……ニカとテオは、これからどうなるかな」

「なかなか無理がありますよね、あの歳で年齢差が八ヵ月もあると。ニカはまだまだ赤ちゃん」

「でも頼もしいぞ。マナティが目の前へ躍り込んできても、びくともしなかった」

どこの言葉なのだろうか、後ろで何人もの話し声が声高に絡み合い、ロビーに響いて、同じ便に乗るらしいグループが賑やかに通り過ぎ、暫くこちらの会話が途切れた。

「……東海岸の大都市へは、いらしたこと、まだないんでしょう」

グループが通り過ぎて静かになったロビーで、ヴァルレが呟くように言った。

「ついでに寄って行けばよかったのに。そして帰りにはまた、ちょっとこっちにも寄って、身体を休めて」

「いや、いいのさ、これで。人生、すべてを完璧にこなす訳には行かない……」直行は腕の時計で搭乗最終時間をもう一度、確かめながら、続けた。「こないだの話は面白かったな。いや、面白いなんて言っては申し訳ないけど、素人なりに納得するところがあった」

「あら、あたし、何、話したかな？」

ヴァルレは照れて、ひとり言を言ってみせた。

「文化も歴史も、死者たちと生者たちの思いの感応がなければ生まれない……。永遠無量の時空の片隅の片隅で、死者と生者の思いが重なって、そこから初めて文化や歴史が生まれてくるなんて、今まで考えたこともなかった」

「そんな難しいこと、言ったかなあ……」

「……歴史はその時の生者、権力者に都合よく書かれる——昔そんな話をよく聞かされたけど、人間はそんなに簡単かななんて思ってきてね……。それからもう一つ。あの日、食後にまた何となく話が戻ったけど、その時の最後にあなたが言ったことも、自分では今まで考えたこともなくてね、忘れられない」

「あら、何か、言いました？」

ヴァルレはますます照れた。


この間どこかに出ていたけど——と、食後の雑談で少し酔ったヒコが言い出したのだった——今の日本に遺る最古の個人墓は古事記の編者のものなんだってね。それは共通の記憶を文字に書き留め、後代へ残すことに、昔の人たちが深い畏敬の念を懐いていたことを示していて、なかなか感動的なんだけど、でも逆に考えてみるとね、当時の畿内に何万人が住んでいたんだろう？彼らの墓も骨も大半は、せいぜい百年、二百年で消えたんだなってね。そしていま現在の、まあオレならオレの思いを例として言えばだけどさ、例えばハハがどんな人だったかってことも、いつか遠からずオレがいなくなれば完全消滅で、そのあとはハハについて——この世に現に存在したハハについてさ、何一つ知らない世界が未来永劫、続くのかって思うと、めまいがしてくるんだよ。

――でもね、ヒコ、とヴァルレが宥めるように言った。その人を知る人が誰もいなくなれば、お墓も壊れ、骨も消滅する。それが自然なのよ。私たちはそれを知って、それを直視し、それを受け入れないと。だってね、その覚悟が一人一人にないと、死を飾る空疎な儀式ばかりが繁茂して、共同体の不滅を殊更言い立てる不毛な言説へ繫がって行く。例はどこにでもあるけど……。

ただね、とヴァルレは改めてまた続けた。

だから人間が死者たちと無縁に生きて行くのか、って言えば、そんなことは絶対ないの。死者たちの記憶が一度みな消えたあと、生者たちはもう一度、宙空に漂う無数の死者たちについての記憶の、無数の細片を、それぞれの手のひらに受けて、それに耳を澄ます……。

そしてヴァルレは、自分のなかにある遠い風景を探すように、そこで一度ふと言葉を切って、また続けたのだった。

――いえ、すべての人間はね、無数の死者たちについての思いと記憶の断片、そのゆるやかな渦の中から生まれてくるの。だって、それだけが彼のいのちの源だもの。

A＊＊＊市&D＊＊＊市経由、西海岸行き、NN航空×××便搭乗のお客様への最後のお知らせです……。

アナウンスが聞こえていた。

「時間だな」

「そうですね」とヴァルレは頷き、暫く黙っていた。そして言った。「歴史や文化のことはいくら勉強しても、したりない。そして勉強しているといろいろのことを考えます。それを間違いだとは思っていません。でも、そう考える私も、そういう私を知る人も、みな世を去る。それも真実です」ヴァルレは短く言い切った。「宇宙に自分の存在した痕跡は何も残らない。それが人間の真実で、それでいい――いつからか、そう思いたい、それでいいと思いたいと、そう思うようになりました」

直行は深く頷いた。

「そうだね。人生、歴史についても、また生と死についても、あなたの言ったことが真実だ。……いい旅だった」

NN航空×××便搭乗のお客様への最後のお知らせです……。

また放送が聞こえ、直行は言った。

「いい旅だった。有り難う。ヒコをよろしく頼む。まだ青年っぽいところが抜けてなくてね。それからニカにジジ・ナオからの挨拶を忘れず伝えて下さい。何が来ても、退くな、その黒々としたオリエンタルな目で睨みつけてやれ、ってね」

「ええ、睨みつけろって、必ず伝えます」

ヴァルレは明るく笑い、そして直行は言った。

「──今度の旅で嬉しかったことの一つは、ヴァルレがどういう人か、しっかり知ることができたことだったな。ほんとうに有り難う。私がアメリカ人なら心を込めてハグするところなのだろうがね……」

直行は一、二歩、退いて、自分より少し背の低いヴァルレの濃い茶褐色の眼、淡い褐色の顔立ち、その穏やかな身体付きをゆっくりと見て行った。何か、懐かしいものが彼の身体を浸して行った。

「……私は古い人種的出自から言っても、現在の市民権保有者という意味でも、間違いなく、個別国家を越えてアメリカ人ですから」とヴァルレが照れたように冗談のように言って、一歩近づき、そっと両腕を広げた。「アメリカ流に心を込めてハグします。遠い国へ来て頂いて、ほんとうに仕合わせでした。一生忘れません。どうか、いつまでも、いつまでも神のご加護が……」

直行の心に遠い遠い昔の夏の夕暮れ、仕事を終えた大勢の人々とともに幼い聖マリア像が待つ丘の町を目指して、早足で坂道を昇って行く若い自分の姿が見えた。そしてある夕方、並んで坂を昇っていたグレが急に隣を歩く直行の手を掴み、引っ張って、脇の疎林へ引き込んだのだった。

いま彼の肩で声を震わせ、顔を伏せているヴァルレの身体は、そのとき初めて触れたグレのしなやかで厚みのある身体を思い出させた。感動と悦びが彼の心に広がった……。

「おーい、そろそろ急いでくれないかな、そこのおふたりさん！　お邪魔はしたくないけど、飛行機が出ちゃうぜ」

気がつくと西海岸行きの乗り込み口では、小太りで年配の白人係員が大きく手を振り、親しげな、明るい笑顔で搭乗を急かしていた。

(b)

暫くは海の上を飛び、やがて左へゆるやかにカーブして、平野を二時間ほど川沿いに遡上して行った飛行機は、やがて山裾の空港に着陸した。機体整備の間、次へ乗り続ける乗客たちは待合室に案内された。

短い待ち時間、ドアを押して屋上に出ると、山のほうから流れてくる霧まじりの大気は思いのほか冷たかった。今年の夏ももう終わりに近いのだった。

人けのない屋上にはどこか見覚えのある身体付きのアジア人の男が一人、孤独な背をこちらに向けて立っていた。やがて再搭乗をうながすアナウンスが屋上にも流れ、その男もゆっくり向きを変えて屋内に入ったが、それは直行の予感どおり、あの東京の空港で見掛け、ヴァルレ&ヒコの町の海中生物生態センターでも見掛け、自分に似たあの男だった。

直行の前を通るとき、男はなにか呟いたようだったが、よくは分からなかった。直行は男を見送り、少し間を置いて待合室に戻った。

機内へ戻ると、周囲の客はかなり入れ代わっていた。あたりを見回してもさっきの男の姿は視野から消えていて、整った服装のビジネス客らしい黒人たちが、あちらこちらに目立った。

この便はこの先、大陸の中央で、平野部の大都市にもう一度、降りて、西へ向かう客たちを更に集め、そのあと大陸西部を南北に走る巨大なロッキー山脈群を越えて、西海岸の中心都市を目指すのだった。

やがてベルト着用のサインが消え、それまで窓際の席で秋の明るい地上風景に見入っていた直行は、機内へ視線を戻し、前の座席の背に挟まれた各種案内の間に日本語の薄い古雑誌が混じっているのに気付いた。

何だろう。日本人客もちらほら見え、日本語のものがあっても不思議ではない。だが、さっきまでなかったその冊子は、着陸時の機内掃除のときにでも迷い込んだのだろうか。

何気なく手に取って、その表紙と活字を見たとき、驚きが直行の背を走った。

それはもう何十年か前、内輪ではそれなり知られていた左翼系の情報誌だった。大仰な大見出し。粗くて暗いグラビア頁。煽動的な論調。真偽定かでない各種消息……。

だが見直すと、彼が手にしたのは、その雑誌の今風パロディなのか、後継誌なのか。表紙では二十一世紀東京オリンピックの招致失敗とその関連スキャンダルがトップで躍り、原色系と直線を多用する癖の強い表紙デザインだけが昔と変わらない。

あの時代から一つの人生を容れるに充分なほどの時間が過ぎて、それでもなお、その形を変えようとしない意志……。

その一貫した意志の意味と無意味――それを見分ける術《すべ》はどこにあるのだろう。そう思いながら冊子を前席の背のポケットに返そうとしたとき、その表紙の左側に太い活字で一行で記された大見出しが目に入った。
《本誌特報！〈同志オキシン〉のブルジョア的最後！》
彼は冊子を開き、特集を探そうとしたが、探すまでのことはなかった。形ばかりの別記事二、三を除けば、雑誌の内容はその特集だけだった。

〔本誌特報〕
20世紀中葉の政治的激動期、革命的××同盟・突破派リーダーとして名を知られた沖神介氏（本名荒木篤臣・通称オキシン）は、久しく子息××××の経営になる南米の大牧場で逃亡生活を送っていたが、最近、自らが操縦する放牧用自家飛行機の墜落事故で死亡していたことが、20××年××月××日までに分かった。
なお同氏は某々地方の大地主として知られた旧△△子爵家の末裔で、△△県△△郡出身。没年（推定）83歳。

〔小伝〕

同氏は50年代前半、革命分子を装って潜入した反動派スパイの摘発に辣腕を振るって、××同盟・突破派の主導権を握ったが、反革命党（前記反動派とは別系）から殺人罪をもって告発された。同氏はそれを警察・反革命党・反革命諸派の無原則的共同陰謀だとして厳しく否認するとともに、国家的弾圧を避けるために活動の場を海外へ移し、〈世界同時革命の現実化の為に〉とのスローガンを掲げて世界各地、特にラテンアメリカ諸小国に於ける拠点造りと財政的基盤の創出を目指して活発な活動を続けたが、敵対諸派からは、私的利益のための小資本的商業活動を美名をもって糊塗しているに過ぎないと、厳しく糾弾されてきた。

〔続報〕

一般には、最初の海外脱出後、同氏が帰国したことはないとされているが、最近、特にこの〈本紙特報〉の取材開始以来、同氏の過去および現在の目撃情報が日本各地で囁かれている。だがそれは、いわば現代に於ける反動的〈義経説話〉であって、貴族的出自を持つ同氏の革命的ロマンチシズム風（＝欺瞞的）雰囲気から生まれた誤伝、ないしはそれを利用した分派的デマゴギーである可能性が高い。

また子息の大牧場での同氏の死が判明した以上、同氏の海外活動は私的利益のための小資本的商業活動に過ぎないという非難は、まったくの誹謗ではなかったと言うべきで、むしろそれが今回、立証されたとする向きが多い。

〔続々報〕沖神介氏（本名荒木篤臣・通称オキシン）関連消息通の語るところによれば、沖氏がその死を迎えた南米の牧場は、かの70年闘争の最終局面で、敗北主義的動揺を隠せなかった同氏が最後の逃走場所として秘かに用意したものであって、そのあと、一時は革命派若手リーダーとして台頭するかと噂されていた同氏の子息が、冒険主義的敗北とその結果としての深刻な人格崩壊の挙げ句、南米へ逃走した際に、同氏が子息支援・救済のために経営を子息にゆだねたものらしい。

なお、当時から一部で噂になっていた同牧場の購入資金の出所、特に旧満州国系資金流入の疑いが、同氏死亡により明らかになることを期待する向きもあると言われている。

〔続々々報〕沖神介氏（本名荒木篤臣・通称オキシン）関連

同氏が事実上のオーナーだと言われていた60～70年代の伝説的喫茶店《異端門衆》は、女店主××××さんの高齢化と病気のため既に一昨年冬から一時閉店のままになっている。××××さんは当時、沖氏の姉とも、また従姉にしてパートナーだとも噂されていた女性で、その姐御的統率力と妖艶なる魅力によって喫茶店《異端門衆》へ多くの有名無名左翼系人士を吸引し、店内で客同士の激しい論争が繰り広げられることもしばしばだったが、しかしそれが決して、少なくともその場での実力行使・ゲバ的対決に至ることのなかったことは、〈中立不偏・論争無限〉の合言葉の下、〈絶対自由場〉の提供を信条とした女店主×××さんの見識の故だと、久しく喧伝、称揚されてきたところであり、かつまたそれが真実であることは、当時しばしばそうした場に客として、あるいは時には当事者の一人として、立ち会った記者自身（＝本稿執筆者）の躊躇うことなく証言しうるところである。

　女店主×××さんの速やかな快癒、本復、そして喫茶店《異端門衆》の復活、再開を、現在の無気力状況下に於けるその政治的重要性を指摘しつつ、記者もまた心から祈りたい。

〔通信員＝生多残雪（活動名）〕

　その真偽錯綜した記事を読んだ直行の心を、ただオキシンへの懐かしさだけが深く揺さぶった。就職間近い院生だった直行の、あの山の温泉でのオキシンとの出会い――あの偶然がなければ、自分の人生だと言えるものは何一つなかった……。

　いま機内に響きつづける単調なエンジン音の中で、その思いが直行の心を支配した。

　窓の外、目の下には厚い雲が広がり、ときおりその切れ目からアメリカ大陸の広大な土地と、そこをゆるやかに流れる大河が見えるばかりだった。

――オキシンは八十代半ばまで自分の所有する牧場で、自由に働き、自由に生き、そしてある日、わが手で自由な空を目指して飛び立った飛行機の事故で死んだ。

それほどまでに自分の生にふさわしい死を死ぬる仕合わせは、オキシンだからこそ可能だった。

南米大陸の牧場の広々した草原、いま回りはじめたプロペラの振動、それに身を震わせる至福、高翼小型機の操縦席に座るオキシン――今しも空へ、果てしなく広がる蒼天へ、その先の無限の宇宙へ、今しも無限の無へと飛び立とうとしている老オキシンの、若々しくも悪戯めいた表情、その伸びやかで自由な姿が、直行の心にありありと見えた。

ふと前を見ると、いつスチュワーデスが持ってきたのだろうか、座席前の小テーブルに水のボトルと、七分目ほど水が注がれた小さな紙コップがあった。紙コップの水は飛翔の振動に細かく震えて、窓から差し込む午後の光を美しく波立たせ、反射していた。

直行は紙コップを手に取って、心で言った。

オキシンの生と死にわが深き感謝を！　そして更にその死を越えた飛翔へ、何の留保もなきわが敬意を！

直行は窓の外の果てしない空へ向かって紙コップを小さく掲げ、美しく波立つ光の水を飲み干した。

(c)

アメリカ大陸の半ばを横切って降りた大都市D＊＊＊の空港で、飛行機は西へ向かう人々で満席になった。

やがて整備を終え、遥か西海岸を目指して飛び立った飛行機は、あれは油田なのだろうか、炎を揺らす櫓《やぐら》が立ち並ぶ広大な砂漠にわが影を小さく映しつつ飛び続け、やがて複雑な地形の山岳地帯へ向けて次第に高度を上げながら、晩夏の明るい空を更に飛び続けた。昨日の夜、ヴァルレ&ヒコとの名残の食事とその後の帰国の荷造りで遅くなった直行は、単調なエンジン音に誘われて、ゆるい眠気の中で古い夢から古い夢へと引き込まれ、夢と夢の間を切れ切れに漂って行った。

旧く遠い村外れでは流れがゆるやかな渦を巻いて、空で鳥たちが大きな輪を描いてけたたましく啼き、やがて渦の中から赤い短い着物を着た女の子が浮かび上がってきて、川下へゆっくりと流れた。

夢見つつ眠りつつ、眠りつつ夢見つつ、厳しくも放埒な戦塵の日々を逃れ戻った若者たちの話に耳を傾け、少年は世界への恐れと秘かな憧れに震え、焼け跡の空は彼方へと彼方へと赤く滑り続ける。

旧い東京郊外の新開地の、小さな借家の窓際に幼児がひとり座り、外では弱い雨が止むことなく降り続け、幼児は庭の水溜まりや水の流れを見下ろし、片言で何をだったのだろう、ただ呟き、呟き、ひとり語り続けていた。

飛びつづける飛行機の中で幼い日々は巡り続け、秋が行き、やがて冬が人々を凍えさせて、ある日、灰白の老猫が垣根の下からゆっくりと姿を見せ、日溜まりの縁側に座る幼児の手からなにがしかの残飯を食べ、垣根の隙間から去ろうとしたとき、幼児の呼びかける声に振り返り、幼児の前へゆるゆると戻って、その差し出す手をざらつく舌で繰り返し繰り返し、丁寧に嘗め続けた。翌朝、老猫は隣家の風呂の焚き口の脇で毛皮を焦がして死んでいるところを発見され、幼児はその日から、自分の内側深くに死を養い始めた。

戦争が終わった夏の日、少年がひとり、生々しい赤土の崖に照り映える午後の太陽の光の中で、兵隊にならなくて済む、殴られなくて済む、死ななくて済むと、ひとり呆然と繰り返し呟きながら、老衰し焼死した老猫を心に抱いて立ち竦んでいた。

旅客機はかつての少年の深く沈む眠りの中で、今の老人の浅く揺れる眠りの中で、単調なエンジン音を生と死の間を縫う子守歌のように響かせながら西方を目指して飛びつづけ、やがて次第に高低差の激しい山岳地帯へ近づいて、大きなカーブを描きつつ一段と高度を上げて行った。

時は巡り、日は過ぎ、その朝ヴァルレ&ヒコの家を出たときから数えてみれば、いま旅客機の飛び行く先の山並みも次第に薄い闇に包まれ始めて不思議でない時刻だったが、高度をことさら高く取っているからなのだろうか、辺りの大気は不思議な赤銅色の光に透明に輝き、暮れ落ちる気配を見せようとしない。

直行は終日、東に出て西へ落ちる太陽の動きから逃れるかのように――自分の頭上を越して西へ落ちる太陽に決して追い越されまいとしているかのように――ただ今日の一日、西を目指して、赤銅色の透明な空をひたすら飛び続けているのだった。

険しい山脈を越えるために高度を上げて行っても、地上との相対的高度はなお低く近づくのだろうか。山と山との間を縫って蛇行する山岳道路、孤独に走り続ける乗用車、時折黒煙を吐いて速度を上げる長距離トラック、トレーラー。その道路脇に繰り返し現れ、繰り返し過ぎ去る小草原、そこに立つ簡略な住まい。その近くでひとり孤独な作業を続ける人々の姿などが、窓から見下ろす直行に次第に身近に、次第に鮮明に近づいてくる。

輝く空の向こうには、次の山脈が聳えていた。直行の乗る旅客機はまた一段と高度を上げ、正面に屹立する峰々の間を縫って飛びつづけたが、やがてそこを抜けると、にわかに視野が開けて、低い山並みの連なりが目の下に見え、そこここに赤銅色の透明な光に輝く谷間の村々が点在し、その村々を繋ぐ山道、そこを行く人々の姿さえもが、ありありと見え始めた。

山道に寄り添って、深くえぐられた奔流が白い飛沫を上げて流れ落ち、その流れに時に寄り添い、時に交錯し、時には姿を隠しつつ、一本の細い獣道《けものみち》が先へ先へと曲がり、伸びて行く。

そして、そこを急ぐ二つの人影……。

そのひとつは若い女であり、もうひとつは壮年の男だった。二人に注がれる赤銅色の不可思議な光は女の身体の微かな妊娠の曲線を浮かび上がらせ、かつまた、女に寄り添い、助け、難路の先をしなやかに導き急ぐ男の横顔、その快活な表情を照らし出していた。

加見直行はいま老年の身で、最後の帰国の途にあって、数十年前に起きたことのすべてをようやく悟った。

何の不思議もなかった。かつてオキシンこと沖神介は海辺の小国の交易事務所を主宰し、グレはその信頼する所員だった。そしてグレが山岳地方の一族を訪ね、そこで初めてわが身の妊娠に気づいた時、そのグレを、険しい山道を越え、さまざまな実際的・技術的・政治的困難を越えて隣国へ救出し、そこでの出産を手配する能力を持っていたのが、姿を消して隣国に潜伏していたオキシンであったこと、おそらくはオキシンただ一人であったことは、今にして思えば、自明だった。

ねえ、ナオ、分かった？　遙か下の山間の道から若いグレの囁きが聞こえてきた。私たちの赤ちゃんと獣道を辿る私の姿が見えるでしょう。私は仕合わせだったのよ、とても、とても。だって自由を目指し、ナオの心と一緒に獣道を駆け抜けて、そしてナオとともに産んだもの、ヴァルレを。

ナオと一緒に育てることができなかったのは残念だったけど。でもヴァルレを産んで、次へ、あのニカへ、いのちを繋いだ――そのことでいいの。欲張ってはいけないもの、人生では。

直行はそのとき、何ひとつ不思議だとは思わなかった。いま太平洋岸を目指し、北米大陸を西へ西へと飛び続ける旅客機の窓から南米の海辺の小国の山岳地帯を見下ろしていて、そこからオキシンに助けられつつその獣道を隣国目指して走り続けるグレの囁きが聞こえ、そしてそのグレが身に孕む未生の児をヴァルレと呼んでいること――直行はそのすべてを、何ひとつ不思議だとは思わなかった。

時折、グレとオキシンの二人の影を追う三人目の影が見えて、消えた。一度は東京の空港の豪雨の屋上で見かけ、ヴァルレ&ヒコの町の海中生物生態センターの暗い一角で再び、そして三度《みたび》大西洋岸の経由空港の寥々たる屋上で見かけたあの男――直行自身に似たあの男の影がいま、時に二人の影に重なり、時に薄く消え掛けながら二人を追尾し、二人と一緒に駈け続けていた。

知らない町でヴァルレを産んだときにね――とグレの声がまた囁いた――自分の乳首を初めてその小さな口に含ませながら、ひとの身には見通せない行く末のことは、すべてあの小さな祠のマリアさまに任せようと決心したの。私たちふたりの仕合わせをいつもいつも見ていて下さった、あのマリアさまに。すべてをお任せして、決して〈格別のお計らいを〉とは願うまいと。

そして、祈ったの、〈すべてはあなたの御心のままに〉って……。

旅客機は複雑に重なり錯綜する山脈の間を縫って、その最後の嶺を大きく越えて行き、獣道は山並《やまな》みの間へ消え、赤銅色の透明な光に包まれて獣道を急ぐグレとそれを護り追うオキシンの後ろ姿が次第に遠くなって行った。

それに混じる第三の影はいつか薄れて、もう見えなかった。

直行は心に聞いたグレの言葉を疑おうとは思わなかった。遠く遠い昔に若い自分もまた不可思議な赤銅色の光に照らされて、一夜、駅から家への一筋を歩いたのではなかったか。

グレによる直行の娘ヴァルレと晃子による直行の息子ヒコとの、世に稀な幸せ――それが神々の妬みを買うことなく、末永く許されんことを願いながら、直行は暗い夢の中へ深くゆっくりと沈んで行った。


壮大な山脈地帯を無事に越えた旅客機は、標準高度までゆっくり下降して水平飛行に戻った。簡単な飲み物と軽食が供され、到着前に洗面所に向かう人たちで機内がひとしきりざわついたあと、やがて旅客機は西海岸の終着地を目指して次第に高度を下げ始めた。そのとき客室乗務員の一人が、アジア系らしい老人客の様子がおかしいことに気づいた。老人は中継地のＤ＊＊＊空港を離陸して以来、飲み物も飲まず軽食も取らず、ただただ窓際で深く眠り続けていて、乗務員が声を掛けても何の反応も見せなかった。

通報を受けて、西海岸の空港には救急車が用意された。

旅客機が着陸し機体から老人を運ぶ担架が降ろされると、それを収容した救急車は、赤ランプを初めはゆっくりと、しかし次第に早く回転させ始め、すぐに忽ち高く鋭くサイレンを鳴らしながらスピードを上げて走り去った。

＊　　＊　　＊

それから二週間ほど過ぎたある日、㈱海辺交易事務所は、名誉顧問・加見直行の死についての挨拶状を関係者へ送付した。

弊社名誉顧問・加見直行儀、米国訪問中、西暦××××年×月×日、同国××市にて、享年××歳をもって客死致しました。生前のご交誼に深く感謝するとともに、その旨、深い哀悼の念とともに謹んでご通知申し上げる次第です。

なお葬儀埋葬の儀は、親族縁者にて、××教会（米国××州××市）に於いて本人逝去の地の儀礼慣習に準じて、相済ませました。粗笨《そほん》ながら、別途、当地に於ける会葬の儀は予定しておりませんので、その旨を申し添えます。

㈱海辺交易事務所　所長

△△　△子

終景〈花影百年〉

(a)

むかし、敗戦の記憶が人々の心に生々しく残っていた頃には、どこか新開地の粗さと勢いも見えた商店街も、それから数十年、日々通り過ぎる人々には気付かれないような小さな変化が重なって、最近ではなかなか落ちついた風情を漂わす道筋になった。

例の爺さんが才覚一つで手にしたあの中華料理屋は、もうない。店主が脳卒中で急死したあと、二、三度は姿を変えただろうか。今では革製品や上製衣類の高級リニューアル専門チェーン店になり、外見にも内装にもそれなりの趣《おもむ》きを漂わせている。地元の三代目などは、高がお直し屋じゃないか、因業爺に祟られるぞ、などと呟きながら通り過ぎて行く。

数十年続いた駅前の老舗洋菓子店は、後継者不在で店を閉めた。その後には近年評判の最高級コーヒーチェーンが都内5号店を出したが、なかなかの繁盛ぶりで、この郊外商店街の格を上げたと囁かれている。

ときには記憶の薄くなった老人が足を止め、周囲を見まわして、むかしこの辺に立っていた素朴な人形のことを、詳しくは思い出せぬまま探し、懐かしんでいる。

駅ビルは先日、何回目かのリニューアルで出店がまた大分入れ替わった。もっとも、昔も今も日々の商いの中心は戦後の闇市の系譜を引く地下街で、生鮮食品を買う人々の行き来ばかりは、日々、途絶えることがない。

(b)

アメリカからの帰国の途上、大陸横断の旅客機の中で意識を失い、死亡した加見直行の一周忌が、ごくごく内輪で開かれたのは、商店街に最近できた瀟洒な和風レストラン〈花影百年〉の二階だった。

集まったのは、ヴァルレ&ヒコ+ニカの、故人の息子一家の三人。故人が長年運営し、最後には名誉顧問だった海辺交易事務所からは、故人の忠実な秘書だった現所長とその娘で所長代行兼所長秘書の二人。また旧友ミスタ・ディンガは相変らず脚の具合が悪くて不参加だが、その息子ミスタ・ディンドルが東南アジアでの仕事帰りに代理として加わって、計六人。

本来の一周忌を何週間か過ぎて、故人逝去後二度目に巡ってきた晩秋の一日だった。

直行が外国での客死だったこともあって、その死に伴う相続その他、法律上の手続きはそう簡単ではなかった。しかもその手続きを履行すべき息子のヒコ自身が外国暮らしであり、またそうした実際的事柄には疎い質だったので、悲しみの中で突然自分の仕事となった煩雑で慣れない用件にいったいどこから手をつけるべきなのか、迷っているうちに時間が過ぎた。

それが、途中で一回、五日ほど臨時に帰国するだけで、どうやら期限内にすべてを済ますことが出来たのは、ひとえに海辺交易事務所の若く有能な所長代行兼所長秘書が助力を買って出てくれたお陰だった。

法律上の問題ではなかったが、もう一つの問題は、故人が一人で住みヒコが相続した住まいを今後どうするか、ということだった。敗戦後から高度成長期、あれほど住宅難だった東京でも、最近は住み手のない空き住宅の管理が問題になっているが、ここでの問題はそれとは少し別の問題だった。

東北の小さな大学へ進むまでの十八年間、チチやハハとともに暮らし、育ったその住まい——嵐で倒れたハナミズキの根元には亡くなったハハと未生のまま往った妹・稚穂の小さな骨片が埋まるその家を、売るにせよ貸すにせよ見知らぬ人たちの手に任せる気には、ヒコはなれなかった。

相続の事務手続きを手伝いながら、その気持ちを聞いた所長代行兼秘書は、控えめに言った。

「もし差し支えなければ、所長にそのお気持ちを伝えて、相談してみたいと思いますが……」

ヒコは頷き、話は結論を言えば、故人の長年の秘書であり、唯一の社員でもあった現所長及びその娘の所長代行兼秘書が、当分の間、直行旧宅に住むことになった。

もっとも、故人が亡妻・晃子と分け合っていた旧寝室（＝現寝室兼書斎）及びその付随的部分は、ヒコやヴァルレ、ニカが日本へ来たときに泊まる別区画にしておく、という提案もあって、その結果、事柄の全体をヒコは住宅の管理委託だと考え、所長親子は住宅の借受だとする点で意見の食い違いが生じたが、結局、管理委託料と借家代は相殺、つまり双方無料ということで決着して、所長親娘は既に一ヵ月ほど前に引っ越しを済ませた。

今日の遅れた一周忌は、故人直行を深く悼みつつ、同時にその転居のお披露目や、他にも多少の小行事というか小儀式というか、親しいひとの死のあと心に掛かっていて、放置できないあれこれに、小さな区切りの線を引くための集まりでもあった。


その集まりの場所としては、ヒコの思いは自ずと、この和風レストラン〈花影百年〉を選んだ。

それは店名からも推察されるように、むかし同じ場所にあった老舗の和菓子屋〈花影庵〉の系譜を引く店なのだが、ヒコにとっては〈花影庵〉ゆかりの店というだけで素通りはできなかった。

父親の直行はむかし、若い女友達だった晃子が未婚のままヒコを孕んだとき、ともに住むための家を探してこの土地を訪ね、そこで見つけた〈花影庵〉の和菓子を晃子の両親への手土産にしたという。

そのとき、古風な和菓子屋の店先に立って、奥へ声を掛けると、待つほどに古い掛け時計がゆっくりと時を打ち、漸く奥から人影が現れた――その時のその店の様子を、時折、遠い物語のように語る父親の面影と、その話に嬉しそうに耳を傾ける若い母親の姿が、今もヒコの幼児の心に残っていた。

もし死者にも記憶というものがあれば、とヒコは思った。この和風レストラン〈花影百年〉での一周忌の集まりにチチも姿なく同座していて、昔の〈花影庵〉の姿をありありと思い出しているだろう……。

ほの暗い店の奥の、長年拭き込まれて光る太い柱、そこに掛けられた柱時計。脇の長押《なげし》に掲げられた〈花影庵〉と右横書きに彫られた木の額。訪れた客が待つうちにゆっくりと時計が鳴り、ふと奥から幼い男の子が小走りに姿を現して、「おばあちゃんは、すぐにきます」と、声を張って口上を述べた――。老店主がその店の戸に断腸の思いで挨拶文を張り出し、店を閉じたのは、そろそろ世が高度成長へと雪崩を打ち始めた頃、長く夫に連れ添い、孫にも助けられながら店を守ってきた老妻が、病に倒れて亡くなった時だった。

伝統ある和菓子屋の跡地は華やかなガラス張りの大きな美容室になって、人々は時代の移り行きをひとしお深く心に感じたものだったが、それから更にまた一時代が過ぎたのだろうか。今はむしろ小ぶりで個性的な店が好まれるらしく、少し寂れたその大型美容室が店を閉めたあとは長らく空いたままだったが、漸く半年ほど前、建物も新築同様に改装されて、椅子テーブルの形式は洋式だが、料理は和風のレストラン〈花影百年〉が開店した。

新しい店で料理人も兼ねる年配の店主は、かつての日、〈花影庵〉の店先で「おばあちゃんは、すぐにきます」と声を張って客に告げていた、あの少年だという。

(c)

「……もともとはユグノー系統の人たちがアメリカに亡命して作った町であり教会で、つまり大きく言ってカルヴァン派ですから、けっこう厳格だったようですけど」

気がつくとヴァルレがゆっくりした英語で、客死した義父の直行を故国へ送らずに自分たちのところへ引き取って埋葬した経緯について説明をしている。魚と野菜中心で軽い和食の昼コースもほぼ終わって、和菓子や玉露のデザートへ移って行くところだった。

「でも、大きな国の南の端の小さな半島でひっそりと自分たち独自の信仰を育てて来るうちに、いまでは独立教会になっていて、むしろ伝道者イエスを慕う自由信仰派と言えばよいのでしょうか。もちろん普遍的キリスト教共同体のなかでの小さな信徒集団ですが。——ええ、その点は、家族の私が正式の教会員ですから……。——はい、今はみな火葬です、時代の心に添って、と言いますか。それに、そうでないと教会墓地がすぐ手狭になってしまうし。——いえ、何代か前の指導者のとき今後の墓地の在り方が教会として定められ、今もそれに従っています」

前世紀の中葉、対独・対日戦に勝利し、町の人口も増え、郊外の森林も急速に都市化していく中で、独立教会に強い個性と信念で知られる一人の指導者が現れたが、彼は若い頃に読んだ古いドイツ小説の影響もあって、清貧を重んじる信仰集団が所有、管理する教会墓地の将来を危惧したと伝えられている。

今後も増えて行くだろう篤い信仰と軽い財布を持って生きる兄弟姉妹たちが、この先、火葬が教会の約束事になったとは言え、限られた面積の教会墓地で死後も共に集い、永久《とわ》に安らぎ続けることは、どうしたら可能なのだろうか。単純な計算でも、自分が召される日を待たずに、兄弟姉妹たちが墓地の小径ですれ違うことすら難しくなってしまう。

単純明快な数学的計算の結果では、それは答えなき不可能な問いのように思えたが、ある朝、天啓が彼を訪れた……。

教会の地元ではよく知られた挿話をヴァルレはゆっくりとした英語で語り、事務所長母娘、海辺の小国からの賓客ミスタ・ディンドル、それに幼いニカも、熱心に耳を傾けていた。

そうなのだ、われわれの身体も名前も個性も、みな束の間の幻影に過ぎない……。ある冬の朝、宇宙の隅々まで澄み渡る、氷の結晶体のような蒼空を見上げながら、牧師は真理を心に受けた。われわれはみな死の訪れた朝、ただ無名、無形の、純粋な魂として神の御許へ帰って行く。であってみれば、脱け殻である肉体は死とともに焼かれ、名前と個性は忘却に任せて、ただ焼かれて残った灰だけが生命を形作る次の器の材料として、また大いなる神の自然の循環へ戻って行けばいい。

「そうだ！」と、老信徒の終の床へも馬車で赴いた前世紀生まれの、いや、いま現在から振り返れば前々世紀生まれの、牧師にして指導者は大きく頷いた。教会墓地のすべてを主からの贈り物、滋養ゆたかな牧草、あのウマゴヤシの草地にしよう。われわれの仮の宿である肉体は死とともに焼かれて灰となり、最良の肥料となってそこへ鋤きこまれ、われわれはその草地で育ち刈り取られたウマゴヤシで牛を飼い、馬を育て、次の生命誕生の基盤を造る。

それこそが、宇宙の生命の脈動を司る主の御心に叶うだろう。

そして些事だが――と教会の実際的経営にも日々腐心する牧師は秘かに思った。神よ、許したまえ！　もし墓地の特定の一角に育つウマゴヤシを年々そのまま入札に掛ければ、苦しい教会財政への一助ともなる……。

「教会とそこに属する兄弟姉妹のためを思う、その牧師にして指導者の熱意と純粋さを疑う人はいなかったと、教会の〈信仰小史〉にも書いてあります。ただ」とヴァルレは言った。

牧師から教会の長老会議にその提案が出されたとき、長老たちはみな思わず顔を見合わせた。彼らは、揺るぎない信仰と強烈な個性で教会を導く自分たちの牧師を心から尊敬していた。だが、それだけに、その提案にはひとの心の持つ弱さを無視、とは言わずとも、軽視している嫌いがあると思えた。

彼らは日頃からその点を、尊敬する指導者の唯一の、しかしどうにも困った欠点だと思っていたのである。

人間は親しい家族知友を失ったとき、その名その姿はただこの世だけのもの、ただ仮初めのものと知ってはいても、なおこの地上で慣れ親しんできたその姿、呼び慣れてきたその名前を、喪失を嘆くわが心のうちに描き、呼ばずにはいられない。そして、その人の世にあっての働き、愛情、公正な心を、地上に於ける彼の仮の姿、仮の名でわが記憶の中へ呼び起こし、その仮の姿、仮の名前への追憶にわが心の悲哀と追悼を籠める。

人間は、わが心の深い悲しみを更に深く耕して行くために、それ以外の——この世における仮の名、仮の姿以外の——どういう手掛かりを持つだろうか？

そして神もまた、それをひとの弱さとして、いえ、同時にひとの思いの深さとして、お認め、お許し下さるのではあるまいか……。

説明するヴァルレの目に涙が浮かんでいた。彼女は話を続けた。

牧師にして厳しき指導者は、信仰と神の義をひたすら突き詰める人であったが、無駄に頑な人でもなかった。長老たちの異議を聞いたとき、彼は二、三の特に信頼する長老たちを牧師館へ招き、墓地についての自分の現実的危惧と信仰上の考察に、心弱き人性に寄せる長老たちの危惧と思いとを考え合わせて、今後の教会墓地経営はどうあるべきか、その全体像を具体的かつ現実的に描いてみてくれるよう、依頼した。

「今の教会墓地の基本の形は、そのときにできたようです」とヴァルレは言った。

それは大きく言えば、墓地を二分し、半ばは従来どおりの墓地の形を取り、残りは牧師が考えたような草地にすることだった。

死者が火葬されたあと、その遺骨はまず従来と同じように墓地に葬られる。そして、やがて何時か、そこを訪ね弔う親族知人が三年間にわたって絶えたとき、あるいは親族知人の代表が自ら申し出たとき、墓地の区画を次の死者に譲り、遺骨は牧師の権限で草地へ移される——。

それは一見ただの折衷案に見える。だがそこには、当時の長老たちの間で敬愛と共に〈宿老〉と呼ばれていた老人の叡智が籠められていた。そうヴァルレは言った。

神は永遠です。しかし人間は時間の中へ生まれ、時間の中で生き、時間の中で死んで、しかる後に神の永遠へ無名の魂となって迎えられる——。

長老たちの協議の場で〈宿老〉はそう言われたと、〈信仰小史〉に記されています。

〈宿老〉は言われた。

——人間が家族知友を悼む心は決して消えることなく、限りなく続くかに思える。だが、兄弟姉妹たちよ、真実を直視しよう。悼む人々もやがては——神の目から見れば一瞬の後に——永遠の中へ帰ることを許され、そこで永遠の安らぎを与えられる。

だからこそ兄弟姉妹たちよ、と〈宿老〉はその老いて嗄れる声を励まして言われた。残された人々の逝った人々への愛着、神の目から見ればただ一瞬の執着、一瞬の誤りを、その本質を愛とするわれらが神が、大目に見て、許して下さらぬ訳はないではありませんか、兄弟姉妹たちよ。

ひとの心は弱く、家族知友が神の大いなる無の場へ過ぎ行くのを直視できません。残された心弱き人々には家族知友との別れを学ぶための場が、共に過ごし共に充たされた短い日々への感謝の思いを深めるための場が、神の目から見ればただ一瞬、必要なのです。

愛をその本質とするわれらが神は、その一瞬を拒否なさるでしょうか？　いや、そんなことはありえない。われらが神は、必ずやそれをお許しになります……。

〈宿老〉の、時に老いに嗄れつつも柔らかく熱い言葉が、聞く人たちの思いを深く動かし、かの厳しい指導者の心も和らげて、教会に集う人々は総意を以て、墓地を〈再会の場〉と〈永遠の場〉に分かつように定めたのですと、ヴァルレは声を潤ませた。〈再会の場〉は、時間という甘やかな幻想のなかに生きる人間がしばし死者との再会を夢見る場として。〈永遠の場〉は、幻想と記憶から解き放たれて自由になったものたちが神と出会う場として。

ですから〈再会の場〉には、過ぎた家族知友を思い起こす標《しるし》として、ごく小さな墓標が置かれることも許されているのです、その死者を想起する人が絶えるまでの間は……。

私たちもチチ・ナオのために、ひとびとの魂の集う〈再会の場〉の片隅に小さな碑を置きました。これがその写真です。

ヴァルレは和風レストラン〈花影百年〉の二階に集う人々の間に、花に埋まる小さな碑の写真を置き、ハンカチで目元を抑え、呟いた。「済みません、ひとり長々と……」

双親を知らぬ子であるヴァルレはこうした話題、生の立場からすれば不健康とも言える話題に、とかく深入りし勝ちなのだった。

それを知り、さっきから、はらはらしながらヴァルレを見守っていたヒコは、漸く言葉を挟むことができた。

「うん。続きはまた、歩きながらでも話すことにして……。ここはそろそろ時間だから」

だが、ずっと真剣に耳を傾けていた長年の元秘書、現交易事務所長の耳には、ヒコの婉曲な言葉は耳に入らなかったのだろうか、涙ぐむヴァルレを見つめて言った。

「いえ、私などは、とても興味深く、いいえ、ほんとうに真剣な思いで、ずっと聞かせて頂いておりました。こういう話題に触れる機会は、私たちの国では滅多にないことですから。で、今回、加見所長のご遺骨ご遺灰は、どう……？」

「……ごめんください」そのとき、扉の外で遠慮がちな声がした。「お勘定をお持ちしましたが」

「はい、どうぞ、こちらへ」そとからの声に即座にそう応じたのは、現事務所長の娘、事務所長代行兼所長秘書だった。明敏な彼女は早々に状況を読んで、死への真剣な思いが各人の心にたゆたい始めたこの席を、危険な領域へ踏み込む前に適宜、切り上げられるよう、さっき隅の電話で帳場へ声を掛けておいたのだった。

勘定が済んだ頃合いを見計らって、年配の主人が白い調理用の上っ張り姿のまま、挨拶に出た。うしろには、人数分の小さな土産を持ったおかみが控えていた。

「本日は、地元ゆかりの方のご法事にうちの店をお選び下さったと伺い、特に嬉しく存じまして……」

主人は扉の脇に立ち、深々と頭を下げた。そして、テーブルの上の、故人直行の写真に目を留めた。それはヴァルレが食事の間、ガラスの花瓶の脇にそっと立てておいたのだった。

「よろしゅうございますでしょうか？」

主人は一座の人々に丁寧に断ると、一礼して写真を手に取り、ゆっくりと眺めた。ニカと手をつないで浜辺に立つ故人の面影は、まだどこかに若々しさを残していた。

「もちろん古い古い昔のことですので」と主人は話し始めた。「何も確かなことは申せませんが、祖父母の店のそばに共働きの両親と住んでおりました小学生の私は、学校が終わるとまず祖父母の店へ帰って、裏庭に面した祖母の小部屋でおやつを食べたり、宿題をしたりしながら、両親のどちらかが迎えにくる夜までを過ごしておりました。そしてお客様の声がすると、耳の遠くなった祖母の代わりに、まず自分が店へ出てみたりも致しておりましたので、多少はお客様方のお顔も覚えております。……このお写真もこうやって繰り返し拝見しておりますうちに、遠い昔に何度か祖父母の店にお迎えして、年端も行かぬ少年が幼く拙《つたな》く一生懸命にご挨拶した、その方の面影が戻って参りました。もちろん十《とお》にも満たぬ幼いものの記憶ですが、十《とお》にも満たぬ幼いものの心に映った面影の、今に残る影であればこそ、私としてはかえって迷いなく、そのまま信じられる思いです。わたくしも時折、老いを垣間見る年頃になりましたが、かつて存じ上げた方のこの写真を拝見しておりますと、何故か心に深く慰められるものがございました。どうも有り難うございました」

店主は写真を卓上へ返し、もう一度、深く頭を下げると、おかみに持たせてきた土産を客たちへ配った。

それは小さな和菓子セットで、〈花影庵〉という昔の看板の字体を模して、美しい和紙の包装に〈花影百年〉という店名が記されていた。

(d)

和風レストラン〈花影百年〉を出たとき、晩秋の商店街にはうっすらと暮色の気配が忍び寄ってきていた。ヒコは買い物客や通勤帰りの人々で次第に賑わってくる道筋は避け、裏道を辿りつつ、北からの古い伏流がそこで小さく姿を現して下の川への細い流れとなる、あの昔の神社跡へみなを案内した。

そこは〈古祠緑地〉というのが行政の正式名称になったらしいが、幼児を遊ばせるために集まってくる若い母親などの間では、むしろ〈お地蔵さま公園〉と呼ばれ、あるいは時として地蔵草地とも呼ばれて、親しまれていた。古くは付近の農道の小さな分かれ道や水路の脇、四つ辻などに安置されていた地蔵尊から今に残った三体が、一帯の畑地が住宅地化する過程で自ずとこの草地へ移され、域内を巡る小径にそれぞれの場所を得たのだろう。半ば眠るかのように薄く微睡《まどろ》む眼で、草地で遊ぶ子どもたちを優しく見守っている。

つい先日、四歳半を越えたニカは、自分が生まれ育ったところとは違う環境へ初めて来て、言葉も風俗もすべてが珍しく、楽しいらしい。大人たちが裏通りを、あたりを眺めつつ、話しつつ、むしろゆるゆると歩いてくるのを尻目に、ひとり上機嫌に何か歌いながら駆け出したり、またときどき立ち止まって、大人たちが追いついてくるのを待ったりしていた。

「くるまがくるよ。さあ、手をつなごう」

アメリカ育ちのニカがくるまと人との混合通行に慣れていないことを心配して、ヒコが幼い息子を呼び止めて、手を伸ばすと、ニカは素直に手をつなぎ、また何か歌をハミングし始めた。

その歌詞のない旋律を耳にしたとき、とつぜんヒコの心が震え、ニカの小さな手を握る手に力が入った。それは少年のヒコが遠いむかし、当時まだ残っていたこの辺の藪から枯れ笹の枝などを拾って、それを振りふり付近を歩き回っていたころ、何故か口ずさみ、何故か歌っていた旋律なのだが、もう言葉が思い出せない。

「その歌、誰から教わったの？」

「ジジ・ナオからさ」

ニカは誇らしげに答えた。

そうだった！　あまり歌など歌わなかった父親の直行が、それだけは子どものころ疎開していた故郷で聞き、覚えていた土地の子守歌なのだった。

ヒコはその覚束ない旋律を、ニカと一緒に口の中で、何度も何度も繰り返した。やがてヒコの記憶の中へ、旋律と一緒に、何処からなのだろうか、むかし知っていた言葉がゆっくりと戻ってきた。

地蔵千年　花百年
あの子　流れて　はや万年……

ニカもヒコに合わせ、慣れぬアクセントで少しずつ少しずつ異国の言葉を繰り返し、やがて二人はいつの間にか、小さな声で、繰り返し繰り返し、声を合わせてその歌をうたっていた。

ヒコはその歌の意味を、昔も今もほんとうに理解できていた訳ではなかった。だが、いま、幼い息子と一緒に、繰り返し繰り返し歌っていると、いつの間にかそれが、自分の人生の一部になっているのだった。

今日はジジの日だから――と、歌を繰り返す途中で幼いが精一杯力んだ声で、ニカが言った――オレはジジのためにこれを歌おうと思っていたんだ。

そうか。〈お地蔵さま公園〉に着いたら、またチチと一緒に歌ってお地蔵さまに聞いてもらおう。言葉を思い出して、よかったな。ほんとうによかったな。

今日はジジの日だから必ず思い出すって、オレは分かっていたんだ。

ニカは小さな肩を精一杯張って、威張ってみせた。

みなが〈古祠緑地〉に着いたとき、夕暮れが低く広がる草地に他の人影はもう見えなかった。一行は小さな柵で囲まれた古い祠の神々に、世と自然の古《いにしえ》からの定めが何に妨げられることもなく、ただそのまま満たされんことを祈念し、やがて草地を巡る小径を辿って、まどろむともなく目覚めるともなくやさしい笑みを浮かべる地蔵尊の一体一体に、人間のかよわい身体と脆い心への心優しき加護を願った。そして伏水が地上へ湧き出す小さな泉のまわりに集まると、皆の見守る中、ヴァルレが鞄から小さな瓶を取り出した。

その小瓶の中には直行の遺灰と、彼の遺品となった美しい磁器壺「空《そら》」の中の晃子の遺灰の一部とが、混ぜられ、収められていた。

ヴァルレが蓋を開き、その中身を泉へこぼそうと瓶を傾けたとき、ミスタ・ディンドルが急に不安そうな表情になって呟いた。

ヒトはすべての獣と同じように、地に生まれ地に死す定めだと、聖書の何処かに書いてあったような気がする……。

それを見て、横に立っていた秘書が、そっと彼の腕に手を添えた。

大丈夫よ。So many countries, so many customs……日本でも、所変われば品変わるって言うの。日本ではね、一つところに留まる土ではなく、流れ来ては流れ去る水が、生命を担う原素なのよ。むしろ、秘書業なんかやってると、公共の水場に遺灰を流すのが合法かどうかの方が少し気になるけど。

日本にはね――と現事務所長、今日遅ればせの一周忌を迎えた故人の生涯の忠実な秘書、つまり現秘書の母親が、意外に滑らかな英語で言った――〈お目こぼし〉っていう美しい言葉もありましてね、ミスタ・ディンドルさん。そういう便利な言葉を、適宜、自由に使い分け、使いこなすのが有能な秘書なの。私もね――と堅物の現事務所長の声が急に低くなり、少し震えた――あの人のためには有能な秘書でありたいと、ずっと思っていたから、それなりうまくなったけど……。

法的、歴史的、慣習的といろいろいろあるけど――とヒコが言った――チチは自分の一部が広い海へ流れて行けば、それをとても嬉しいと思う人だと思うよ。

いろいろあっても、私はチチ・ナオが嬉しいと思うことをしたい――。今まで黙って待っていたヴァルレはそう言って、小さな瓶を傾け、二人の遺灰を水面にそっと零していった。軽い灰はしばらく水の表面に浮き、やがて意外に水量のある流れに乗って緑地を横切り、道路脇の側溝めいた流れに落ち、小さな川へと運ばれて行った。

遠い昔、故人は赤銅色の月光を浴びながらその川の橋の上に立ち、コロッケを待っていた。

明日の朝には海に着くよね――今までヒコと一緒に小さな声で、くりかえしくりかえし、〈地蔵千年……〉とうたっていたニカが、流れて行く灰を見送りながら言った。

そうだね。そしてそこから、長い海の旅に出るんだろうね――ヒコが言った。

でも、いつかは必ず――とニカが言った。あの海中生物生態センターへも着くよね。

勿論さ――ヒコが請け合った。

だからミスタ・ディンドル、お国の海岸にだって、必ず行きますよ、すぐお隣なのだから、波に乗って――。

ニカが大人びた様子で保証したので、みなが笑った。


あとするべきことは、かつて直行が妻となる晃子と生まれてくる彦人のために購い、やがて改築し、今は事務所長と秘書の母娘が住み、管理している家――その庭の一角、むかし若いピンクのハナミズキが一度だけ花を咲かせて枯れたその一隅、晃子と未生で逝った稚穂の骨が埋まるところに、ヴァルレが瓶に僅かに残した直行と晃子の遺灰を添わせることだった。

そして、それが終わったあとは、この広い地上の一角に――大いなるものの計らいなのだろうか――たまたま居合わせた六人が、逝った人々を偲んで盃を交わし、食を共にするだけだった。

みなが同じ思いで古祠緑地、あるいはむしろ〈地蔵草地〉とこそ呼びたい一角をあとにしたとき、幼いニカ一人が立ち止まり、もう一度振り返って、バイバイ、バイバイと手を振った。

そうなのだ、幼い子は正しい、と大人たちはみな思った。自分たちがこの〈地蔵草地〉と再会するまでには、また長い長い時間が経つだろう――。

彼らはみな幼いニカと同じように自分ももう一度、足をとどめ、振り返って、ニカに倣ってバイバイ、バイバイと草地へ向かって手を振った。

だが、そのとき大人たちは、幼いニカが決して無人の地蔵草地へ向かって手を振っているのではないことを知らなかった。

地蔵草地、正式に言えば古祠緑地には、その時、あの湯之村歯科医師と助手の湊子、そして加見直行の三つの影が、思い思いに立って夕暮れの風に揺れていた。そしてまた、淡く濃く形定まらぬ影たち、一度はこの地上で同じ時間を過ごし、時にはこの商店街で出会い、また去って行った男たち女たちの影も、そこに立ち混じって漂い、揺れていて、幼いニカはいま、その三人の影へ、そしてその男たち女たちの影みんなへ、暫くの別れの挨拶を送っていたのだった。

やがてヒコとヴァルレ、ニカの遺族三人、そして直行のかつての忠実な秘書と娘の現秘書、その脇に付き添う異国の客ミスタ・ディンドル三人は、直行旧宅での夕べの食卓へともに座すべく古祠緑地をあとにした。そして夕暮れの小さな疎林めいた木々の下、思い思いに草地に立ち揺れるさまざまな影が、誰とは見定められない淡い姿を次第に次第に現してきて、草地に立つ三体の地蔵尊ともども、その後ろ姿をなおも穏やかに見送っていた。そしてそこには、やがてニカの妹となる稚い影も淡く揺れていた。

そうこうするうちにも夕暮れは次第に深まって、あの赤銅色の透明な光が彼らみなを、そして世のすべてを美しく浸していった。

＊注

〔ブッカ・タリアフェッロ・ワシントン〕

Washington, Booker Taliaferro. 1856-1915

黒人教育運動家（ネイティブ・アメリカンの学校教育を推進）

参考文献（順不同）

①宮沢清六＝「兄のトランク」／ちくま文庫（一九九一）
②山本七平＝「一下級将校の見た帝国陸軍」／朝日新聞社（一九七六）
③茨木のり子＝「詩集 わたしが一番きれいだったとき」／岩崎書店（二〇一〇）
④ゲーテ＝「親和力」（柴田翔訳）／講談社文芸文庫（一九九七）

〈著者紹介〉


柴田翔（しばた　しょう）　作家、ドイツ文学研究者。

1935（昭和10）年1月東京生まれ。

武蔵高校から東京大学へ進学、工学部から転じて独文科卒。

1960（昭和35）年東京大学大学院独文科修士修了、同大文学部助手。

1961（昭和36）年「親和力研究」で日本ゲーテ協会ゲーテ賞。翌年より2年間、西ドイツ・フランクフルト大に留学。

1964（昭和39）年『されど われらが日々―』で第51回芥川賞。東大助手を辞し、西ベルリンなどに滞在。帰国後、都立大講師、助教授を経て1969（昭和44）年4月、東京大学文学部助教授、のち教授。文学部長を務める。

1994（平成6）年3月退官、名誉教授。4月、共立女子大学文芸学部教授、2004（平成16）年3月退職。

小説に『われら戦友たち』『贈る言葉』『立ち盡す明日』『鳥の影』『中国人の恋人』『岬』など。

翻訳書としてゲーテ『ファウスト』『親和力』『若きヴェルテルの悩み』また『カフカ・セレクションⅡ（運動／拘束）』。

研究書には『改訂増補版　詩に映るゲーテの生涯』など。

地蔵千年、花百年

定価（本体1800円+税）

2017年3月27日初版第1刷発行
2022年4月15日改訂版第1刷発行
著　者　柴田翔
発行者　百瀬精一
発行所　鳥影社 (www.choeisha.com)
〒160-0023 東京都新宿区西新宿3-5-12トーカン新宿7F
電話 03-5948-6470, FAX 0120-586-771
〒392-0012 長野県諏訪市四賀229-1(本社・編集室)
電話 0266-53-2903, FAX 0266-58-6771
印刷・製本　モリモト印刷

ISBN978-4-86265-606-3 C0093